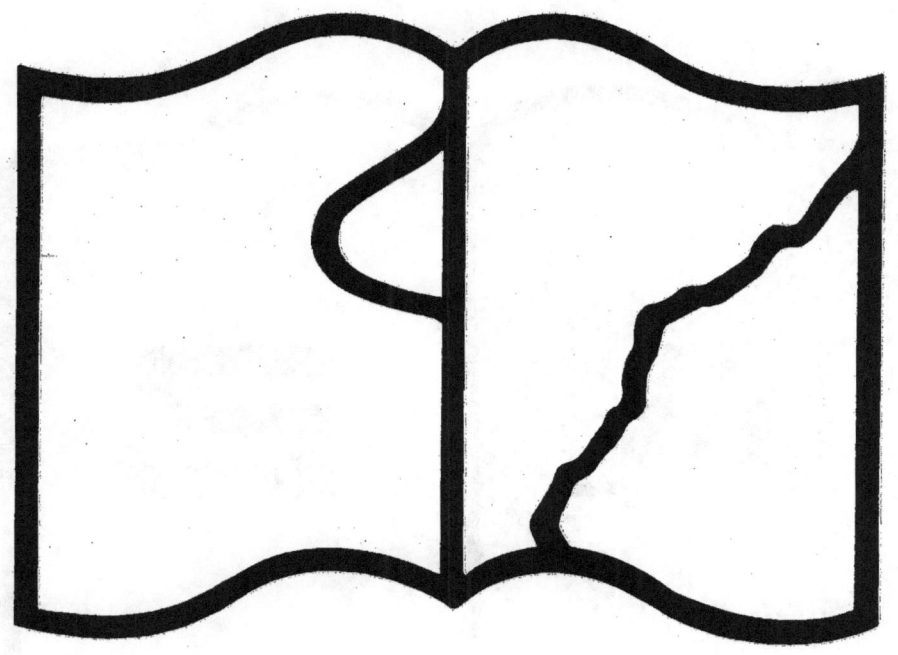

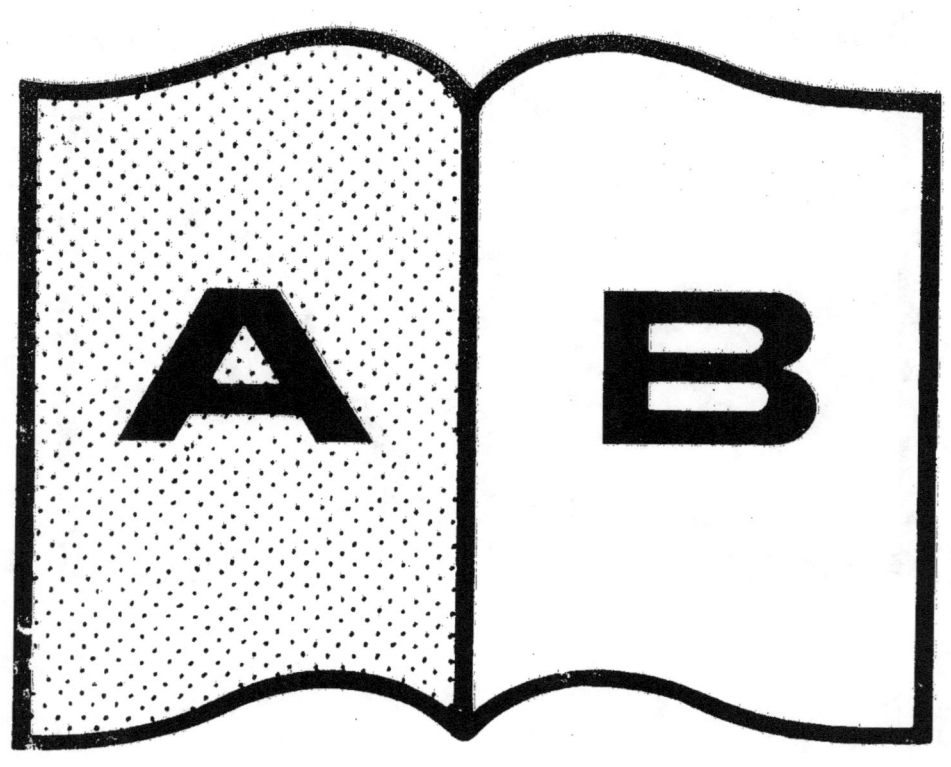

Contraste insuffisant

NF Z 43-120-14

LES AVENTURES

DE

JEAN-MARIE POTACHOU

2me SÉRIE IN-4°

— C'est donc bien grave, bien grave ce qui se passe dans ta caboche, mon mignon?
(page 14)

LES AVENTURES

DE

JEAN-MARIE POTACHOU

PAR

Mme NOÉMI BALLEYGUIER

Vingt-trois gravures

LIMOGES
EUGÈNE ARDANT ET Cie
ÉDITEURS

—Point de lettre encore, c'est à se demander si ma sœur est passée de vie à trépas ! (page 7)

LES AVENTURES

DE

JEAN-MARIE POTACHOU

CHAPITRE Ier

Comme quoi Jean-Marie Potachou, dit le « rude lapin », crut bien faire en quittant sa vieille mère et son village pour se mettre à la recherche de sa tantine Baubet.

— Point de lettre encore, c'est à se demander si ma sœur est passée de vie à trépas ! dit un jour la mère Potachou en voyant le facteur s'éloigner après lui avoir fait un signe amical et négatif en même temps.

7

— M'est avis, ma mère, que nous devrions nous inquiéter de ma tantine (1) pour tout de bon, et non pas nous contenter de demander au postillon si sa grosse sacoche ne contient rien pour nous.

— Eh ! qu'est-ce que tu veux que je fasse, mon garçon, tantine est une délurée qui manie la plume et l'écritoire comme moi l'aiguille à tricoter et le peloton ; si elle voulait nous donner de ses nouvelles, elle aurait troussé une lettre en moins de temps que je n'en mets à relever les mailles d'un talon de bas ; tu sais que je ne suis point experte en choses de l'écriture.

— Mais moi, ma mère, je pourrais bien lui écrire au moins dix lignes sans me tromper et sans marquer le contraire de ce que je voudrais lui dire !

— C'est possible, mon petit, mais comme ta tantine qui est ta marraine, n'a jamais manqué de t'envoyer un écu de cent sous pour tes étrennes et un autre pour ta fête qui tombe dans quinze jours, elle serait capable, si tu lui écrivais, de croire que c'est à ses grosses pièces blanches que nous en voulons, et que t'ayant négligé pour le jour de l'an, tu lui rafraichis la mémoire à la Saint-Jean ; c'est ce que je ne veux pas ; nous ne sommes guère riche, mais moi, j'ai ma fierté. Tout ce qu'elle t'a envoyé depuis qu'elle a quitté le pays est là, dans ce vieux bas, sous la paillasse de mon lit : je n'y toucherais pas pour un empire.

— Et il y a une grosse somme, m'man (2)?

— Dame ! tu n'as qu'à compter toi qui as eu le prix de calcul à l'école : tu as eu treize ans aux choux nouveaux, et elle est partie douze mois après ta naissance ; tu ne marchais pas encore. Nous avons bien été quatre ans sans entendre parler d'elle et nous la croyions morte pour le

---

(1) Expression usitée dans certaines campagnes du Loudunais.
(2) Pour maman.

moins ; mais voilà-t-il pas qu'un beau jour, au moment où nous ne pensions plus à elle du tout, nous recevons une lettre de Paris : c'était Baubet qui nous écrivait ; j'en ai eu tant de plaisir que je me suis mise à pleurer comme une sotte.

Elle avait collé à sa lettre un papier qui valait cent sous pour son petit drôle (1) de Jean-Marie, comme elle disait, promettant d'en envoyer autant, deux fois par an, jusqu'à ce qu'il ait un assez gros boursicot pour venir la voir à Paris ; elle marquait en même temps qu'elle était servante chez une dame qui vendait des légumes et du beurre ; elle avait de fameux gages.

L'année suivante, elle a fait demander ses papiers pour se marier ; son mari avait quelques économies, et ils sont devenus patrons où ils n'étaient d'abord que domestiques ; leur commerce de fruits et de légumes marchait pour le mieux, mais depuis la Saint-Jean passée, nous n'avons plus reçu ni lettre, ni argent, ni nouvelles ; je lui ai pourtant fait écrire la mort de ton pauvre défunt père.

Peut-être bien que, nous voyant seuls et sans grandes ressources, elle craint que nous ne lui demandions un peu de ses bénéfices, et c'est cette raison-là qui fait que je ne veux pas que tu lui écrives.

— Mais, reprit-elle tout à coup, qu'est-ce que tu fais-là, Jean-Marie, à compter sur tes doigts au lieu de racommoder la bride de mes sabots ?

— Ma mère, je fais le calcul que vous m'avez demandé pour savoir combien il y a dans la vieille chausse qui est sous la paillasse ; on a beau être fort en calcul, c'est plus difficile que je ne le croyais d'abord ; attendez un peu que je réfléchisse.

---

(1) Cette expression est un terme familier, pris en bonne part.

Il mit sa tête embroussaillée dans ses mains et se plongea dans une profonde méditation ; de temps en temps, il relevait sa large frimousse souriante et agitait tous ses doigts les uns après les autres ; mais, n'étant sans doute pas très sûr encore du résultat, il se replongeait dans des calculs sans fin.

Il était assis sur le pas de la porte de leur petite maison, et sa mère qui tricotait, près de lui, finit par le laisser à ses réflexions, pour aller surveiller la marmite qui fumait sur deux tisons.

C'était bien la crème des honnêtes femmes, que la mère Marie Potachou ; et les gens du village disaient d'elle :

— Elle est bonne comme le bon pain blanc.

Trente ans plus tôt, quand son bonhomme de père passait de vie à trépas, elle avait dû, toute seule, se charger de sa petite sœur Baubet : c'était dur pour une fille sans état et sans argent, ayant pour tout bien un champ et une maisonnette. Ce devoir lui sembla cependant bien doux, tant elle adorait la petite ; à force d'économie et de travail, elle parvint à la faire vivre, à la faire même instruire, car elle l'envoya longtemps à l'école, la voulant aussi savante que la fille à monsieur le Maire. Elle, pendant ce temps, piochait son champ, allait en journée, faisait l'ouvrage d'un homme, sans jamais se plaindre.

Quand Baubet eut dix-huit ans, elle annonça à sa sœur qu'elle voulait épouser leur voisin Pierre ; mais le dit voisin allait tirer à la conscription, et la mauvaise chance voulut qu'il amenât le plus mauvais de tous les numéros, le dernier ; il lui fallait donc partir pour sept ans, ou s'acheter un remplaçant, ce qui était permis dans ce temps-là ; et il ne possédait pas le premier sou de la somme nécessaire.

Baubet se montra si désolée du départ de son prétendu

que la bonne Marie ne pouvant supporter de voir couler les larmes de sa chère petite, vendit la maison et le champ pour acheter un homme à son futur beau-frère.

Hélas ! l'ingrat se voyant libéré du service militaire ne se soucia plus du tout d'épouser une fille aussi pauvre que lui ; il quitta le village, laissant les deux sœurs dans un dénûment qui n'avait d'égal que leur désespoir.

La conduite de Pierre fut sévèrement jugée par les villageois ; mais, de cela il se souciait comme d'une guigne. En revanche, le désintéressement de Marie lui valut les éloges de tous. Le menuisier Jean Potachou lui offrit sa main : elle accepta.

Beaubet resta avec eux quelques années, et quand Jean-Marie vint au monde, elle fut sa marraine.

Elle l'adorait, ce petit bonhomme, le pomponnait et le faisait sauter du matin au soir, tout comme s'il eût été fils de prince. Ce n'était pas tout à fait l'unique occupation que le père Potachou eut aimé à lui voir remplir dans le ménage ; malgré lui, il en voulait beaucoup à la jeune fille d'avoir accepté si facilement le sacrifice que sa sœur avait fait pour ce prétendu mal choisi.

En l'acceptant sous son toit, il entendait qu'elle travaillât pour payer sa part à la table commune.

Bercer le moutard toute la journée et lui chanter les unes après les autres les complaintes du pays, c'était perdre son temps et donner de mauvaises habitudes au petit ; il ne voulait pas que son garçon fût abêti par des sensibleries de femmes ; il voulait en faire un solide gaillard, un rude lapin.

Il fit donc ses observations qui furent fort mal écoutées, et un beau jour, cette mauvaise tête de Baubet noua son petit paquet au bout d'un bâton, embrassa les joues en pommes d'api de son filleul Jean-Marie, embrassa aussi

sa pauvre sœur qui fondait en larmes, et partit en déclarant
que puisqu'elle était à charge, elle s'en allait gagner sa vie
dans un pays éloigné et qu'on n'entendrait plus parler
d'elle avant qu'elle n'eût une bonne place.

Les mois, les années avaient fui et, comme le disait
tout à l'heure Marie Potachou, c'est au bout de quatre
ans seulement que la première lettre de Baubet était
arrivée; et, comme un fait exprès, ces lettres ordinairement si exactes n'arrivaient plus depuis que le menuisier
Potachou avait quitté cette terre, laissant sa femme et son
fils sans ressources.

La veuve, usée par l'âge et les chagrins, ne se trouvait
plus de force à lutter pied à pied contre la misère; elle songeait à gager son petit Jean-Marie dans une bonne
maison; elle-même enviait beaucoup une place chez une
vieille dame du village; et, comme la Saint-Jean, époque
des changements de domestiques était proche, il fallait se
hâter de prendre une détermination.

Madame Frétinet, la dame en question, lui avait encore
fait faire des offres la veille : c'était une retraite pour la
mère Potachou que cette place-là; peu d'ouvrage et de
bons procédés; qu'aurait-elle pu souhaiter de mieux pour
ses vieux jours?

Restait ce coquin de Jean-Marie.

S'il était doué d'un cœur affectueux et dévoué comme
celui de sa mère, il possédait en revanche la mauvaise
tête de sa marraine; son père en avait fait physiquement
un solide garçon, un « rude lapin » comme le nom lui en
était resté, c'est-à-dire qu'il ne craignait rien, ni le chaud,
ni le froid, ni la faim, ni la fatigue; point paresseux non
plus, mais ne travaillant qu'autant que le travail lui
plaisait; or, le métier de domestique de ferme ne lui
plaisait pas, mais pas du tout.

— Eh! parguenne, ma mère, s'écriait-il en allant rejoindre Marie Potachou dans la pièce basse qui leur servait
en même temps de chambre et de cuisine, il doit y avoir
soixante et quinze francs dans le boursicot, ça n'est pas
peu de chose à compter, allez. Jarni! voilà une jolie
somme, et vous êtes toujours sûre de ne pas manquer de
pain de quelque temps.

— Je te dis que c'est à toi, mon fieu, fit la Marie en
trempant sa soupe; c'est çà le cadeau que ta marraine t'a
fait pour aller la voir quand tu seras grand; moi je n'y
toucherais seulement pas du bout du doigt. D'abord, si
j'entre chez madame Frétinet, je serai là comme un coq
en pâte et n'aurai pas un rouge liard à dépenser pour moi.

— Mais alors, qu'est-ce qu'on pourra donc faire de
tant d'argent? demanda le jeune garçon.

En faisant cette question, il avait pris un coin de sa
blouse entre ses doigts et la tortillait, de façon à en former
une espèce de corde, ce qui était chez lui l'indice d'une
grande réflexion; il ne s'aperçut même pas que sa mère
négligeait de lui répondre et ne le quittait pas des yeux;
enfin, craignant sans doute que la profondeur de sa méditation ne l'emportât sur la solidité de son vêtement, elle se
décida à le rappeler à la réalité de l'existence.

— Laisse donc en paix ta vieille blouse, mon drôle, ça
n'est pas de la transformer en ficelle qu'il en résultera rien
de bon. Puisque tu tombes dans tes songeries, c'est que tu
as une idée, dis-la donc à ta pauvre mère, et tu sais bien
qu'elle ne t'empêchera pas de la suivre si elle est bonne,
cette idée.

Le petit paysan était assez habitué à diriger l'autorité
maternelle du côté qu'il lui plaisait; il ne se faisait guère
prier, ordinairement, pour exprimer sa volonté; mais cette
fois, soit qu'il n'eût pas encore suffisamment mûri sa

pensée, soit qu'il craignît de faire de la peine à sa mère, il continuait à martyriser son innocent vêtement qui n'y pouvait rien et n'ouvrait pas la bouche; en revanche, il était plus rouge qu'un potiron, et ses yeux brillaient autant que les vers luisants dont si souvent, le soir, il avait fait une ample récolte et, qu'à son grand étonnement il trouvait uniformément transformés, le lendemain matin, en de vilaines petites bestioles noires, pas brillantes du tout.

— C'est donc bien grave, bien grave ce qui se passe dans ta caboche, mon mignon? demanda sa mère en lui pinçant amicalement le bout de l'oreille :

— Oh! oui, m'man, c'est un grand projet qui m'est passé tout à coup dans la cervelle... Je me suis dit comme ça: « Jeanne-Marie Potachou, mon garçon, ta tantine Baubet a envoyé du bon argent pour que tu ailles la voir quand tu seras grand; tout le monde s'accorde à dire que tu as poussé comme une mauvaise herbe; de plus, à l'exemple de ton défunt père, chacun ne t'appelle plus que le rude lapin : c'est le cas ou jamais de montrer que tu en es un véritable. Si ta marraine n'écrit plus depuis un an, c'est peut-être qu'elle est fâchée qu'un grand gars comme toi n'ait pas déjà cherché à la voir et à la remercier.

» Quand ta bonne mère sera placée chez madame Frétinet, tu n'auras pas a être inquiet sur son compte, et tu pourras alors prendre le boursicot et t'en aller à Paris, moitié en voiture et moitié à pied pour ménager tes gros sous.

» Tu retrouveras ta tantine Baubet; tu lui diras que tu n'es pas un ingrat; et puisqu'elle est parmi ceux qui ont de quoi faire, comme on dit par ici, elle te trouvera de l'ouvrage qui sera bel et bien payé : ça te permettra de mettre beaucoup d'argent de côté pour que ta chère

m'man puisse venir finir ses jours chez toi, sans rien
faire, au lieu de trimer chez les autres »

— Voilà ce que je me disais; mais, vous pleurez toutes
les larmes de votre corps, est-ce que j'ai fait bien mal en
me faisant ces réflexions-là?

Elle pleurait, en effet, de toutes ses forces, la mère Potachou; elle s'était écroulée sur un escabeau, et son tablier
bleu recouvrait presqu'entièrement sa figure et sa grande
coiffe blanche. Elle faisait les plus grands efforts pour
étouffer ses sanglots : quant à prononcer un seul mot, elle
n'essaya même pas.

Très triste devant ce désespoir, Jean-Marie s'agenouilla, finit par lui dégager le visage; et tout en essuyant,
avec son grand mouchoir à carreaux, les grosses larmes
qui coulaient sur ses joues brûlées par le soleil, il l'em-
brassait bien tendrement en lui disant une foule de gen-
tilles petites choses; mais au lieu de la consoler, ces
mignonnes choses attendrissaient de plus belle la bonne
femme qui se prit cependant à murmurer :

— Ah! le méchant garçon! il veut quitter sa vieille
mère et s'en aller bien loin, bien loin.

Puis, après un sanglot plus fort que les autres :

— Oh! le cher trésor, il pense déjà à gagner de l'argent
pour soutenir la vieillesse de sa pauvre mère, quand elle
ne pourra plus travailler. Ah! le vilain, ah! le chéri!...

Et la brave Potachou, au milieu de ses larmes, ne
savait plus si c'était de chagrin ou de joie qu'elle pleurait
ainsi; et les avances de son fils redoublant, elle se per-
suada que c'était de joie; en effet, que pouvait-elle souhaiter de mieux? Jean-Marie n'était pas destiné à vivre sous
le giron maternel; à treize ans les garçons de la campagne
ne restent guère avec leur mère; ils sont déjà placés dans
les fermes, souvent bien éloignées, et le travail qu'on leur

demande est dur : couper le blé en plein soleil, lier de
grosses gerbes, les porter jusqu'au chariot, soit sur la tête,
soit au bout d'une fourche; battre le blé dans l'aire, le
vanner, le mesurer, monter de gros sacs de froment sur
l'échine et cela par une échelle branlante; l'hiver aller
couper des arbres dans la forêt, en faire de gros fagots,
tenir dans ses mains bleuies par le froid, une hache si
lourde et si coupante qu'un seul faux mouvement pourrait
estropier le travailleur pour le restant de ses jours; puis,
les bêtes à soigner, des chevaux souvent rétifs qui mordent
et ruent, des bœufs méchants toujours disposés à jouer de
la corne ; et, par dessus tout, avoir à subir le mauvais vouloir du grand valet de ferme, de celui qui, fier de ses vingt
ans et des gros gages qu'on lui donne, considère le pauvre
petit comme son souffre-douleur, lui fait exécuter tous les
travaux qui lui déplaisent et ne manque jamais de faire
tomber sur sa tête innocente les réprimandes que méritent
ses propres fautes.

Où trouver un maître assez consciencieux et indulgent,
pour se souvenir qu'un enfant de treize ans, ne peut être
accablé de travail comme un homme, qu'il lui faut plus
de repos; et qu'enfin, à cet âge, un peu d'étourderie n'est
pas un crime pendable?

En quelques secondes, ces idées qu'elle n'avait jamais
approfondies passèrent dans la tête de la mère Potachou;
et, à côté de cette vie si pénible, elle vit tout à coup celle
que son enfant pouvait mener à Paris : il retrouvait sa
tantine Baubet, qui n'ayant pas d'enfant l'aimait comme
tel; elle était à son aise, la chère femme, son commerce
marchait bien, par conséquent il lui fallait un garçon de
boutique : Jean-Marie faisait justement son affaire.

Pour le coup, vendre des carottes, peser du beurre, couper du fromage, çà n'était pas un travail trop dur; et, qui

sait si avec de l'honnêteté et de la bonne volonté, il ne pourrait pas prendre un jour la suite de son commerce? alors, c'était la fortune et le bonheur pour tous; elle allait rejoindre son fils; elle revoyait sa sœur Baubet qu'elle aimait tant, et ils vivaient en famille, heureux comme les saints du Paradis.

Quel beau rêve! et pourquoi donc ne se réaliserait-il pas? n'a-t-on pas vu parfois des garçons arriver à Paris en sabots et qui roulent carrosse quelques années après?

Il paraît qu'on lit cela dans tous les journaux! La mère Potachou ne savait pas lire et ne connaissait même pas la forme d'un journal, mais elle se l'était laissé dire et le croyait comme parole d'Evangile.

Donc, Jean-Marie n'eut pas de frais d'éloquence à dépenser pour convertir à ses idées une bonne maman qui ne demandait qu'à l'être; elle finit même par lui dire qu'il avait tout à fait raison, qu'une pensée pareille ne lui serait pas venue toute seule parce qu'elle était trop bête; qu'il ne quitterait une mère que pour en retrouver une autre; et, comme elle savait que son petit Jean-Marie serait toujours un brave garçon, elle espérait bien qu'il ne ferait jamais rien que d'honnête et ne se laisserait pas endoctriner et pervertir l'âme par tous les coquins, filous, chenapans et mauvais sujets, comme on en rencontre tant dans les grandes villes, à ce qu'il paraît.

Là-dessus, on soupa, le pain étant suffisamment mitonné dans le bouillon et, si la Marie fit tout son possible pour avaler quelques cuillerées de soupe, afin de tenir compagnie à son fils, lui, en revanche, n'eut pas besoin de forcer la nature pour prouver à sa mère que les émotions ne peuvent rien contre un appétit de treize ans, aiguisé par le bon air de la campagne.

Une seconde assiettée succéda à la première; puis une

troisième à la seconde; et peut-être n'eût-il pas fallu le prier beaucoup pour qu'une quatrième disparût à la suite des trois autres.

Un bon coup d'eau par là-dessus, et vite au lit pour faire l'économie du lumignon fumeux, appelé *crezeau* dans ce village du Poitou.

D'un bond, Jean-Marie vint s'enfouir au milieu du sien; le mot enfouir n'est pas exagéré, quand on sait que les lits de la campagne se composent, non pas de matelas et de sommiers, mais exclusivement de plusieurs couettes (1) superposées les unes au-dessus des autres; on fait un trou au milieu en s'y laissant tomber; c'est douillet et chaud, trop chaud même; cependant, aucun campagnard ne se trouverait bien couché, s'il n'avait un lit de ce genre, tellement haut parfois qu'il faut grimper sur une grande chaise, ou le plus souvent sur un coffre, pour se hisser jusqu'au sommet.

Si le gamin s'endormit aussi vite qu'un enfant dans son berceau, il n'en fut pas de même de la mère Potachou.

L'insomnie, qu'elle ne connaissait pas, vint la tourmenter; son bel enthousiasme momentané tomba; les pensées les plus noires remplacèrent les pensées couleur d'or; elle en vint même à exagérer tellement les malheurs et les accidents qui attendaient son fils sur le chemin de Paris, qu'au matin, elle ne put s'empêcher de lui en faire part.

Jean-Marie rit aux éclats, lui demandant si elle le croyait encore un marmot de quelques mois, lui, un grand garçon que tout le village appelait « rude lapin »; il la plaisanta sur ses terreurs imaginaires; et, comme le soleil brillait, que le jour était gai et serein, la bonne Potachou

(1) Lits de plumes.

oublia bientôt ses vilaines idées nocturnes, et se mit à rire de ce qui l'avait si fort attristée.

Le voyage de Jean-Marie était désormais un fait accepté; il ne restait plus qu'à faire les préparatifs du départ, qui devait avoir lieu le jour même de la Saint-Jean, le 24 juin 1869.

Sa mère entrerait, ce soir-là même, chez madame Frétinet.

La vieille dame, pour s'attacher une servante probe et dévouée comme la mère Potachou, ne recula pas devant un sacrifice d'argent; elle offrit, comme denier à Dieu, une jolie somme destinée à confectionner un petit trousseau au jeune voyageur; elle donna aussi différents objets qui, transformés par l'aiguille maternelle, pouvaient lui rendre de grands services.

Il y avait, entre autres choses, une certaine robe de drap vert ornée de velours noir dont la mère prudente sut faire, pour l'hiver, une espèce de carrick aussi chaud qu'extraordinaire de couleur et de coupe; un cannezou gorge de pigeon dont elle tira un gilet et deux cravates; enfin, un pantalon de nankin, ayant appartenu jadis à feu monsieur Fretinet, dont les jambes étaient aussi longues qu'une lance.

La mère Potachou trouva qu'il était bien dommage de raccourcir un pantalon si avantageux, qui pouvait faire tant de profit; elle se contenta d'orner le bas des jambes d'une série de plis les uns au-dessus des autres, recommandant bien à son fils de les découdre avec son couteau au fur et à mesure qu'il grandirait.

Restait une blouse neuve à acheter. Elle la prit en lustrine bleue aussi raide que possible, afin de mieux garder la forme des plis.

Le malheureux garçon, une fois habillé, semblait s'être

revêtu d'un abat-jour de lampe ; un immense chapeau de paille achevait de lui donner l'air le plus singulier.

Son trousseau se composait de deux bonnes chemises en toile jaune, deux paires de bas en grosse laine noire, trois mouchoirs neufs ; et, luxe inouï, inconnu jusque-là à Jean-Marie, une paire de souliers ferrés qui pesaient bien au moins un bon kilogramme chacun ; enfin, des souliers « conséquents » comme disait Marie Potachou en les rapportant de la ville voisine.

Jean-Marie ne se sentit pas de joie en voyant ces beaux souliers ; il les tourna dans tous les sens, les souleva avec précaution, les essaya ; puis, les quitta pour avoir le plaisir de les essayer encore, se trouvant le pied élégant, dansant autour de la chambre pour montrer combien il était leste sans sabots ; enfin, ne pouvant se lasser d'admirer sa chaussure, arrivant même à leur trouver un parfum délectable.

Il fallut songer à faire un paquet de toutes ces bonnes nippes, et cela sous le plus petit volume possible. La mère eut l'idée ingénieuse de rouler le tout dans le carrick, et d'en faire un ballot en forme de pain de sucre. Avec des lisières de drap que le tailleur lui avait données, elle installa deux bretelles à ce pain de sucre, ce qui changea l'aspect de Jean-Marie : au lieu d'un abat-jour, c'était un marchand de coco !

Jusqu'au 24 juin, Marie Potachou, attendit un peu une lettre de sa sœur Baubet ; peut-être, au fond du cœur, espérait-elle que cette lettre changerait quelque chose au voyage de son cher garçon.

Plus le moment de la séparation approchait et plus elle se demandait comment elle avait pu y consentir ; enfin, c'était dit, il ne fallait pas songer à revenir là-dessus.

Que ferait-on de Jean-Marie si les larmes de sa mère le décidaient à rester?

Elle venait de louer sa bicoque pour trente francs par an; elle n'en avait plus besoin puisqu'elle entrait en maison bourgeoise. Donc plus de foyer à présent, plus de famille; il fallait vivre chacun de son côté; elle s'en irait servir de son mieux la bonne dame Fretinet, et son fils suivrait sa destinée qui était évidemment de ne pas végéter dans ce trou de village, comme l'avait fait son père.

Ah! il ne savait pas si bien dire, le pauvre défunt, en assurant que son petit drôle serait une fameuse tête et un rude lapin! Quand il voulait quelque chose, ce gamin, il le voulait bien.

Pas plus à la Saint-Jean qu'au premier jour de l'an, n'arriva de lettre de Baubet, ce qui confirma la mère et le fils, dans l'idée qu'elle en voulait à son filleul de n'avoir pas déjà pris la route de Paris pour venir l'embrasser.

Dès le matin du 24 juin, le jeune voyageur s'apprêta pour le départ; il s'en alla faire une tournée dans le village pour dire adieu aux vieux, aux infirmes et aux malades; ceux-là seuls ne pouvaient pas l'accompagner un bout de chemin; tous les autres habitants du petit village devaient le conduire en bande jusqu'à la ville.

Dans ce temps-là, point de chemin de fer encore dans ce coin du Poitou; il irait à pied jusqu'à Tours; cela perdrait du temps, mais économiserait les frais de la diligence; et, ce qu'il craignait avant tout, c'était de dépenser inutilement son petit magot.

Le 24 juin est un jour de fête pour la ville de Loudun, et c'est même pour cela que toute la jeunesse de son village s'était montrée si empressée de l'accompagner.

C'est le jour des *accueillages* : dès midi, les garçons et les filles, qui cherchent à se gager, se rendent sur la place

Sainte-Croix, sur cette vieille place qui vit jadis le supplice du malheureux Urbain Graudier et dont les arceaux, datant de cette époque, existent encore.

On les appelle populairement « les Petits Balais, » sans doute en souvenir du commerce qui s'y tenait autrefois.

C'est donc à l'ombre propice des « Petits Balais » que les filles, ornées de leur immense coiffure en tulle brodé, le bouquet de fleurs à la ceinture, attendent la bourgeoise ou la fermière qui vient leur faire des offres, tandis qu'en face les garçons, la feuille verte au chapeau, discutent le gage qu'on leur donnera pour l'année. Puis, quand l'accueillage est fini, quand toute cette jeunesse a trouvé à se caser plus ou moins, selon ses goûts ou ses aptitudes, elle laisse de côté les pensées sérieuses, les craintes pour le lendemain, et court en riant vers la belle promenade des anciens remparts de la ville.

Les violonneux montent sur des planches posées sur deux tonneaux; et, en avant la musique!

On rit, on se trémousse, on galope; les vieux s'y mettraient si le respect humain ne les retenait; mais, ils ont pour se dédommager les longues tables en bois blancs, et les verres s'entre-choquent, remplis jusqu'au bord d'un vin blanc mousseux, exempt de tout mélange inavouable.

Les enfants font la ronde autour des quadrilles en suçant une pipe de sucre d'orge; c'est une gaîté bruyante, une joie communicative qui permet à tous d'oublier les soucis et les déboires de la vie, pendant quelques instants.

Du moins, c'était ainsi, il y a quelques années; et, pas un habitant valide des villages environnants n'aurait voulu manquer l'assemblée de la Saint-Jean, à Loudun.

La mère Potachou, le cœur bien gros, revêtit ses habits du dimanche et ne voulut quitter son enfant que le plus tard possible.

Elle se promena avec lui dans toutes les rues montantes, tortueuses et mal pavées de la ville ; elle s'assit sur un banc de la promenade du château et là, comme la foule n'était pas grande, elle put l'embrasser une bonne douzaine de fois, en lui faisant de nouveau les recommandations qu'elle lui avait déjà si souvent faites. Puis, il fallut aller rejoindre les amis à la porte de la ville, appelée porte de Chinon ; le rendez-vous était pour quatre heures.

On but à la santé de l'intrépide voyageur ; on lui souhaita une foule de bonnes choses ; on lui demanda d'écrire au moins une fois l'an ; et, quand il serait riche, d'envoyer un souvenir de la belle capitale. Pierrot souhaitait une cravate rouge, Jacques une chaîne de montre en similor, et André une casquette comme celle de monsieur le commissaire. Quant aux petites filles, ses camarades d'école, elles voulaient toutes une grosse crinoline : c'était la mode à cette époque-là, et le désir de posséder un de ces ballons, ridicules et incommodes, tournait la tête à toutes ces bambines ; on en vit même qui, affolées par ce désir, allaient jusqu'à enlever un cerceau à la barrique paternelle, pour le glisser dans l'ourlet de leur jupe et jouer à la belle Madame en gardant leurs dindons.

Jean-Marie partit aux cris de :

— Vive le rude lapin ! bonne chance au rude lapin !

Et tout ce jeune monde retourna bien vite à la danse.

Une vieille femme seule resta longtemps assise sur la grosse borne de pierre, sans pouvoir détacher les yeux de la route poudreuse, par laquelle le petit voyageur venait de disparaître. Elle reprit ensuite tristement le chemin de son village ; et, de temps en temps, quand un sanglot l'étouffait trop, elle s'asseyait sur le rebord d'un fossé, joignait les mains et priait pour son cher petit Jean-Marie.

Il rattrapa ses escarpins, les attacha avec un bout de ficelle au-dessus de son baluchon
(page 27)

CHAPITRE II

Comment Jean-Marie Potachou rencontra un furet qui l'amusa tout en l'étonnant.

Jean-Marie Potachou aimait trop sa vieille mère pour ne pas éprouver un grand déchirement dans son cœur en la quittant.

Combien de temps s'écoulerait-il avant qu'il la revît? C'était un bien grand voyage qu'il entreprenait là, et il se rendait parfaitement compte qu'une fois à Paris, il n'en reviendrait pas très facilement,

Le meilleur de son boursicot allait être dépensé en frais de route. Son intention n'était pas de vivre aux dépens de sa tantine Baubet; non certes, il espérait qu'elle lui four-

25

nirait l'occasion de gagner beaucoup d'argent, vite et promptement. Alors, cossu comme un monsieur, il reparaîtrait dans son village, les poches pleines de louis d'or, tenant sous le bras un portefeuille aussi bourré de billets de banque que celui du notaire, quand il a touché les fermages du château.

Serait-elle contente, sa chère m'man! serait-elle fière de son garçon! ni elle, ni lui ne regretteraient ces années de séparation, si bien employées à amasser un petit trésor.

Ces pensées ambitieuses calmèrent un peu le gros chagrin qui l'oppressait; il s'essuya les yeux à coups de poing et pressa le pas.

Les jours si longs de la fin de juin, et la lune si brillante qui les allonge encore, laissaient, au jeune garçon, l'espoir d'arriver à Chinon assez tôt pour s'y bien reposer et se trouver prêt à partir au soleil levant.

Il n'avait pas fait deux kilomètres, des six lieues qu'il voulait parcourir tout d'une traite, qu'une douleur sourde d'abord, aiguë bientôt, enfin intolérable, l'obligea à constater tristement que si ses souliers étaient une chaussure digne d'admiration, ils laissaient fort à désirer, sous le rapport de l'agrément.

Ses pieds, habitués aux sabots aussi larges que longs, se montraient tout à fait récalcitrants; ils se gonflaient, se boursouflaient, et pour un peu auraient fait éclater leur prison de cuir.

Quand le fait fut bien et dûment constaté, Jean-Marie, qui était très prompt dans ses décisions, ne perdit pas son temps en lamentations.

Quelque souffrance qu'en éprouvât son amour-propre, il s'assit sur un talus, dénoua les cordons de cuir et parvint, non pas sans difficulté, à se séparer de ses chaussures. Le cri de douleur que cette opération lui arracha, se changea bientôt en un soupir de bien-être : un peu d'eau coulait au fond du fossé, il y trempa ses pauvres pieds enflés, et en éprouva une jouissance telle qu'il lui fallut une certaine force de volonté pour les retirer.

— Peste soit de ces escarpins, fit-il, ils sont bons tout juste pour fignoler et faire le monsieur et, point du tout pour marcher; m'est avis que j'irais beaucoup mieux et plus vite nu-pieds : ça économisera ma chaussure d'abord, et c'est tout bénéfice puisque la peau, elle, ne s'use point.

Il rattrapa ses escarpins, comme il les appelait, l'un à droite, l'autre à gauche, les attacha avec un bout de ficelle au-dessus de son baluchon, — ce qui acheva de lui donner l'aspect le plus grotesque, — et reprit sa route avec ardeur.

Quoique chaque pierre du chemin lui écorchât les pieds, il se trouvait beaucoup plus à l'aise, et se mit à siffler un petit air guilleret pour se tenir compagnie.

Il sortit aussi de dessous sa blouse un gros « grignon » de pain tendre, dans lequel sa mère avait intercalé un morceau de beurre, quelques feuilles de salade et la moitié d'un fromage blanc.

Ce souper, mangé au grand air, lui parut délicieux; il but un peu d'eau fraîche à une source qu'il trouva sur sa route, et se sentit si réconforté et en si bon état que la course, de Loudun à Paris, ne lui semblait pas, en cet instant, chose impossible à son pied léger.

Malgré sa hâte, la nuit le prit quand il était encore bien loin de Chinon.

Tout autre enfant de son âge eût été, à sa place, fort tourmenté; mais lui, qui avait une bonne tête, prit cet ennui du bon côté.

— Bah! se dit-il, si j'étais arrivé, comme je le voulais d'abord, en vue d'une auberge dans le faubourg, je n'aurais jamais pu résister à la tentation d'y demander un lit, dépense inutile et que je vais supprimer d'une façon des plus agréables ; c'est la saison des foins ; j'aperçois là-bas de grandes meules sèches dans les prés, je vais m'y faire un nid chaud, douillet et parfumé comme celui d'un oiseau ; résultat final : économie et bien-être.

Ainsi fit-il, en ayant bien soin de ne pas gâter le bien d'autrui : Jean-Marie était un garçon honnête, connaissant parfaitement la différence du tien et du mien ; il ne froissa du foin nouveau que juste ce qu'il lui fallait pour se blottir en rond ; c'était moelleux et délicieux : une vraie jouissance.

— Qu'on vienne après cela me parler de l'utilité des auberges ? fit-il en fermant les yeux. Trouverait-on dans la plus chère et la mieux installée un lit comme le mien ? je vais tâcher de me procurer tous les soirs un gîte au même prix ; de cette façon, je n'aurai pas de discussion avec l'aubergiste.

Sa dernière pensée fut pour sa bonne mère qui, à cette heure-là, devait entrer chez madame Frétinet.

— Ah ! si je pouvais lui faire savoir comme je suis bien ici, pensait-il ; je suis sûr qu'elle-même trouverait son lit meilleur.

Là-dessus, il s'endormit si bel et si bien que les heures et les heures passèrent, et que le soleil, levé le premier, se disposait à l'appeler vilain paresseux, quand un de ses propres ronflements, plus sonore que les autres, le réveilla subitement.

Il était bien un peu engourdi, n'ayant pas fait un seul mouvement dans son trou depuis la veille au soir ; mais, il ne s'attarda pas longtemps à se détirer. D'un bond, il fut debout et fit la grimace en posant ses tristes pieds à terre.

Oh ! oui, ils étaient tristes, tout bleus, tout éraflés, tout

fendillés ; jamais ces pieds-là ne le porteraient jusqu'à
Paris ; enfin, il verrait ; il aviserait ; il fallait, en attendant,
marcher jusqu'à Tours ; en route donc, et vivement.

Au détour du chemin, il aperçut dans la brume bleue le
vieux château de Chinon ; mais, il ne s'arrêta pas longtemps, comme on peut le penser, à admirer l'élégante
silhouette de ces ruines perchées sur la haute colline qui
domine la vieille ville et l'admirable vallée que la Vienne
arrose.

Pour lui, les souvenirs historiques étaient lettre close,
et ces débris d'un superbe château royal n'avaient d'intéressant que l'annonce de la ville où il allait pouvoir bientôt
acheter le pain de son déjeuner.

En payant son gros michon — provision de la journée, —
il eut bien le soin de demander le chemin le plus court pour
aller à Tours : la boulangère leva les bras au ciel à cette
question, le prenant, vu son jeune âge, pour quelque
gamin échappé de la maison paternelle à la suite d'une
réprimande méritée ; elle ne voulut lui donner aucun renseignement l'engageant, dans son intérêt, à retourner d'où
il venait.

La charcutière, à laquelle il acheta un beau boudin de
deux sous, fut d'un commerce plus agréable ; si elle ne lui
répondit pas davantage, en revanche elle le questionna
beaucoup, voulant savoir pourquoi il allait à Tours, s'il
avait de l'argent, pourquoi ceci... pourquoi cela... enfin
pourquoi tant de choses que Jean-Marie, — impatienté de
son bavardage, autant qu'il l'avait été du mutisme de
l'autre, — ne lui répondit que ces mots d'un ton très sec :

— Je vais à Paris pour retrouver ma tantine Baubet ;
c'est là tout ce que j'ai à vous dire : bien le bonjour !

Et il s'en alla sans plus tarder, bien décidé à ne pas
adresser désormais une seule question à quiconque aurait

le chef couvert d'un bonnet, cette moitié du genre humain parlant toujours ou trop, ou trop peu.

Il traversa la ville sans s'arrêter, jetant seulement un coup d'œil d'admiration sur la jolie rivière verte et encaissée : jamais il n'avait vu tant d'eau à la fois !

— Bien sûr que la mer ne doit pas être beaucoup plus grande, pensait-il, je m'y noierais quasiment aussi vite qu'une mouche dans un tonneau ; c'est beau tout de même une rivière ; et ces petits bateaux me rappellent le vieux sabot que je faisais naviguer sur la mare du village, quand j'étais tout petit.

Mais tout ça ne me dit pas quel chemin je dois suivre ; tiens, voilà un drôle (1) à peu près de mon âge, qui va peut-être me renseigner ; il a tout l'air, lui aussi, de courir le monde puisqu'il a ses sabots dans ses mains.

La mine de celui qu'il voulait interroger ne prévenait pas dès d'abord en sa faveur ; il était un peu plus petit que Jean-Marie, d'une maigreur étique et d'une pâleur maladive ; ses vêtements de calicot, jadis blancs, avaient plus de pièces et de morceaux qu'il n'y a de jour dans une semaine ; et, au lieu d'un grand et beau chapeau, il portait pour coiffure un méchant bonnet de coton, veuf de sa mèche, et plus semblable à un chiffon lave-vaisselle qu'à un couvre-chef d'être civilisé.

Malgré ces apparences peu engageantes, notre voyageur, qui du reste n'avait pas le choix, n'hésita pas à lui souhaiter poliment le bonjour et à lui demander son renseignement. L'autre le regardait avec des yeux si étonnés, et une envie de rire si peu dissimulée que le rouge en monta aux joues de notre petit ami.

— Pourquoi riez-vous au lieu de me répondre ? est-ce

_____

(1) Pour gamin, jeune enfant.

donc que vous me prenez pour une bête curieuse? demanda-t-il en serrant ses poings dans l'intention évidente d'en
caresser le visage du nouveau venu.

— Par saint Polycarpe, mon patron! répondit le rieur
entre deux éclats, je n'ai jamais vu de singe plus drôle-
ment habillé que toi dans la baraque de mon maître; non,
je t'en prie, attends que je rie encore un peu; je te répon-
drai après.

Mais, il n'était pas dans l'intention de Jean-Marie de
se laisser moquer de lui; il se mit en position de combat,
criant à l'autre qu'il allait le faire rire pour quelque chose
de sérieux; il était robuste; et, dans son village, quand une
bataille survenait à la sortie de l'école, c'est toujours lui
qui revenait vainqueur.

Il crut qu'en un tour de main, il allait faire demander
grâce à cet avorton maigrelet, qui ne devait pas avoir une
goutte de sang dans les veines, et il s'élança les poings en
avant avec une ardeur doublée de la certitude d'un
triomphe.

Mais, si Polycarpe manquait de sang, il ne manquait
pas de nerfs; il exécuta une petite pirouette sur le talon,
et se trouva à dix pas de son assaillant, avant que celui-ci
s'en aperçût; et, comme son élan était sérieux, Jean-
Marie ne rencontrant pas d'obstacles se serait affreuse-
ment frappé à l'angle de la maison, devant laquelle se
passait cette scène, si le petit maigriot ne l'avait saisi à
bras le corps par derrière.

— Allons, allons, la connaissance est faite à présent,
dit-il; tiens-toi donc en repos, ma grosse culotte jaune, tu
as affaire à moins fort peut-être, mais à plus dégourdi que
toi; ça n'est pas pour rien qu'on m'appelle le *Furet*, vois-tu,
et que j'ai servi en qualité d'aide cuisinier dans la magnifique troupe du célèbre Florenzi de Florence, qui est Italien

comme moi je suis nègre. Si j'étais payé pour éplucher les carottes et faire la soupe au personnel du cirque, ça ne m'empêchait pas de pratiquer aussi la culbutte et le saut périlleux, autant que mes pauvres petites forces me le permettaient; les écuyers m'apprenaient à monter sur leurs chevaux; je commençais à mordre convenablement à la haute école, et je faisais souvent des parties d'équilibre et de dislocade avec les clowns.

— Hein? quoi? qu'est-ce qu'il dit celui-là? fit Jean-Marie, qui ne comprenait pas du tout ce que l'autre lui racontait là. Pour lui, les mots cirque, haute école et clowns ne signifiaient rien; jamais on n'avait vu de ça au village.

— Nous disons donc que tu veux aller à Tours, reprit Polycarpe, dit Furet, comme ça se trouve! j'y vais justement, moi aussi; nous allons faire route ensemble; ce sera bien plus drôle, n'est-ce pas, culotte jaune?

— Je ne veux pas que tu m'appelles culotte jaune, ça n'est pas un nom de chrétien.

— Eh bien! dis-moi le tien, alors.

— Jean-Marie Potachou.

— Tu dis? fit Polycarpe qui croyait avoir mal entendu.

— Je dis : Jean-Marie Potachou.

— Pota..... oh! non, ça n'est pas possible, Pota... quoi?

— Po-ta-chou; es-tu sourd?

— Pas que je sache, mon vieux; mais vrai, voilà un nom dont je ne serais pas si fier que ça; j'aimerais tout autant m'appeler culotte jaune, fit le Furet en riant à belles dents.

— Pas moi! répondit sèchement Jean-Marie, ce nom est celui de mon brave homme de père et je compte le porter toujours honnêtement sans rougir.

— Tope-là, ça c'est bien dit, mon gros, fit Polycarpe en lui secouant la main ; je voulais plaisanter, voilà tout. Ne nous fâchons pas, monsieur Pota-chou, et continuons notre route comme une bonne paire d'amis.

Cette amitié fut cimentée bientôt par l'échange fraternel de leurs provisions de bouche.

Jean-Marie exhiba son pain fourré d'un boudin, et Polycarpe sortit de sa poche un délicat fromage de chèvre qui, s'il n'embaumait pas la rose, n'en était que plus succulent.

Ils mangèrent de bon appétit en se racontant leur histoire :

Polycarpe était orphelin, il ne se souvenait pas de sa mère ; son père, clown au cirque Florenzi, l'avait toujours gardé près de lui ; le gamin était drôle, fort éveillé et pas gênant ; tout le monde s'en occupait quand le père ne pouvait le faire lui-même : il recevait des dragées de la première écuyère, des gâteaux de la femme équilibriste et des caresses de la charmeuse de serpents.

Un soir, il avait huit ans alors, son père, en inaugurant un nouvel exercice de trapèze, tomba du haut du cirque et ne se releva pas : il avait les reins brisés.

Monsieur Florenzi n'était pas un mauvais homme ; il ne chassa pas brutalement le petit orphelin, dont la santé trop délicate le rendait impropre à tout exercice difficile ; on le mit à la cuisine ; ne fallait-il pas préparer la pâtée à tout ce monde affamé ?

Il grandit au milieu des casseroles et des épluchures, et n'aurait sans doute jamais eu à se mettre à la recherche d'une autre situation sociale, si les affaires de monsieur Florenzi eussent prospéré. Par malheur, une épidémie vint décimer sa cavalerie ; il dut licencier une partie de son personnel. Le public, alors, déserta des arènes où les plus

3

joyeuses farces des clowns ressemblaient à de funèbres plaisanteries ; le vide se fit sur les gradins usés ; et un soir, en guise de spectateurs, le triste Florenzi vit arriver un monsieur tout de noir vêtu, — un profil en lame de sabre, — qui n'était autre que l'huissier.

Ceci se passait dans une ville du centre de la France, où la troupe donnait des représentations depuis quelque temps.

Tout le matériel du cirque fut vendu ; mais, comme le total de la vente ne suffit pas pour payer les dettes, le malheureux Florenzi se vit appréhendé au corps, et logé gratis dans l'immeuble noir et enfumé connu, dans la ville, sous la dénomination de prison.

La troupe se dispersa dans tous les sens, qui à droite et qui à gauche ; le Furet avait conservé un agréable souvenir d'un de ses passages à Tours ; il résolut de s'y rendre à petites journées, espérant trouver là quelque lucrative occupation de laveur de vaisselle.

Son bagage ne se composait que du costume, autrefois propre, qui pendillait autour de ses membres grêles, et sa fortune d'une pièce de cent sous échappée au naufrage du cirque.

— A toi, maintenant, mon gros, dit-il, après avoir terminé sa narration ; manie-moi un peu lestement les dés de la conversation ; je t'écoute.

Décidément, le pauvre Potachou n'était pas du tout à la hauteur de monsieur Polycarpe ; au lieu de s'emparer de ces fameux dés, il ouvrit une bouche en forme de gueule de canon ; mais, aucun son ne s'en échappa ; ce que voyant, Polycarpe recommença son rire suraigu qui tout à l'heure avait été entre eux un élément de discorde.

Cette fois, Jean-Marie ne brandit pas ses poings avec rage, mais il les fourra sur ses yeux, ferma la bouche en allongeant les lèvres avec une lippe affreuse et fondit en larmes.

— Je suis trop malheureux tout de même de prêter à rire comme ça, dit-il enfin; c'est pas ma faute si je ne comprends pas la moitié de ce que tu me dis; pour qu'un garçon qui se dit mon ami, et a mangé au même pain que moi, se moque de moi comme tu le fais, faut donc que j'aie l'air bien bête?

— Dame, à te dire vrai, mon petit Pota-melon, tu n'as pas l'air dans ce moment d'une finesse à intervertir les phases de la lune; mais ta... naïveté doit provenir de l'insuffisance de ton éducation première; on n'a pas su développer et fortifier ce que nous autres, gens de théâtre, appelons la petite bête; dans ma société, tu te dégrossiras; pour l'instant, il faut bien avouer que tu es un peu trop rustique.

— Oui, il faudra que tu m'apprennes les belles manières, dit Jean-Marie; un garçon de mon âge qui se rend à Paris pour se mettre à la recherche de sa tantine Baubet, ne peut pas se contenter d'être un rude lapin; il faut encore qu'il soit un malin.

En quelques mots, il mit le Furet au courant de tout ce qui le concernait; sa confiance était même si grande qu'il ne craignit pas de lui faire l'aveu de la grosse somme qu'il portait sur lui.

Ce fut au tour de Polycarpe à ouvrir de grands yeux et une grande bouche, à l'annonce de ce magot qui représentait pour le moins une demi douzaine des recettes de son ancien cirque.

Cette connaissance, ébauchée au soleil levant, se transforma en vive amitié, bien avant la fin du jour.

C'était une chance pour Jean-Marie que d'avoir un compagnon de route vif et intelligent qui, s'il n'avait pas,

au point de vue moral, des principes d'une rigidité bien
absolue, se faisait pardonner leur élasticité par une gaîté et
un entrain inaltérables.

Le petit paysan, élevé par sa vieille mère dans des idées
d'honnêteté et de probité excessives, trouvait parfois les
maximes du Furet un peu osées, et il lui fallait un certain
courage pour lui en faire l'observation, sûr à l'avance que
l'ex-saltimbanque se moquerait de lui.

Ainsi, vers quatre heures du soir, il faisait une chaleur
accablante, les provisions des deux petits voyageurs
n'existaient plus qu'à l'état de souvenir ; la soif et la faim
commençaient à se faire sentir ; le babil du Furet allait en
sens inverse de sa fatigue ; il en arriva bientôt à garder le
silence le plus absolu ; Jean-Marie, après avoir mis un
caillou dans sa bouche pour se rafraîchir, proposa une
petite halte au bord d'un fossé où il y avait eu jadis de
l'eau.

— Ouf ! s'écria Polycarpe en se laissant choir sur l'herbe
épaisse, c'est bon de s'asseoir, mais ça ne remplit pas l'estomac tout de même ; à quoi nous sert-il d'être presque
millionnaires si nous ne trouvons pas le moyen de dépenser notre or ? moi, je donnerais bien ma pièce de
cent sous pour voir surgir ici un poulet rôti et une bonne
bouteille de vin.

— Gourmand, gaspilleur, riposta Jean-Marie avec indignation : cent sous pour un repas ! j'aimerais mieux ne
pas manger de trois jours plutôt que de dépenser tant d'argent ; fais un somme, ça te nourrira.

Le Furet trouva le conseil bon ; il se recoquilla sur lui-
même, les genoux à la hauteur du menton, les mains
croisées sous la plante des pieds, position qui lui était particulièrement chère ; les yeux lourds de fatigue, il allait

s'endormir quand il eut l'idée de jeter un regard sur son compagnon de route.

Jean-Marie assis bien droit, tenait entre ses doigts un bout de sa blouse qu'il roulait avec flegme, sans se douter que l'indice de sa méditation laisserait sur son vêtement neuf et empesé des traces ineffaçables.

— Qu'est-ce que tu fabriques-là ? rude lapin, dit le dormeur entre un éclat de rire et un bâillement, tu ressembles à un joueur d'orgue de barbarie qui tourne sa manivelle.

— Je ne joue pas, répondit sérieusement notre petit paysan, je réfléchis.

Une heure plus tard, lorsque le dormeur ouvrit les yeux, Jean-Marie réfléchissait encore et tournait toujours le bout de sa blouse.

— Ah! mon pauvre Potachou, dit-il en s'étirant, que n'es-tu l'ustensile de cuisine patron de ta famille; avec quel plaisir je fouillerais dans tes flancs pour me sustenter. Hélas! reprit-il en bâillant, rien à l'horizon, pas la plus petite auberge, pas même un jardin où les prunes et les abricots de notre prochain passeraient de leurs vertes branches dans nos gosiers desséchés; pas une ruche pouvant nous fournir un rayon de miel; enfin, pas même une chétive vache qu'en ta qualité de paysan tu saurais parfaitement traire dans mon sabot, tandis que je ferais le guet pour ne pas qu'on nous surprenne. Hein! quel régal, l'eau m'en vient à la bouche.

— C'est plutôt aux yeux, mon pauvre Furet que l'eau devrait te venir, s'écria Jean-Marie avec indignation; si j'avais des idées aussi malhonnêtes que les tiennes, j'en pleurerais de honte.

— Malhonnête, à présent? il dit que je suis malhonnête? voilà bien une autre affaire; malhonnête pour croquer quelques fruits?

— Dame! puisqu'ils ne t'appartiennent pas, c'est un vol.

— Du tout, tu ne sais ce que tu dis; voler et chiper, c'est bien différent. Je ne prendrais pas un sou dans la poche de mon voisin, mais les choses qui traînent appartiennent à tout le monde. Les oiseaux sont-ils des voleurs parce qu'ils picorent les cerises sur les cerisiers? Non, n'est-ce pas, il faut bien qu'ils se nourrissent? Eh bien! moi, je suis un pierrot passablement affamé pour l'instant, et je demande à picorer quelques fruits à défaut de nourriture plus substantielle, et je ne me crois pas un voleur pour cela, mon gros lapin.

Jean-Marie se tut, pensant bien que les expressions dont il aurait voulu se servir ne lui viendraient pas facilement aux lèvres; mais, dans son honnête petite conscience de paysan, il trouvait mille défauts au raisonnement de son camarade.

Certainement, les oiseaux vivent sur le bien d'autrui, mais ils paient leur dépense par une quantité de bons services.

S'ils avalent quelques graines, s'ils picorent quelques fruits, en revanche ils détruisent des milliers d'insectes qui auraient fait de bien plus grands dégâts.

Les propriétaires, tout en criant bien fort et en cherchant à protéger les arbres fruitiers par des épouvantails plus ridicules qu'effrayants, se gardent bien, cependant, de détruire les oiseaux.

Beaucoup d'autres animaux vivent encore aux dépens de l'homme, mais tous ont leur utilité; ceux qui n'en ont pas sont chassés et traqués comme dangereux, ou seulement nuisibles et on leur fait une guerre acharnée.

Est-ce donc à ces derniers que le Furet voudrait ressembler? fi! les vilaines habitudes qu'il avait prises là! la bonne femme Potachou avait enseigné à son drôle une autre morale; et, malgré sa grande tendresse pour lui, elle eut assurément caressé son échine avec un manche à balai, s'il s'était avisé de ramasser seulement deux noix sur le terrain d'autrui.

A force de marcher, les deux petits bonhommes finirent par arriver près d'une ferme assez importante dont la vue leur réjouit l'âme.

Il était environ huit heures; les travailleurs rentraient des champs, les uns portant leur faux sur l'épaule, les autres des râteaux et des fourches qui leur avaient servi à secouer et à ratisser le foin; la bonne soupe au lard allait réunir tous ces braves gens fatigués.

Par une fenêtre ouverte, une odeur exquise de petit-salé arrivait; les narines de nos deux affamés se dilataient avec volupté.

Oh! s'ils avaient eu seulement un gros et bon chiffon de pain bis à se mettre sous la dent, comme ils l'auraient mangé d'une façon gourmande, en l'assaisonnant de ce parfum-là!

Ils se consultèrent du regard et se comprirent sans parler. Jean-Marie, en sa qualité du plus grand des deux, et craignant un peu les façons fantaisistes de son camarade, se décida à prendre la parole.

Pour cela, il suffisait de s'approcher de la fenêtre et d'interpeller la fermière qui, armée d'une gigantesque cuillère de fer, remplissait à la ronde les assiettes placées autour de la table.

— Notre bourgeoise, dit modestement Jean-Marie, si c'était un effet de votre bonté de regarder par ici, vous y verriez deux pauvres petits diables à bout de forces et que l'odeur de votre bon fricot rend quasiment enragés. M'est avis qu'il doit bien rester au fond de votre grande marmite deux écuellées de cette bonne soupe, et en nous permettant de faire plat net, vous rendrez un rude service à deux gamins qui ne sont pas des mendiants, et ne demandent pas mieux que de payer quelques sous ce que vous voudrez bien leur donner.

La fermière s'était arrêtée dans sa distribution, la grande cuillère en l'air, écoutant d'un air étonné la prière du gamin.

Quand il parla de paiement, elle se rapprocha de la fenêtre pour examiner de plus près ceux qu'elle avait pris d'abord pour des vagabonds et des rôdeurs de grande route, comme on en voit tant dans les campagnes au grand déplaisir des cultivateurs.

Si le costume taché et maculé du Furet lui fit faire une légère grimace, en revanche elle sourit d'un bon et large sourire, en voyant le paquet de Jean-Marie, son petit baluchon si soigneusement et si bien empaqueté, ses précieux souliers qu'il ne se mettait pas aux pieds de peur de les user, et enfin son pantalon de nankin fait à profit par une mère prévoyante.

Elle leur fit bon accueil, les invita à venir souper avec ses gens; mais, comme le chien de garde Turc ne pratiquait pas l'hospitalité d'une façon aussi large que sa maîtresse, celle-ci dut envoyer son fils, Benoît, attacher ce trop bon gardien, tandis que sa petite Louison courait vers les nouveaux venus, et les introduisait en sautillant d'un pied sur l'autre dans la grande cuisine où tout le monde était assemblé

Elle les fit asseoir au bout de la table, à côté d'elle : C'était une mignonne enfant de huit ans, qui ne demandait qu'à rire et à jouer, et se prit tout de suite de grande amitié pour les deux compères.

Benoît, lui, était un grand et robuste garçon de dix-neuf ans passés; il secondait son père dans tous les travaux de la ferme: par sa force et son ardeur à la besogne il promettait de devenir un fameux abatteur d'ouvrage; malheureusement, son intelligence se montrait aussi paresseuse que son corps l'était peu; il était parfait pour obéir, le vigoureux Benoît, mais tout faisait prévoir qu'il ne saurait jamais commander.

Sa petite sœur, d'un signe de son mignon doigt, le faisait aller, venir, tourner à sa guise, absolument comme si elle eût été une jeune fille et lui un petit enfant.

— Ah! malheur de malheur! disait à sa femme le fermier Manceau, si notre gars avait seulement le quart de l'esprit de cette petite joint à ses muscles et à ses nerfs, quel gaillard ça ferait, qu'en dis-tu, la patronne?

— Je dis, mon homme, qu'il ne faut pas se montrer trop exigeant; l'un de nos enfants a la force, l'autre la ruse et l'adresse, tout est pour le mieux et nous devons encore remercier la Providence qui nous a départi un assez joli lot.

Jean-Marie et Polycarpe furent admirablement traités; on leur remplit quatre fois leur assiette; c'est eux qui durent demander grâce.

Un bon coup de vin clairet par là-dessus leur délia la langue; on les questionna, et ils ne se firent guère prier pour raconter leur histoire.

Louison y prit un plaisir extrême, surtout à celle du Furet qui, excité par un si succulent festin, joignit la pantomime aux paroles, et termina sa narration par une série de sauts périlleux qui fit battre des mains à toute l'assemblée.

Le père et la mère Manceau décidèrent qu'on leur donnerait un lit dans l'écurie, et qu'ils ne repartiraient, le lendemain matin, qu'après avoir tué le vers — expression qui, à la campagne équivaut à celle plus usitée à Paris de : prendre son chocolat.

En vraie mère de famille, la bonne fermière passa presque toute la nuit à savonner et repasser le malheureux costume de Polycarpe.

— Il n'a personne pour prendre ce soin, pensait-elle ; et, point d'habit de rechange ; il faut bien qu'il soit propre pour chercher à gagner sa vie.

Au moment de quitter cette brave famille, Jean-Marie était bien embarrassé pour la remercier ; il avait parlé la veille d'un paiement quelconque, mais il sentait qu'aucune pièce de monnaie ne pouvait acquitter tant de bienveillance et tant de bons soins.

Après avoir beaucoup réfléchi et fait part de son embarras au Furet — qui lui rit au nez, l'appelant serin de se préoccuper de ces délicatesses-là, quand il est si naturel que ceux qui ont beaucoup donnent à ceux qui ont moins, — il prit le parti d'aller trouver la fermière ; et tout en tortillant sa blouse en tire-bouchon, ce qui était chez lui, nous le savons, un signe de grande préoccupation, il lui conta son souci en lui demandant la permission de l'embrasser sur les deux joues, comme il ferait sur celles de sa chère mère, si elle était là.

Madame Manceau lui ouvrit ses bras en l'appelant bon petit cœur ; et lui, après s'être plusieurs fois essuyé respectueusement la bouche sur sa manche, s'élança au cou de l'honnête fermière qui, sous cette fougueuse étreinte, ne dut de rester debout qu'à la vigueur de ses muscles et à la grande solidité de sa base.

En quittant cette ferme hospitalière, les deux jeunes garçons emportèrent non seulement un gros paquet de provisions pour toute la journée, mais encore deux lettres que le brave père Manceau avait griffonnées avec de grandes difficultés, et non sans les arroser de bon nombre de taches d'encre.

Celle de Polycarpe était adressée à une crémière de Tours, qui depuis des années faisait venir son beurre de la ferme, et venait de demander qu'on lui envoyât un drôle intelligent pour faire ces commissions.

Quant à Jean-Marie, il serra précieusement la sienne dans la poche de son gilet, après l'avoir enveloppée de papier :

Celle-là, surtout, avait coûté de la peine et des soins au père Manceau, et la raison s'en comprendra parfaitement quand on saura qu'elle portait sur son enveloppe ces mots :

A monsieur le COMTE DE TRICOURT, *mon propriétaire,* *21 bis, rue Saint-Dominique à Paris.*

Le plus dur pour Jean-Marie, fut de réintégrer ses pieds dans leur cachot (page 46)

CHAPITRE III

Comment Jean-Marie Potachou fait un voyage qui, charmant au début, se
termine d'une façon moins agréable.

Ils marchaient vite les petits compagnons! Bien avant
la fin de leur troisième journée de voyage, ils avaient franchi les douze ou treize lieues qui séparent Chinon de Tours,
et il sapercevaient, brillant au soleil, les flèches des églises
de cette jolie ville.

Ils avaient les pieds un peu écorchés, mais leurs chaussures, elles, s'étaient reposées, et cette économie leur semblait excellente.

Avant d'entrer dans la grande ville, ils s'arrêtèrent au
bord de la Loire, pour faire un brin de toilette :

Un bon bain, d'abord, les reposa et les rafraîchit; puis, ils firent la lessive de leurs chemises et de leurs mouchoirs; ils les étendirent sur la grève où ils ne tardèrent pas à être secs; enfin, après avoir bien secoué leurs vêtements, ils s'habillèrent en éprouvant une grande jouissance à mettre du linge propre.

Le plus dur pour Jean-Marie, fut de réintégrer ses pieds dans leur cachot; les malheureux s'y refusaient, comme tout prisonnier le fait d'ordinaire; il fallut employer la force après la persuasion, et le résultat, quoique heureux, fut déplorable.

Polycarpe avait bien offert un échange qui aurait épargné certaines susceptibilités; mais l'amour-propre de Jean-Marie regimba devant une proposition pareille : entrer dans une grande ville dans des sabots d'emprunt, lorsqu'on a un moyen — douloureux il est vrai, mais enfin on l'a, c'est le principal — de faire autrement, jamais!...

Quand la toilette ne laissa plus rien à désirer, ils se trouvèrent fort beaux et s'admirèrent réciproquement :

— Sommes-nous braves, disait Jean-Marie, et vaillants donc; moi je ne suis pas plus las à présent que si je sortais de mon lit de plumes; grâce à toi, j'ai fait un voyage très agréable, mon petit Furet, et je me sens le cœur tout gros en pensant que nous allons nous quitter.

— Eh bien! et moi donc! si tu crois que ça m'amuse de rester ici, dans une boutique de beurre et d'œufs, où je ne manquerai pas de faire de grands dégâts à la première cabriole que je me permettrai; et, je me connais, je ne peut pas rester plus de trois jours sans en faire au moins une. Ah! Jean-Marie Potachou, heureux lascar, rentier et veinard, l'es-tu assez d'aller à Paris; mon rêve, à moi, qui n'y ai pas encore mis les pieds; mais bernique, on ne va pas jusque-là avec ses jambes et les chemins de fer ne sont pas fait pour moi; il faut que je me rabatte sur ma marchande d'œufs cassés, ou qui le seront.

— C'est bien malheureux qu'au lieu d'habiter Tours, la connaissance des Manceau n'habite pas Paris, nous ne nous serions pas séparés sitôt.

— Eh bien! après! quand elle aurait habité Paris, ce n'est pas ça qui m'aurait donné une place gratis, comme à un journaliste! C'est moi qui me moquerais de la recommandation du fermier, si je pouvais voyager sans bourse délier, comme un rédacteur de journal quelconque! Vois-tu, mon gros Potachou, écoute bien la pensée philosophique que je vais mettre à ta portée en me servant d'expressions compréhensibles : « Il n'y a d'heureux dans ce monde que les gens qui ont de l'or; tu es, toi, dans cette catégorie-là pour l'instant, profite de ton bonheur, et si jamais tu te trouves sans le sou, tu sentiras que ce pauvre Furet n'était pas si loin de la vérité; de l'or, beaucoup d'or, il n'y a que ça dans le monde! »

— Je ne dis pas qu'il faille dédaigner l'or, dit Jean-Marie étonné de l'exaltation de son camarade; mais, cependant, ça ne donne pas tout dans ce monde, comme tu le dis; ainsi toi, par exemple, est-ce que l'or te rendrait ton père et ta mère?

— Non, c'est vrai, mais l'argent me permettrait au moins de ne pas me séparer d'un ami comme toi, au moment où nous commençons à nous aimer très fort; tu vois bien que c'est encore le moyen de se refaire une famille; et puis, crois-tu que si j'avais été riche j'aurais laissé monsieur Florenzi aller en prison, lui qui a été si bon pour moi? Donc, je n'en démors pas : sur la terre il n'y a que la fortune qui nous rende heureux; ah! si jamais je suis millionnaire d'une façon ou d'une autre.....

— Il faut encore que la façon soit honnête.

— Bast! c'est un détail ça, fit le petit maigrelet en esquissant une pirouette; il y a toujours moyen d'employer, après, son argent honnêtement. Enfin, tout ça c'est des bavardages; il va falloir nous quitter : moi je vais peser du beurre et couper du fromage, pendant que tu vas rouler vers la capitale dont on dit tant de merveilles et retrouver ta marraine qui est très probablement une richarde.

— Et qu'est-ce que tu veux que je fasse tout seul dans Paris? dit le petit paysan; ta conversation m'a appris que j'étais bien ignorant de tout; ah! si tu étais toujours avec moi, quelle différence!

— Ecoute, Polycarpe, reprit Jean-Marie, il me vient une idée : cet argent que j'ai, c'est ma tantine qui me l'a envoyé pour que je le dépense à aller la voir; mais si je ne la trouve pas, je ne remplis pas son but; à nous deux nous dépenserons le double, c'est vrai, mais nous aurons aussi double chance pour la retrouver; alors, en t'emmenant avec moi, je ne gaspille donc pas son argent; je ne fais que l'employer d'une façon plus agréable, voilà tout, et ça, elle ne l'a pas défendu.

— Ah! mon gros lapin, s'écria le Furet en lui sautant au cou, comme l'esprit t'est venu vite! mais voilà un raisonnement que les savants les plus ratatinés ne pourraient que trouver sublime! Je crois bien que tu doubles les chances de la retrouver, ta tantine Baubet, tu peux t'en fier à moi! si je ne te l'ai pas dénichée avant huit jours, je veux que toutes les confitures que je goûterai de ma vie, se changent en moutarde.

— Allons, c'est entendu; mais la crémière de maître Manceau?

— Eh bien! allons la voir; si elle est assez gentille

— En voilà un marchand qui doit savoir l'heure mieux que le soleil ! (page 51)

4

pour nous garnir les poches de quelques chose de bon, je
ne m'y opposerai pas, ce sera autant d'économisé sur
notre fortune; et, à présent que nous allons puiser à la
même bourse, je veux m'arranger pour dépenser le moins
possible; tu verras si le Furet n'a pas la tête farcie d'in-
tentions un peu rusées, un peu... chouettes.

— Ça, c'est une bête de nuit, fit le petit paysan, je la
connais; mais, je ne savais pas que c'était une bête rusée.

En causant, ils avaient marché et se trouvaient à l'entrée de cette belle rue, qui dans ce temps-là s'appelait la
rue Royale. Jean-Marie s'écarquillait les yeux : cette longue
voie, ces maisons si régulièrement alignées, ces boutiques
étincelantes, tout était pour lui un sujet d'ébahissement.

— Seigneur comme c'est beau! comme ça brille! bien
sûr que Paris n'est pas plus grand et plus joli! Tiens,
Polycarpe, regarde donc ces horloges! il y en a-t-il des
petites et des grandes, il y en a-t-il! en voilà un marchand
qui doit savoir l'heure mieux que le soleil; et ça, Polycarpe, vois donc tous ces sabres et ces fusils, et ces beaux
glands en or, et ces casquettes rouges avec de l'or aussi :
doit-on être beau quand on a ça sur la tête!

— Ce sont des coiffures d'officiers; je connais ça depuis
longtemps; tiens, regarde ces gâteaux, ces nougats;
quelle mine, hein?

— Ça se mange tout ça?

— Je te crois, mon gros; on s'en lèche les doigts.

— C'est grand dommage de détruire de si belles
affaires.

Toujours flânant, puis s'arrêtant, puis faisant quelques pas encore, ils arrivèrent au coin de la *Rue Chaude;*
c'est là que la crémière, cliente du fermier Manceau, étalait
ses beurres et fromages dans la belle boutique dont les

murs étaient recouverts de marbre blanc; de grandes
jattes de lait occupaient le centre d'une table; d'immenses
paniers d'œufs frais étaient rangés tout le long du mur; au
milieu, une corbeille remplie d'œufs rouges, attira l'attention du petit paysan.

— Voilà qui est particulier, pensa-t-il, les poules à
Tours pondent donc d'une autre façon que celles de chez
nous? Je voudrais voir une de ces bêtes-là pour recommander à ma mère d'en acheter de pareilles : ça ferait joliment
plaisir à madame Frétinet de manger à son déjeuner des
œufs à la coque de cette couleur-là.

L'étalage des divers fromages le captiva; il n'en avait
jamais vu de tant de formes et d'espèces si variées; il ne
connaissait que le vulgaire fromage blanc de son village;
et, tandis qu'il les contemplait avec curiosité, le Furet ne
perdait pas son temps; il exhibait la lettre de recommandation du fermier, et faisait avec force saluts sa présenta-
tion et celle de son camarade.

La marchande mit ses lunettes pour prendre plus facilement connaissance de cette épître; de temps en temps
elle relevait les yeux pour examiner les deux enfants; la
mine éveillée du petit Polycarpe semblait lui plaire beaucoup.

— Ça n'est pas de chance, dit-elle, après avoir lu, non
sans peine, la lettre jusqu'au dernier mot; non, ça n'est
pas de la chance, vraiment : voilà justement huit jours
que j'ai fait venir le fils de ma sœur, mon propre neveu,
pour faire nos commissions; le drôle n'est bon à rien;
il ne pense qu'à jouer; et, quand je l'envoie en course, il
ne rentre qu'après s'être rendu coupable de mille sottises ;
mais je m'en suis affublée, je ne puis le mettre sur le
pavé pour en prendre un autre; c'est dommage : ta frimousse fûtée me revenait tout à fait.

A son grand étonnement, Jean-Marie qui allait, — pour faire cesser les regrets de la marchande, — lui expliquer leur projet de voyager ensemble jusqu'à Paris, vit le Furet, la main derrière le dos lui faire signe de se taire, tandis que sa figure exprimait le plus grand et le plus profond désappointement.

— Quel malheur! quel malheur! gémissait-il entre deux sanglots, qu'est-ce que je vais devenir, ma bonne dame, moi qui comptais si bien que vous alliez me faire gagner honnêtement ma pauvre vie. Le père Manceau m'avait dit comme ça que vous aviez besoin d'un gamin pour vous servir. Ah! si j'avais su que vous en aviez déjà un, je ne serais pas venu jusqu'ici, bien sûr; j'aurais trouvé à me placer à la campagne.

Et en disant ces mots, ses larmes redoublaient; on aurait dit de vraies grosses larmes qui coulaient sur ses joues pâlottes.

Jean-Marie le regardait d'un air... ahuri, se demandant s'il rêvait, ou bien si son compagnon de voyage avait perdu la tête.

— Mon pauvre drôle, tu me fais de la peine, dit la crémière, et je suis bien fâchée que tu aies fait le voyage jusqu'à Tours pour rien; c'est ma faute; j'aurais dû prévenir maître Manceau quand j'ai eu mon neveu. Qu'est-ce que je pourrais te donner pour te consoler? veux-tu deux œufs rouges et un morceau de pain tendre pour ton dîner?

— Oui, Madame, je veux bien, et pour mon camarade aussi, car il a été bien gentil pour moi; il a partagé ses provisions, et même il m'a dit qu'il ne me laisserait point dans l'embarras et m'emmènerait plutôt à Paris chez sa tantine Baubet, qui est crémière comme vous; seulement, je n'ai point d'argent pour payer ma place au chemin de

fer et, vous le savez, on ne voyage pas pour rien ; ça me
fait bien de la peine de ne pas aller avec lui, puisque je
ne puis rester chez vous ; à Paris, chez sa tante, je gagne-
rais joliment mon pain.

— Mais, fit Jean-Marie naïvement, pourquoi dis-tu tout
cela ? tu as donc oublié que...

— Oui, oui, interrompit le petit comédien avec aplomb,
je sais ce que tu veux dire ; tu m'as déjà offert de payer
pour moi ; mais, je ne veux pas de ça, je suis trop délicat
pour accepter ce sacrifice ; j'ai aussi mon amour-propre ;
ta tantine Baubet ne serait pas contente et ne voudrait
plus s'occuper de moi ; c'est bien assez que tu m'aies
nourri depuis plusieurs jours. Ah ! tu es un bon garçon,
je le sais bien, c'est justement pour cela que je ne veux
pas te dépouiller de tes quelques sous ; j'aimerais mieux,
vois-tu, balayer les rues ou demander la charité.

— C'est bête, [dit le petit paysan, puisque c'est de bon
cœur.

La crémière était en admiration devant tant de délicatesse.

— Comme ils sont gentils ! pensait-elle ; je ne peux, pour
cet enfant que m'envoie monsieur Manceau, faire moins
que ne fait son camarade ; une pièce de dix francs, sortie
de ma bourse, ne me fera pas mourir sur la paille, et ce
n'est que justice de dédommager le petit de la course
inutile qu'il vient de faire.

Elle les fit asseoir, et pendant qu'ils savouraient une
bonne jatte de lait qu'elle avait mise devant eux, elle prépara une petite corbeille qu'elle leur destinait.

Un gros morceau de pain beurré, quatre œufs rouges,
une tranche de fromage de gruyère et une bouteille de
demi-vin, l'emplirent bientôt ; puis, elle sortit de sa poche
deux écus de cinq francs tout neufs ; et les mit dans la main

du Furet qui les fit disparaître immédiatement dans la poche de son pantalon.

On pense bien qu'il n'épargna pas ses remerciements à la bonne crémière, en donnant à ses paroles l'expression émue qui lui parut convenable, en face de tant de générosité.

Le panier garni vint mettre le comble à sa gratitude; et, dans sa joie, il se serait certainement livré à une culbute dangereuse si Jean-Marie, plus calme et fort gêné de ces dons provoqués par tant de mensonges, ne l'eût arrêté par le bras.

Ils se rendirent donc à la gare, l'un exultant de joie et l'autre muet de tristesse; le premier se disant que le lapin n'était rude que de nom, mais plus poule mouillée qu'une petite fille; et le second pensant, avec chagrin, que le Furet n'était certainement pas le compagnon de route que sa mère lui aurait choisi.

La déception qui les attendait à la gare, changea le cours de leurs pensées respectives.

Le dernier train omnibus venait de partir, et comme leur bourse ne leur permettait pas de prendre d'autres places que les troisièmes, il leur fallait attendre un train du matin, et par conséquent passer la nuit à Tours.

Polycarpe ne proposait rien moins que d'aller demander l'hospitalité à la bonne crémière : une botte de paille étendue dans la boutique leur suffirait; et, la pensée de goûter un tout petit peu, sans qu'il y parût, à chacun des nombreux fromages qu'il avait comtemplés, n'était pas étrangère à ce désir.

Pour rien au monde, Jean-Marie ne voulut acquiescer à cette proposition; il était déjà trop honteux du moyen employé par son camarade pour se procurer souper et argent; sa première idée avait même été d'acheter un pain pour lui et de ne pas toucher aux provisions quémandées dans de telles circonstances; mais, son courage ne résista pas à l'offre d'un de ces œufs rouges qui avaient fait son admiration.

Comme ils devaient être bons étant si jolis! pensait Jean-Marie, bien sûr qu'ils ne pouvaient avoir le même goût que ceux de son village!

La gourmandise et la curiosité le firent donc capituler; mais tout en assouvissant son appétit, il eut le regret de constater qu'il venait, bien inutilement, de transiger avec la ligne droite qu'il s'était tracée, pour un mets infiniment moins bon qu'il ne l'espérait.

On les autorisa à passer la nuit dans la grande salle d'entrée; ils se blottirent dans un coin et s'installèrent, le mieux possible, sur des paniers vides qui étaient entassés là.

Ils dormirent si bien que le préposé aux bagages dut les secouer par le bras pour les éveiller.

Le premier train était déjà parti, quand ils furent prêts; il fallut perdre encore un peu de temps à attendre le second; mais, ni l'un ni l'autre ne se préoccupa de ce nouveau retard; ils étaient sûrs d'arriver à Paris le soir même, et c'était le principal.

Ils profitèrent de cette matinée pour aller faire un petit tour dans la ville; le Furet, qui la connaissait parfaitement, se transforma, pour l'instruction de son camarade, en cicerone tellement loquace, que le pauvre Jean-Marie, beaucoup plus étonné qu'émerveillé; tournant la tête à gauche, puis à droite, sur l'ordre de son conducteur, ne comprenait rien à tant d'explications si ce n'est que son crâne, beaucoup trop petit pour contenir tant de choses nouvelles à la fois, lui faisait un mal affreux.

Ils visitèrent la cathédrale, la vieille église de Saint-

Martin et différents autres monuments; ils se promenèrent sur les quais, le beau pont, les boulevards; ils allèrent même jusqu'au Jardin des Plantes; et, lorsqu'ils revinrent à la gare, le pauvre petit paysan, la tête étourdie et les pieds meurtris, se laissa tomber sur une banquette en poussant un soupir de fatigue si retentissant que le Furet lui éclata de rire au nez et inventa un verbe qui n'a pas encore pris son rang parmi ceux que l'Académie française couvre de sa haute protection.

— Eh bien! vrai! rude lapin, si tu commences à *ouffer* de cette façon pour une méchante promenade de deux heures, qu'est-ce que ça sera à Paris? tu ne pousseras plus un soupir, mais bien un beuglement !

— Faut bien espérer que ça ne durera pas toujours de même, fit Jean-Marie en regardant ses souliers; ils se feront, je pense.

— Qui sait? riposta le malin Furet; on a vu souvent des escarpins de si mauvais caractère qu'au lieu de s'assouplir aux admonestations de leur propriétaire, ils aimaient mieux lui bâiller largement au nez, ce qui est malhonnête et très incommode quand il fait de la boue. Tu auras toujours la ressource de t'en débarrasser un moment quand nous serons dans le wagon; tant pis pour les voisins, si ça les choque.

— Sois tranquille, mon cher Furet, je n'y manquerai pas, et j'attends ce moment avec impatience.

Ce fut en effet le premier soin du petit voyageur; alors, il se trouva tout à fait à l'aise, s'arrangea bien dans son coin, son paquet lui servant d'oreiller.

Il aurait été installé fort commodément pour dormir si sa curiosité ne l'eût tenu éveillé.

Toutes ces grosses machines fumantes qui circulaient sur les rails, ces sifflets stridents, ces monstres crachant

la vapeur et le feu étaient pour lui un sujet de profond
étonnement; il trouvait cela bien autrement intéressant
que les immenses églises qu'il avait visitées le matin, et
qui lui laissaient l'impression de grandes halles froides,
où il se trouvait moins bien pour faire sa prière que
dans la modeste petite église de son village du Loudunais.

— Alors, demanda-t-il, c'est une grosse voiture de feu
comme celles-là qui va nous emmener à Paris? c'est étonnant tout de même, sais-tu, le Furet; et comme ça file!
vois donc celle qui s'en va là-bas? va-t-elle, va-t-elle : on
dirait que le diable l'emporte; non, il n'y a point de chevaux dans tout mon pays qui pourrait la suivre, même au
grand galop.

— Je te crois, mon gros; tiens, nous voilà partis; tu vas
voir quand nous serons lancés à grande vapeur; et encore,
nous autres, nous marchons comme des tortues auprès
des trains que prennent les gens riches pour arriver
plus tôt.

— Comment! ils vont encore plus vite? est-ce possible?

Un vieux sergent, qui voyageait dans le même compartiment que les deux camarades, se rapprocha d'eux pour
faire un bout de causette :

C'était un chevronné, au teint basané, aux longues
moustaches fournies et qui avait dû en voir, du pays, depuis
qu'il portait la tunique!

On prétend que le soldat français manie aussi bien la
parole que la baïonnette : en cela on ne se trompe pas; il
se sent généralement écouté, admiré même, et ne manque
jamais de s'offrir un petit succès oratoire quand l'occasion
s'en présente.

Mais, comme le bon goût n'est pas donné à tout le

monde, comme il est toujours difficile de s'arrêter sur la
pente que la flatterie rend glissante, le pioupiou en est
arrivé à parler un langage créé par lui, pour son usage
particulier, et qui se transmet comme une tradition, de
classe en classe, avec de légères variantes et des adjonc-
tions nouvelles.

— Que vraisemblablement, voilà deux cadets qui ne me
font pas l'effet d'avoir souvent navigué sur le plancher des
vaches, dit-il en frisant sa moustache. Si l'expérience que
subséquemment les choses de la paix et de la guerre ont
apportée au sergent Passepoil, peut subvenir à ce qui manque d'espécial dans leur intellect par rapport à l'agence-
ment de la mécanique roulante qui nous voiture vers d'autres rives, je la mets à leur disposition.

Une conversation commencée sous d'aussi ronflants
auspices, ne pouvait pas manquer de devenir rapidement
intime.

Jean-Marie ne comprenait pas la moitié de ce que disait
le vieux soldat, mais le pauvre enfant trouvait quand même
qu'il parlait bien.

Polycarpe, lui, ne s'étonnait de rien, car il avait jadis
figuré dans une parodie militaire qui, malgré son titre de
pantomime, était pour le moins autant parlée que minée,
et il savait à quoi s'en tenir.

Les premiers sujets du cirque, chargés des rôles de
vieux grognards, ne manquaient pas, pour en faciliter
la compréhension aux spectateurs ébahis, d'émailler la
pièce des adverbes les plus fantaisistes et les plus ronflants, à la grande joie de tous.

Il était donc déjà familier avec ce redondant langage, et
n'eut guère d'effort à faire pour le parler presqu'aussi bien
que Passepoil lui-même.

On ne peut pas dire que Jean-Marie apprît beaucoup de

choses sur la machine qui les entraînait, cause première
de cette conversation intéressante; le sergent n'avait que
des notions très vagues en fait de mécanique; il confon-
dait dans un même sens la vapeur et le tender, la chau-
dière et la traction; finalement, il termina son explication
par ces mots :

— Enfin, quoi? c'est comme qui dirait un énorme
cheval qui aurait de l'eau bouillante dans les veines en
guise de sang, des roues au lieu de pieds et une cheminée
en place de naseaux; pour lors, tant plus l'eau est bouillante, tant plus la bête a le sang chaud et tant plus elle
court vite; or, comme le cheval est en chair et en os, et
qu'on ne peut lui surchauffer le sang des veines, parce
qu'il deviendrait cuit et par conséquent impropre au service, l'homme qui n'est pas aussi bête qu'on le croirait —
à voir les échantillons de conscrits que les provinces nous
envoient, — s'est dit comme ça : Que si vraisemblablement on remplaçait la carcasse destructible de l'animal
par une idem en cuivre solidement boulonnée et brevetée
sans garantie du gouvernement, il y aurait moyen pour
lors de lui insuffler une vie sous la forme d'un sang d'eau
bouillante et ce serait vertigineusement bien compris.
Telle fut l'origine des chemins de fer, mes cadets, et vous
voyez, par ma superlifique explication, que l'inventeur de
la machine, et le sergent Passepoil qui vous à découvert
les trésors de son génie, ne sont pas des crétins l'un et
l'autre.

— Ah! sergent, s'écria Jean-Marie avec admiration,
parlez-vous bien tout de même! M'est avis que monsieur
le Préfet, quand il vient de la grande ville pour faire la
révision des gars de chez nous, ne dit pas de plus belles
choses; aussi sûr que je m'appelle Potachou, je n'ai de
ma vie, rien entendu d'aussi beau !

— Eh! eh! voilà un conscrit qui ne manque pas de goût, reprit Passepoil en donnant une chiquenaude ami-cale sur la grosse joue ronde du gamin ; avec des instincts aussi supérieurement raffinés que les siens, il est sûr d'ar-river, c'est moi qui lui prédis ça.

— Comment? d'arriver?... c'est-il donc que la machine va si vite que nous étions en danger de ne pas bien ter-miner notre voyage?

Le Furet et le sergent se mirent à rire de l'air inquiet et effaré du petit bonhomme, et Passepoil, avec un redou-blement d'adverbes ronflants, lui expliqua ce qu'il enten-dait par ce mot :

— Un homme arrivé, vois-tu, c'est comme qui dirait celui qui te parle ; regarde-moi bien en face, mon petit, et dis-moi, clampin, si tu trouves que je ressemble au premier venu?

— Nenni, M'sieur, il n'y a guère que le bedeau de l'église de Loudun qui ait des habits aussi brillants que les vôtres, les jours de grandes cérémonies.

— Peuh! un bedeau! jolie comparaison! apprends, jeune ignare, qu'un bedeau n'est qu'un rien du tout au-près du sergent Passepoil. Un bedeau, c'est tout au plus utile pour chasser les chiens des églises; mais moi, clam-pin, mais moi, j'ai chassé les ennemis; j'ai défendu le drapeau de mon pays; je me suis couvert de gloire et de blessures; et, si j'ai gagné mes galons, ça n'est pas en portant au côté un sabre fictif, destiné à ne jamais sortir du fourreau comme celui du particulier sus-nommé.

— Regarde ma poitrine, ajouta-t-il avec emphase en se plantant un vigoureux coup de poing au milieu de l'es-tomac, vois-tu ces médailles? Celle-ci, je l'ai gagnée au Mexique : une balle m'est entrée par une joue pour res-sortir par l'autre, m'emportant aussi un morceau d'o-

reille qui s'est obstiné à ne jamais repousser; c'est le
général Forest lui-même qui, en visitant l'ambulance où
je végétais en me remémorant l'ennui d'avoir perdu quatre grosses dents par suite du passage de la balle, c'est
insinuais-je, le général Forest qui m'a donné cette médaille là.

— Quant à celle-ci, c'est une autre affaire, je l'ai eue à
Magenta pour avoir encloué un canon autrichien à la
barbe du canonier; enfin, cette troisième, mon petit, oh!
cette troisième, me rappelle la Crimée, ma première campagne où j'ai eu un fameux trac en entendant le canon.
Dame! faut excuser une minute de tremblement à un pauvre petit zouzou qui n'avait seulement pas atteint sa crois-
sance complète, et s'était engagé à dix-sept ans, pour la
cause que l'état militaire, il était dans ses goûts. Je peux
d'autant mieux avouer cette peur-là, vois-tu, qu'elle a
été la première et la dernière, et qu'à présent, il pourrait
bien éclater à mes oreilles une pétarade de dix mille
canons, le sergent Isidore Passepoil ne bougerait-tant
seulement pas d'une semelle. Pour un homme arrivé, c'est
un homme arrivé et vous pouvez l'admirer à votre aise,
clampins!

— A présent, reprit-il plus calme, je suis sur le point
de prendre ma retraite, et de me reposer comme qui
dirait dans mes propres *pernates* (pénates), où je m'en-
nuirai sûrement plus qu'autour d'un feu de bivouac;
mais enfin, faut faire une fin. Si pourtant, il se faisait
qu'un de ces jours l'ennemi se permît de venir nous hous-
piller de trop près, que pour lors le sergent Passepoil
trouverait une occupation aussi agréable à son cœur
qu'utile à son pays, dont il oublierait du coup son idée
de retraite et de pernates et serait le premier, plein
d'ardeur et de vigueur, à mener les blanc-becs au feu et à

leur montrer les bons endroits, là où ça chauffe et où l'on est sûr de ne pas attraper des bonbons fondants, si on attrape quelque chose.

En attendant, mes petits, j'ai attrapé soif à tant parler, et celui qui aurait comme qui dirait une goutte de quelque chose à m'insuffler dans le gosier serait le bienvenu.

— Mon sergent, dit le Furet, je voudrais avoir un barrillet plein de bon « chnik » tout pur à vous offrir; par malheur, je ne possède qu'un fond de bouteille d'eau rougie, et c'est un breuvage que votre palais ne doit guère porter en haute estime ; si pourtant c'est un effet de votre bonté d'accepter ce que je vous offre de bon cœur, n'ayant rien de mieux, vous me ferez grand honneur et plaisir, sergent.

— Je te crois, mon petit homme, que j'accepte et avec enthousiasme encore ; rien ne m'altère plus que cette fièvre d'éloquence qui de temps en temps me dévore, comme dit ma promise qui est en service chez un avocat. Ouf! voilà qui est flûté, et quoique ce soit un tantinet fadasse, je me sens le larynx supulativement mieux que tout à l'heure.

Le train entrait en gare d'Orléans.

— Mais voici l'instant où il faut nous quitter, mes conscrits; le sergent Passepoil est appelé par les devoirs de son service dans la ville d'Orléans, et pour lors ne peut ni vous accompagner, ni vous piloter dans Paris; ce qu'il aurait fait à son honneur, il s'en flatte, car la capitale est aussi connue au vieux dur-à-cuire, que l'envers de sa tunique. Si donc, dans l'avenir, je rencontre vos mines joufflues et fûtées, je me rappellerai que votre jeunesse a eu égard à mon expérience et m'a écouté avec la déférence qui convient indubitablement à des blanc-becs comme vous vis-à-vis d'un moustachu de mon espèce; en outre, vous avez étanché la soif de mon gosier, ce qui équivaut à une bonne action ; donc, c'est à revoir que je vous dis, et si je puis jamais vous rendre quelque service, ça sera de tout cœur et de toute main. Pour lors donc, voici le sifflet de la machine qui me rappelle à mes devoirs ; adieu, jeunes clampins, je vous la serre amicalement et vous la souhaite bonne et florissante.

Et sur cette phrase dont Jean-Marie eut quelque peine à deviner les mots élidés, le sergent Isidore Passepoil descendit en gare d'Orléans, et disparut en faisant à ses jeunes compagnons un dernier signe amical.

Le wagon se remplit de paysans, qu'un grand marché avait attirés à Orléans et qui s'en retournaient une fois leurs ventes et leurs achats menés à bonne fin ; ils se connaissaient tous, parlaient entr'eux de leurs affaires, ce qui n'était d'aucun intérêt pour les enfants.

Peu à peu, le mouvement les berça et ils s'endormirent. . . . .

Combien de fois les voyageurs se renouvelèrent-ils dans leur compartiment ; ils n'auraient su le dire, puisqu'ils sommeillaient profondément, si profondément même qu'ils ronflaient et que sans attirer l'attention de personne, un mauvais petit garnement pût s'approcher de Jean-Marie, se pencher, saisir sournoisement les beaux souliers neufs qui étaient rangés sous la banquette, y enfiler ses pieds mal garantis par de vieux sabots percés qu'il lança par la portière ; puis, il descendit tranquillement à la station suivante.

Quand le rude lapin voulut mettre la dernière main à sa toilette, avant d'arriver à Paris, il ne trouva plus ses magnifiques chaussures, cause d'orgueil et de souffrance, dont il était si fier.

En vain chercha-t-il sous les banquettes, dans tous les coins : rien !

Il questionna les voyageurs, mais ils avaient bien autre chose à faire qu'à lui répondre : tous se préparaient pour descendre, et se chargeaient qui d'un panier, qui d'un bissac, qui d'une bourriche.

Un Monsieur galonné vint prendre les billets.

Jean-Marie voulut lui réclamer ses chers souliers, mais l'employé lui rit au nez, disant que le meilleur moyen de ne pas égarer sa chaussure en voyage, était de n'en pas sortir ses pieds.

Tout penaud, le pauvre petit paysan dût se contenter de cette réponse; mais il avait si piteuse mine que le Furet faisait des efforts héroïques pour retenir une furieuse envie de rire, qui eût certainement semblé à son compagnon aussi intempestive que de mauvaise amitié.

— Ah ! oui, fit Jean-Marie, mon oncle, va peut-être rentrer pour souper? (page 70)

CHAPITRE IV

Comment le rude lapin apprend à ses dépens qu'il est parfois dangereux
d'ajouter trop vite foi aux paroles d'une inconnue.

Malgré l'humiliation qui lui faisait monter le rouge au
visage, Jean-Marie Potachou dut faire son entrée dans la
capitale sur ses pieds-nus, comme un petit vagabond.

Certes, il avait l'oreille basse, le pauvret, et ne souhaitait
pas retrouver immédiatement sa tantine.

Avoir une si belle blouse neuve! de si belles culottes
jaunes! et pas de chaussures! était-ce assez vexant.

— Il n'y a qu'une chose à faire, dit le Furet qui était
pour les moyens expéditifs, c'est d'acheter tout de suite

67

d'autres souliers pour te mettre à la recherche de ta tantine Baubet.

— Oui, mais autant m'en coûtera?

— Dame! c'est bien sûr qu'on ne te les donnera pas
pour rien, mais puisque tu as de l'argent, tu n'es pas pris.
Assieds-toi sur ce banc, je vais aller voir dans le quartier
si je ne trouve pas un cordonnier dans les prix doux ; je
reviendrai te chercher, à moins cependant que tu n'aimes
mieux venir avec moi.

— Non, dit Jean-Marie, il me semble que tout le monde
me regarde : ce doit être à cause de mes pieds nus ; je vais
rester ici à t'attendre.

Tandis qu'ils causaient ainsi sur le quai qui avoisine
la gare, ils n'avaient pas remarqué qu'une femme les
suivait et les écoutait.

Elle était nu-tête, en robe noire et en tablier de coton
bleu ; elle ressemblait à une cuisinière ; mais, ses cheveux
mal peignés, son col défraîchi, sa robe tachée et son air
traînard et fainéant prouvaient qu'elle ne travaillait que
lorsqu'elle ne pouvait faire autrement.

Ce jour-là, comme il faisait beau, elle était venue flâner
près du pont d'Austerlitz ; elle avait remarqué les deux
enfants, les avait entendu parler entre eux ; et sûre que le
gros joufflu possédait quelque argent, ne l'avait plus
perdu de vue.

Assise près de lui, sur le banc où il devait attendre son
camarade, elle n'eut guère de peine à lier conversation, ce
qu'elle leur avait entendu dire ayant suffi pour la mettre
au courant de leur situation.

— Vous venez, sans doute, à Paris pour la première
fois? demanda-t-elle amicalement à Jean-Marie ; si je
peux vous être utile à quelque chose, je ne demande pas
mieux que de vous aider.

— Vous êtes bien honnête, Madame, répondit-il; pour l'instant, je n'ai besoin que d'une paire de souliers pour remplacer ceux qu'on m'a volés; mais, quand je serai rechaussé, je vous demanderai de nous conduire dans un petit hôtel garni où nous pourrons coucher sans trop dépenser.

— Vous n'avez pas beaucoup d'argent, sans doute?

— Oh! j'en ai assez pour n'en demander à personne, dit-il bien vite, croyant qu'elle allait lui offrir un secours; seulement, je suis obligé de limiter nos dépenses, parce que je suis venu de mon village avec tout ce que ma mère, Marie Potachou, avait mis de côté; et, il faut que ça dure jusqu'à ce que j'aie retrouvé ma tantine qui est fruitière à Paris; je ne sais seulement pas ce qu'elle est devenue.

— Ta tantine, dit la femme avec animation, serait-ce de ta tantine Baubet que tu voudrais parler?

— Oui, c'est ma tantine Baubet, ma marraine, la sœur de maman que je ne connais pas, mais que je suis venu chercher à Paris, est-ce que vous la connaîtriez, Madame?

— Mais, c'est moi, ta tantine Baubet; c'est moi, mon neveu, faut que je t'embrasse. Et comment va ma sœur, Marie Potachou; donne-moi donc de ses nouvelles, mon cher filleul?

Jean-Marie était ahuri; il n'en croyait pas ses oreilles.

Hé quoi! il retrouvait ainsi celle qu'il cherchait, tout de suite en descendant du chemin de fer? c'était ça une fameuse chance!

Il n'eut pas l'idée de lui demander comment elle se trouvait précisément en promenade devant la gare, à l'heure de son arrivée; elle s'appelait Baubet, c'était bien sa tantine; il n'y avait pas à en douter; il ne pensa pas davantage que Polycarpe ayant prononcé ce nom-là tout haut, il était bien facile à l'intrigante de se l'approprier.

— Ah! ma bonne marraine, s'écria-t-il, en lui jetant ses deux bras autour du cou; en voilà un bonheur de vous rencontrer dès en débarquant à Paris! comme je suis content! et c'est le Furet qui va être étonné.

— Le Furet? qu'est-ce que c'est que ça?

— C'est le camarade avec lequel j'ai fait le voyage; il est allé à la recherche d'un cordonnier. Ah! ah! lui qui est si éveillé et qui se faisait fort de retrouver ma tantine avant huit jours, je vais lui montrer que tout rusé qu'il est, je l'ai été encore plus que lui, puisque vous voilà déjà.

Jean-Marie riait de la surprise qu'allait éprouver son ami; mais, la soi-disant tantine Baubet ne se souciait aucunement de faire la connaissance de ce Furet qui serait sûrement plus clairvoyant que ce garçon-là.

— Si ton ami est allé à la recherche d'un cordonnier, il n'est pas près de revenir, dit-elle en se levant; je n'en connais pas par ici, tandis que j'en ai un à ma porte; viens-t'en avec moi à la maison, je te prêterai des chaussures et tu en achèteras d'autres demain; mais dépêchons-nous, il est l'heure de rentrer, je suis pressée.

— Ah! oui, fit Jean-Marie, votre mari, mon oncle, va peut-être rentrer pour souper?

— Hein! pensa la femme, il paraît que j'ai un mari; c'est bon à savoir... Justement, ajouta-t-elle tout haut, s'il ne me trouvait pas à la maison, il pourrait se mettre en colère, car c'est un homme très coléreux que ton oncle; il ne faut pas lui tenir tête; je tremble devant lui comme une feuille : quand quelque chose le contrarie, il tape dur.

— Ma pauvre tante! fit Jean-Marie avec commisération, vous devez être bien malheureuse avec un brutal comme ça; partons vite; je ne voudrais pas qu'à cause de moi, vous ayez des reproches ou des coups. Seulement, faudrait prévenir le Furet.

— Laisse-moi faire, dit-elle vivement, je m'en charge.

Il y avait à quelques pas de là un infirme qui tendait la main aux passants ; elle lui donna deux sous, et le chargea de dire au camarade de son neveu, quand il reviendra, que Jean-Marie avait retrouvé sa tante, et qu'il se rendait à la Bastille, près de la colonne où il espérait que le Furet viendrait de suite le rejoindre.

Puis, elle prit le bras du petit voyageur sous le sien et, tournant le dos à cette colonne qu'elle assignait comme rendez-vous, elle entra dans le Jardin des Plantes.

Elle hâtait le pas, dans la crainte que le Furet, dont elle redoutait la finesse, ne les aperçût. Elle fit plusieurs détours dans ce grand jardin, passant par la ménagerie des animaux féroces, mais sans s'y arrêter, quel que fût le désir que Jean-Marie pût éprouver à voir de près ce que c'était qu'un lion.

Ils sortirent du jardin par la porte qui est près de l'hôpital de la Pitié, et là, circulèrent dans une quantité de petites rues noires et malpropres, se ressemblant toutes dans leur laideur.

Intérieurement, le lapin se disait :

— C'est pas bien beau Paris ; les rues de notre village sont plus gaies que celles-là ; on y voit le soleil, au moins, et les maisons ne ressemblent pas à des tours qu'on a toujours peur de voir s'écrouler sur sa tête.

La personne que Jean-Marie appelait respectueusement sa tantine Baubet, et qui n'était connue dans le quartier Mouffetard que sous le nom de Pichenette, s'entendait admirablement à dévaliser le pauvre monde ; c'était son unique gagne-pain du reste ; mais, elle prenait le costume et les apparences d'une honnête ouvrière pour ne pas effrayer les moutons qu'elle s'apprêtait à tondre.

Si un voyageur attardé ou un ouvrier rompu de fatigue

avait l'imprudence de s'asseoir et de s'endormir sur un
banc, Pichenette, avec une dextérité de main que lui eussent envié les pick-pockets d'Outre-Manche, avait dépouillé
le malheureux en moins de temps qu'il n'en faut pour le
dire : montres, chaînes, couteaux, bourses, mouchoirs,
tabatières et même cravates, venaient échouer dans un
honteux pêle-mêle, au fond des immenses poches de son
tablier de coton bleu.

Quelque infime bric-à-brac du quartier lui achetait, à
prix réduit, le résultat de son travail, comme elle disait
avec aplomb; mais le bien mal acquis ne profite jamais,
et Pichenette en était souvent réduite, malgré ses larcins,
à n'avoir qu'une croûte de pain bien dure à se mettre sous
la dent.

On comprend que la vue de ce petit paysan, qu'elle
savait pourvu de quelque argent, lui eût inspiré l'idée de
profiter de sa naïveté.

Ce fut devant une maison d'apparence sordide que
Pichenette s'arrêta; elle fit entrer Jean-Marie dans une
allée sombre et étroite, et lui dit de monter l'escalier qui se
trouvait au bout. Cela parut fort étonnant au petit voyageur
qui, tout novice qu'il fût dans la vie civilisée, savait pourtant que les marchandes fruitières n'ont pas l'habitude
d'étaler leur marchandise aux étages supérieurs d'une
maison.

Il avait remarqué que les deux boutiques qui encadraient
la porte d'entrée, étaient occupée l'une par un charbonnier
et l'autre par un marchand de vin, chez lequel on entendait
des cris et un bruit de dispute; où donc sa tantine avait-
elle sa maison de vente, alors?

Il n'osa pas le lui demander; elle le pressait de monter;
et, à chaque palier, lorsque tout essoufflé il s'arrêtait,
croyant enfin être arrivé, elle lui criait ces mots :

— Eh! va donc traînard, plus vite que ça, nous n'arriverons jamais.

— Ah! ça, est-ce que nous montons au ciel, pensait le jeune garçon; m'est avis que nous sommes un tantinet plus haut que la pointe du clocher de mon village.

Enfin, après avoir ascensionné ainsi dans cet escalier qui se rétrécissait à mesure qu'il s'élevait et en arrivait à ressembler tout à fait à une échelle de meunier, ils finirent par en voir la fin, et se trouvèrent en face de deux petites portes mal jointes : une de ces portes s'entr'ouvrit et une tête pâle et décoiffée apparut.

Cette tête appartenait à un maigre corps de femme, fort pauvrement vêtu; ces yeux creux, cette peau d'une blancheur transparente, ces cheveux noirs et ébouriffés produisirent sur Jean-Marie un effet répulsif; il lui sembla voir une de ces mauvaises sorcières, jeteuses de sorts, voleuses d'enfants, suceuses de sang, comme celles dont sa mère lui avait souvent raconté l'histoire quant il était petit.

— C'est toi, Pichenette, dit cette vilaine personne, j'espérais en entendant craquer l'escalier que c'était ce polisson d'Arthur; voilà deux heures passées qu'il est parti en maraude; il va se faire pincer, c'est sûr; en attendant, moi, je meurs de faim; je n'ai que mon café au lait dans l'estomac depuis ce matin; la p'tiote dit qu'elle a trop mal au pied et ne veut pas sortir, malgré les claques que je lui ai administrées.

— Je l'ai aperçu ton gamin, répondit Pichenette; il faisait une partie de billes et ne s'occupait guère de t'apporter ta subsistance, ma pauvre Blafarde.

— Ah! le misérable, s'écria en serrant un poing si maigre, que chaque os ressortait comme un piquant de porc-épic, celle qui répondait au sobriquet bien mérité de

Blafarde; ah! le misérable, je vais lui faire une caresse dont il se rappellera; nous verrons si l'envie de jouer encore aux billes le reprendra.

— Rentre chez toi, dit Pichenette; tu t'excites et tu te fais mal; je vais te porter quelque chose à manger, et puis nous verrons; mais il faut d'abord que je te présente mon neveu, le fils d'une sœur à moi.

— Ton neveu! fit la Blafarde avec son rire si aigu qu'on croyait entendre deux roues mal graissées grincer l'une contre l'autre; depuis quand t'es-tu donc découvert une famille? ah! ah! la bonne histoire.

Pichenette lui fit de la main signe de se taire; elle ouvrit la seconde porte et fit passer Jean-Marie devant elle: c'était une mansarde éclairée par une unique fenêtre à tabatière; les meubles plus que sommaires se composaient d'une couchette en fer très basse, d'une table en bois blanc, d'un petit fourneau et de deux chaises.

Le lit n'était pas fait; la tasse et l'assiette du déjeuner n'étaient pas lavées; une robe et un bonnet encombraient l'une des chaises; de vieilles chaussures traînaient dans un coin en compagnie de bouteilles vides, d'une poêle et d'une casserole ébréchée; une odeur de poussière et de renfermé montait à la gorge: ce réduit était infect.

Jean-Marie, habitué à la modeste, mais propre maisonnette de sa mère, se demandait comment on pouvait vivre ainsi sans air et sans soleil; chez lui, les meubles n'étaient pas beaux, mais bien nettoyés; dès le matin, les deux grands lits battus, secoués, rebordés donnaient à la chambre un aspect honnête et ordonné; les habits non plus ne traînaient pas; et, le dimanche soir, la mère Potachou ne se serait pas couchée sans les avoir brossés, pliés et serrés avec soin dans le grand coffre de chêne qui sentait bon la lavande et le thym.

Il commençait à se demander s'il avait eu raison de venir : sa tantine lui faisait l'effet d'une femme désordonnée et malpropre; de commerce, il n'en voyait pas trace; alors de quoi vivait-elle?

Et cette voisine décharnée qui ne parlait que de battre les enfants et lui riait si désagréablement au nez! comme elle lui déplaisait!

— Assieds-toi là et débarrasse-toi de ton paquet, mon neveu, dit Pichenette après avoir refermé la porte; bon! mets tout cela dans un coin. Tu as un drôle d'air; est-ce que tu ne trouves pas ma chambre à ton goût? Dame, ça n'est pas un palais, mais quand j'ai quelque bonne aubaine, on y fait tout de même de bons petits repas qui ne sont pas tristes. Par exemple, ce ne sera pas ce soir, car mon mari a oublié de me laisser de l'argent, et je ne sais pas ce que je vais faire pour le dîner; tu n'aurais pas, par hasard, quelque monnaie à me prêter? je te rendrais cela demain.

Les manières de Pichenette lui déplaisaient de plus en plus; mais, comment refuser à celle qu'il croyait sa tantine un peu de cet argent qu'elle lui avait envoyé?

Il défit donc la grosse ceinture de toile, dans laquelle sa mère avait cousu si soigneusement un à un les écus de cent sous; avec la pointe de son couteau, il coupa le fil qui entourait une des pièces et la présenta à sa marraine.

Celle-ci avait suivi ce petit travail avec le plus haut intérêt, et ne lui laissa pas le temps de reboucler sa ceinture.

— Il ne faut pas porter tout cet argent-là sur toi, mon neveu, dit-elle avec empressement; tu pourrais être volé et ce serait grand dommage; donne-moi ton magot, je vais le serrer là; dans cette armoire, il sera à l'abri des scélérats, je t'en réponds.

Nous devons dire que ce fut avec un regret poignant que

Jean-Marie, vit son petit pécule passer dans les mains de sa bizarre tantine ; il trouvait son trésor parfaitement en sûreté autour de ses reins, et cet empressement ne lui disait rien qui vaille ; mais la même raison qui lui avait fait découdre une de ces pièces, pour fournir à l'achat du dîner, lui fit abandonner le reste ; puisque tout ceci lui venait de sa marraine, impossible de se refuser à cet excès de précautions.

Pichenette, après avoir mis la clef du placard dans sa poche, dit à son neveu de l'attendre, qu'elle allait chercher le dîner. Elle se munit d'un petit panier dans lequel elle eut le soin de mettre une bouteille, à moitié pleine d'une eau-de-vie n'ayant que de très loin une parenté quelconque avec le vieux cognac dont l'étiquette s'étalait sur les flancs verdâtres du récipient.

Elle ne descendit pas immédiatement. Jean-Marie l'entendit entrer chez la voisine ; et bientôt des rires, des éclats de voix, et les chocs de deux verres, lui apprirent que les deux commères essayaient de se donner un peu de montant à l'estomac en y précipitant ce liquide, appelé communément parmi leurs semblables, du tord-boyau.

Après une bonne demi-heure de trinqueries et de bavardage, la Pichenette et la Blafarde se décidèrent à se séparer : la première pour descendre aux provisions, et la seconde pour aller se jeter sur son grabat, où après de terribles quintes de toux, le sommeil vint enfin la prendre.

Les tristes réflexions que faisait le pauvre lapin furent interrompues par un petit grattement contre la porte ; il ne savait s'il fallait ouvrir ; mais, une voix grêle et douce, l'appela.

— N'aies pas peur, c'est moi, ta petite voisine ; la vilaine Blafarde dort et je veux te parler.

Il tourna le bouton de la serrure et se trouva en présence

d'une petite fille si menue, si pâlotte, qu'elle semblait
avoir cinq ans à peine ; mais, son visage rusé, son regard
décidé indiquaient qu'elle avait presque le double de cet
âge ; elle entra en sautillant sur un seul pied et se laissa
tomber sur la couchette.

— Viens-là, près de moi, pour que je te regarde
bien.

— Bon ! dit-elle, après un silence ; tu as une honnête
figure toi, tu n'es pas méchant ; tu me plais et je vois que
j'ai bien fait de venir. Veux-tu que nous soyons amis ? je
vais te rendre un grand service ; mais, c'est à charge de
revanche, et il faudra que tu me protèges contre ce brutal
d'Arthur qui me bat tout le temps et me vole les sous que
les passants me donnent.

En disant ces mots, elle avait appuyé sa petite tête maladive, d'une façon câline, sur la robuste épaule de Jean-
Marie qui la regardait avec autant d'intérêt que d'étonnement.

— Qui donc es-tu ? demanda-t-il, enfin.

— La P'tiote, je n'ai que ce nom-là ; je demeure à côté,
chez cette ivrognesse que tu entends ronfler d'ici.

— C'est de ta mère que tu parles ainsi ? riposta le petit
paysan en retirant vivement son épaule : c'est très mal ce
que tu dis-là ; je n'aime point les petites filles qui man-
quent de respect à leur maman.

— T'es bête, mon pauvre garçon, dit l'enfant avec un
air de profonde commisération ; est-ce que la Blafarde est
ma mère ? pas plus que la Pichenette n'est ta tante.

— Qui ça, la Pichenette ?

— Eh bien ! la Pichenette donc ; cette Pichenette qui t'a
ramené avec elle tout à l'heure, et qui est allée avec ton
argent acheter de quoi manger et surtout boire. Voilà justement pourquoi je suis venue te trouver : c'est pour te dire

tout ça; j'ai fait semblant de regarder par la fenêtre, en chantonnant, pendant que les deux vilaines femmes trinquaient, et j'ai tout entendu. Elles riaient joliment de toi et de ta bêtise d'avoir cru retrouver ta tantine Baubet.

— Comment, comment? ça n'est pas ma tantine; ça n'est pas ma marraine?

— Mais non, elle n'est pas ta parente, et la Blafarde n'est pas ma mère, ni celle d'Arthur non plus; ce sont de mauvaises femmes qui volent et nous apprennent à voler.

— Est-ce possible?

— Si Pichenette t'a amené chez elle, c'est pour te dévaliser ou bien t'envoyer en maraude comme Arthur, c'est-à-dire chiper tout ce que tu pourras à l'étalage des boutiques; moi, je n'ai pas voulu, alors la Blafarde me bat et me force à mendier; au moins, ça n'est pas malhonnête, puisque les passants ne me donnent que ce qu'ils veulent; mais, comme je ne savais pas assez bien les apitoyer sur mon sort, cette harpie m'a mis sur le pied une pommade qui me l'a fait gonfler, et je souffre tant que je ne peux marcher qu'en sautant; aussi, j'ai refusé de sortir tantôt; j'aime encore mieux les claques et le jeûne que les douleurs que j'endure en marchant.

Jean-Marie était atterré : toutes ces révélations le remplissaient d'épouvante; il ne pensait plus qu'à une chose : c'était à fuir; mais comment fuir, quand tout son avoir, toute sa petite fortune était enfermée là, dans ce placard dont la clef avait été si soigneusement enlevée?

Il instruisit sa nouvelle amie de ce fait, et tous les deux usèrent les ongles de leurs mains contre cette porte qui ne voulut pas céder.

Alors, le pauvre garçon fut pris de désespoir; il se mit à sangloter en cachant sa tête dans sa blouse; il fallut que la P'tiote vint le prendre par le cou, et lui donnât un bon baiser de petite sœur pour le consoler un peu.

Elle avait l'imagination très éveillée, comme tous les enfants qui courent tout le temps sur le pavé de Paris : elle eut bientôt fait de trouver un expédient.

— Tu vas faire comme si tu ne savais rien, dit-elle; tu aideras Pichenette à préparer le dîner, et tu seras gentil, comme si c'était ta vraie tante; seulement, tu diras que tu es fatigué par le voyage, et tu feras semblant de dormir après souper; mais, tu ne manqueras pas de regarder du coin de l'œil où elle accroche son tablier; quand elle dormira à son tour, tu te lèveras tout doucement; tu tâcheras d'ouvrir l'armoire sans bruit; et puis, tu remettras la clef dans sa poche; dès le matin, tu lui proposeras d'aller acheter son lait avec des sous à toi; elle acceptera et le reste te regarde.

— Que tu es gentille, ma P'tiote, tu as de bonnes idées! Qu'est-ce qu'il faudra faire pour te remercier de tout ce que tu viens de me dire?

— Ah! si tu pouvais m'emmener avec toi, soupira la pauvrette, si tu pouvais m'arracher des griffes de mon horrible maîtresse, je ferais n'importe quoi, vois-tu; je serais ta petite servante et quand je ne boiterais plus, je tâcherais de gagner un peu d'argent pour toi; je t'aimerais comme mon grand frère, tandis que je n'ai jamais pu aimer Arthur qui est un mauvais sujet, un voleur, et n'a jamais su que me donner des coups.

Jean-Marie était bien touché de la prière que l'enfant lui adressait en joignant ses petites mains maigres; mais, que lui répondre? pouvait-il, lui qui n'avait pas de domicile, se charger d'une fillette maladive et infirme pour l'instant? son petit magot allégé de l'emprunt que Pichenette venait de lui faire, suffirait-il seulement à le nourrir jus-

qu'à ce qu'il trouvât sa vraie tantine? car il allait se remettre à sa recherche.

Quelle joie de penser que cette vilaine femme ne lui était
rien! de cela, il éprouvait un grand soulagement.

Il retrouverait aussi son camarade le Furet, et alors on
verrait ensemble ce qu'il faudrait faire pour la P'tiote qui
écoutait toutes ces raisons-là sans rien dire, mais en ver-
sant de grosses larmes.

— Quand tu auras retrouvé ta marraine et que tu seras
riche, dit-elle entre deux sanglots, tu ne penseras plus à
moi, et il me faudra continuer à chanter et à mendier dans
les rues pour gagner le morceau de pain sec qu'on me
donne; et puis, être toujours battue et rester peut-être infirme pour toute ma vie! Ah! que je suis malheureuse :
personne ne m'aime, et personne ne se soucie de moi;
je serais bien mieux morte qu'en vie.

Jean-Marie eut bien de la peine à la consoler; il y parvint, cependant, en lui promettant solennellement qu'il ne
l'oublierait pas.

Et, comme l'escalier gémissait sous les pieds de Pichenette, la fillette n'eut que le temps de se faufiler chez sa
maîtresse qui n'avait pas bougé du grabat sur lequel elle
ronflait comme une locomotive.

Il fallait un certain courage à notre petit ami pour répondre convenablement à celle qu'il méprisait et détestait
au suprême degré; il dut, pour cacher son air préoccupé,
s'agiter beaucoup et faire l'empressé; il mit le couvert et
prépara trois assiettes.

— Mon oncle va rentrer, n'est-ce pas? demanda-t-il,
pour voir quel nouveau mensonge elle allait inventer.

— Non, mon garçon, et j'en suis joliment contente,
parce qu'en te recueillant sans le consulter, j'ai agi un peu à
la légère; il n'aime point les enfants et serait bien capable

de cogner dur sur toi et sur moi, s'il te trouvait ici mangeant mon pain et buvant mon vin.

Jean-Marie fut sur le point de protester, mais il put se
contenir.

— Aussi, reprit Pichenette, j'ai été ravie quand la charbonnière ma dit en bas qu'il avait de l'ouvrage à l'atelier
toute la nuit, et ne rentrerait que dans la matinée. Je le
préviendrai en douceur et les choses s'arrangeront. Par
exemple, je n'ai point de lit à t'offrir pour cette nuit; mais,
je vais étendre une couverture dans ce coin-là, et tu pourras dormir tout ton content : à ton âge, on se trouve bien
partout.

— Je crois bien que je dormirai, s'empressa-t-il de
dire, j'ai même très sommeil déjà, ayant voyagé tout le
jour; et, si la chose vous est égale, je vais m'étendre tout
de suite par terre; je ne tarderai guère à m'endormir, tant
je suis fatigué.

Cet arrangement plaisait fort à Pichenette qui redoutait
toujours des questions embarrassantes pour elle.

La couchette fut vite préparée, et elle invita son prétendu
neveu à ne pas se gêner.

Jean-Marie espérait qu'elle aussi allait se préparer pour
la nuit, et qu'il pourrait facilement s'emparer de la clef du
placard, but de tous ses désirs; mais, il fut bien désap-
pointé en la voyant mettre un semblant d'ordre dans sa
vaisselle; puis, le croyant endormi, sortir sur la pointe
des pieds et fermer la porte à double tour.

— Elle va faire sans doute un bout de causette avec la
voisine, se dit-il; elle ne tardera pas à revenir.

Elle tarda tant que le petit homme, malgré tout son
désir de rester éveillé, céda à la fatigue de cette longue
journée de voyage et s'endormit si bien que la maison aurait pu s'écrouler sans qu'il en eût seulement conscience.

6

Sa couche n'était certes pas moelleuse, mais Pichenette, en déclarant qu'à son âge on se trouvait bien partout, avait peut-être dit les seuls mots de vérité qui fussent jamais sortis de ses lèvres.

Plusieurs heures se passèrent, sans doute, et il était au moment le plus délicieux de son premier somme, quand il se sentit secouer vivement par le bras.

— Allons, vite, vite! s'écriait Pichenette d'une voix qu'elle cherchait à rendre épouvantée, lève-toi et décampe, voilà ton oncle qui rentre; il est gris; je l'entends qui gronde; nous allons recevoir une roulée de coups de bâtons; dégringole l'escalier; file en courant et ne t'arrête qu'au bout de la rue, si tu tiens à tes os; hardi, hardi! et allons donc!...

Et sans attendre qu'il fût complètement réveillé, elle le prit par les épaules et le poussa dans l'escalier qui n'était éclairé que par un méchant lumignon.

Jean-Marie se demandait s'il était le jouet d'un rêve; il descendit en courant sans savoir ce qu'on lui voulait; il n'entendit pas une petite voix grêle qui murmurait à son passage :

— Ça n'est pas vrai, c'est pour te voler ton argent; remarque bien la maison pour revenir demain avec deux sergents de ville.

Il n'entendit pas davantage le rire étouffé des deux vilaines voisines et celui du méchant Arthur qui, dressé par elles, le poursuivait dans l'escalier en jurant et criant d'une voix avinée.

Tremblant, saisi d'une terreur folle et irréfléchie, il se sauvait, il courait aussi vite que ses jambes le pouvaient.

Il ne pensait plus ni à son argent, ni à son baluchon, si bien empaqueté par sa bonne mère.

Il allait, allait, jusqu'à en perdre haleine; et il ne s'arrêta qu'après avoir traversé un grand nombre de rues noires et solitaires.

Enfin, il se trouva sur le quai, près de la rivière calme et limpide.

Suffoqué, haletant, épuisé, il tomba assis sur un banc, en poussant un soupir qui ressemblait tout à fait à un gémissement.

Avant qu'il eût atteint cette barque, un remous le saisit au passage (page 90)

CHAPITRE V

Comment Jean-Marie Potachou, en se jetant à l'eau, trouva une situation
sociale, qui n'était pas celle qu'il avait rêvée.

Quand, après quelques instants passés à reprendre son
souffle, le pauvre Jean-Marie put réfléchir sur ce qui
venait de lui arriver et envisager sa position actuelle avec
un peu de sang-froid, il se sentit frissonner de crainte et
de chagrin.

Quels débuts dans la vie de Paris ? quelle déception pour
lui qui arrivait si confiant et si sûr de lui-même ? comment
avait-il pu se laisser duper de la sorte et croire, avec une
naïveté par trop villageoise, la première personne qui lui

85

adressait la parole et se faisait passer pour sa tantine Baubet?

Plusieurs détails de leur rencontre lui revinrent alors à la mémoire ; il comprit combien il avait été facile à l'intrigante de savoir le nom de sa marraine, et pourquoi elle avait si bien joué cette comédie-là.

Ce qu'elle voulait, c'était s'emparer de son magot, et lui faire ensuite perdre la trace du bouge sordide où elle habitait.

En cela, elle avait pleinement réussi, et Jean-Marie se serait trouvé bien embarrassé pour donner à la police un seul renseignement exact.

Mais cette idée ne lui vint pas ; il ne pensait qu'à son désarroi actuel, et à l'impossibilité de se mettre à la recherche de sa tantine, impossibilité créée par le besoin urgent, dans lequel il allait se trouver, de travailler tout le jour pour gagner sa vie s'il ne voulait pas mourir de faim au coin d'une rue.

Il retourna les poches de sa belle culotte jaune ; hélas! elles étaient nettes d'argent ; il ne lui restait pas même un gros sou ; il n'y trouva pour tout bien que son couteau, son mouchoir, et voilà tout.

Une sensation de fraîcheur le fit seulement alors s'apercevoir qu'il était en bras de chemise, ayant pris le soin de retirer sa belle blouse pour se coucher, afin de ne pas la chiffonner.

Hélas! le plus triste était que dans une pochette intérieure de cette blouse, se trouvait la lettre écrite par le fermier Manceau, à son propriétaire.

Jean-Marie se rappelait que ce Monsieur était un comte, qu'il était très riche ; mais sa mémoire rébarbative n'avait retenu ni son nom, ni son adresse.

— Ah! malheur de malheur, faut-il que j'aie du guignon; faut-il que je sois bête! se prit-il à dire. J'ai tout perdu du même coup, mon paquet de rechange, mon argent et la seule recommandation que j'avais; j'ai perdu aussi mon camarade le Furet qui avait bien raison de m'appeler souvent : gros lourdaud; et enfin, j'ai perdu cette pauvre petite mignonne qui était venue si gentiment me prévenir.

— Pauvre P'tiote, reprit-il en lui-même, pauvre P'tiote à qui j'ai promis de ne pas l'oublier et de la sortir des mains de cette infâme créature qui la bat et l'estropie. Ah Jean-Marie Potachou, stupide drôle, voilà un début qui n'est pas pour faire croire à ton esprit; tu aurais peut-être aussi bien fait de rester dans ton village à planter des choux, que de te mettre en tête des choses au-dessus de ton entendement.

Après cette admonestation qu'il avait cru nécessaire de s'adresser, il s'étira, se secoua et fit quelques pas pour se dégourdir.

La Seine, après lui avoir semblé dans la nuit sombre un fleuve noir et effrayant, lui apparaissait maintenant, à la lueur de l'aube encore indécise, comme une belle coulée d'argent.

Il s'appuya contre le parapet, considéra le fleuve; et, l'envie lui prit de descendre sur la berge pour faire sa toilette.

Il avait les yeux rouges d'avoir tant pleuré et si peu dormi : une ablution lui fit grand bien; il se sentit moins triste, moins abattu et sa bonne nature sans souci reprenant le dessus, il finit même par se persuader qu'il était encore heureux d'être sorti des griffes de Pichenette, avec le vêtement que nécessite la plus scrupuleuse honnêteté.

Paris commençait à s'éveiller; les fiacres roulaient, les

fardiers, les camions, les lourdes charrettes ; les voitures des maraîchers se succédaient sans interruption sur le quai.

La berge elle aussi s'animait :

Les charbonniers, aussi noirs que leur charbon, sortaient de leurs longs bateaux chargés ; quelques-uns imitèrent Jean-Marie dans sa toilette matinale ; mais nous devons dire que ce fut le plus petit nombre, le charbonnier ne trouvant généralement rien de plus propre et de plus appétissant que cette fine poussière qui se fixe à sa peau et finit à la longue par faire corps avec lui.

Les femmes, les enfants sortaient aussi : les premières pour aller aux provisions, et les derniers pour jouer et s'ébattre au bord de l'eau.

Jean-Marie prenait un certain plaisir à écouter ce réveil de Paris ; le pauvre enfant restait là à regarder les petites barques qui filaient d'une rive à l'autre ; l'animation extraordinaire qui commençait à régner autour de lui l'intéressait vivement.

— Tous ces gens qui s'agitent ont l'air pressé de se rendre à leur travail, se dit-il ; il faut donc qu'il y ait ici du travail pour tous ; alors, il y en aura un peu pour moi ; et, avec de bons bras et une bonne volonté, j'arriverai bien à ne pas mourir de faim.

La difficulté était de savoir à qui s'adresser pour demander à gagner son pain.

Il en était là de ses réflexions, tristement assis au bord de la Seine, quand le bruit particulier d'une chute lui fit tourner la tête.

Il ne vit pas l'objet tombé ; il sentit seulement les éclaboussures de l'eau qui déjà se refermait sur sa proie engloutie ; sur la berge était un bébé de deux ans environ qui, inconscient du danger, s'approchait du bord en courant et en criant :

— Moi, n'ai pas peur du tout, moi, très brave, irai bien avec toi, Lolotte. Méchante Lolotte qui se cache ; où es-tu Lolotte?...

D'un bond, Jean-Marie se trouva debout, saisit l'enfant par son petit jupon, pour l'empêcher de tomber dans l'eau ; le bébé, effrayé par ce mouvement brusque, se mit à crier :

— Lolotte ! Lolotte !

— Où est-elle, Lolotte? demanda Jean-Marie, tremblant de ce qu'il allait apprendre.

Mais l'enfant criait de plus en plus fort, et ne répondait pas.

Quand il put s'échapper des mains de son sauveur, il s'enfuit vers son bateau de charbon en appelant toujours Lolotte.

Le petit paysan, sans perdre de temps, se pencha sur l'eau ; il aperçut bientôt un chiffon blanc, accroché au flanc d'un gros bateau.

Sans réfléchir que la rivière était peut-être profonde, qu'il ne savait pas nager, notre brave garçon se laissa glisser le long de la barque.

Il se cramponna au gros câble qui retenait le bateau, et put arriver, en se soutenant par les mains, assez près de l'objet qui attirait ses regards pour se convaincre que ce chiffon était bien ce qu'il avait pensé d'abord : un être humain.

Il n'eut pas l'idée d'appeler au secours ; il lâcha la corde qui l'aidait à se soutenir ; et, donnant une forte secousse avec ses jambes, il se laissa glisser dans le courant qui l'entraînait du côté du chiffon blanc.

En toute autre circonstance, la peur de se voir au milieu

de cette eau rapide l'eût certainement fait enfoncer; mais, dans cet instant, il pensait si peu à sa propre conversation; il était si occupé du sauvetage qu'il avait entrepris que, sans s'en rendre compte, il nageait, un peu comme un chien, il est vrai; mais enfin, il se soutenait sur l'eau, et c'était le principal.

Il arriva, sans avoir bu, près du corps inerte, le saisit et n'eut pas de peine à le détacher du clou auquel les vêtements le tenaient accrochés.

C'était une enfant de six à sept ans, mais déjà grande et lourde.

Une petite barque de pêche se trouvait amarrée à l'arrière du gros bateau, Jean-Marie ne la perdait pas de vue.

Pour lui, cette barque représentait le salut; il espérait s'y cramponner d'une main, dressant de l'autre son précieux fardeau; et, quelqu'un arriverait bien à son secours avant que ses forces ne soient complétement épuisées.

Il comptait sur ce courant qui jusque-là lui avait été si propice, et qui le soutenait encore, quoique le poids de l'enfant le fît quelquefois enfoncer jusqu'aux yeux.

Hélas! avant qu'il eût atteint cette barque, un remous le saisit au passage, le fit tourbillonner deux ou trois fois sur lui-même et le lança sous le gros bateau.

Jean-Marie n'eut que le temps de pousser un cri; et, il lui sembla qu'il s'engouffrait dans une immensité d'eau sans borne ni fond.

Il ne lâche pas son fardeau; cependant, il ferma les yeux et se crut perdu.

Quand il se retrouva de l'autre côté du gros bateau, en pleine rivière, il lui sembla qu'il y avait bien longtemps qu'il n'avait respiré; et, ce fut une véritable jouissance, malgré l'étranglement que lui causait une gorgée d'eau qui s'était introduite dans son gosier, que de humer un peu d'air.

Il filait sans plus chercher à se diriger, entendant des bruits et des cris confus autour de lui.

Deux ou trois fois, il enfonça; mais un solide coup de jarret le remit à fleur d'eau.

Cependant, il s'épuisait; et, malgré toute son énergie, il voyait bien qu'avant peu, il allait se trouver au fond de la rivière.

C'est à cet instant qu'une main le saisit aux cheveux; et, au risque de lui arracher la peau du crâne, le souleva assez pour qu'une corde lui fût passée autour des reins.

Instinctivement, sentant un secours lui arriver, il ouvrit les bras pour prendre la corde, et la petite noyée lui échappa.

— L'enfant! cria-t-il en ouvrant des yeux hagards; occupez-vous de l'enfant!

Un jurement auvergnat lui répondit :

— Par la Catarina! c'est ma petite, c'est ma Lolotte qu'il a sauvée. Oh! le brave enfant!

On le hissa dans la petite barque, et il vit avec bonheur que la fillette était repêchée aussi; son père, le charbonnier, pleurait en la serrant sur son cœur.

La réaction s'opérant, Jean-Marie se mit à pleurer aussi; et, saisissant cette petite, pâle et inerte, qu'il ne connaissait pas un quart d'heure avant, il l'embrassa avec rage, comme si ses baisers eussent pu la rappeler à la vie.

Tandis que le père se lamentait, croyant sa Lolotte trépassée, le second batelier avait, en quelques coups d'avirons, ramené la barque près du bord, et ce fut au milieu d'une foule compacte réunie sur la rive qu'il amarra son bateau.

L'Auvergnat descendit le premier, serrant contre lui le corps de sa fille; ses larmes formaient sur ses joues noires, deux sillons blancs.

Jean-Marie voulait descendre bravement tout seul, mais la tête lui tournait; il dut s'appuyer aux mains qui se tendaient vers lui :

Deux bras se pressèrent autour de son cou, et une voix bien connue, moitié rieuse, moitié voilée par l'émotion, s'écria :

— Mon rude Lapin, tu es un vrai héros; quel bonheur de te retrouver; et dire qu'un peu plus, nous ne nous serions jamais revus!

Était-ce la joie de rencontrer son camarade le Furet, ou bien la fatigue qu'il éprouvait, nous ne savons; mais Jean-Marie, en recevant cette chaude accolade, poussa un ah! plaintif, et tomba à la renverse en battant l'air de ses deux bras.

Quand il reprit ses sens, il était couché dans un étroit entrepont de bateau, ayant près de lui, sur une autre couchette, la grosse Lolotte endormie.

Une femme grande et robuste veillait sur le sommeil des enfants.

Quand elle vit que le garçonnet ouvrait les yeux et cherchait à se rendre compte de l'endroit où il se trouvait, elle s'approcha et lui donnant une petite tape sur la joue, lui dit :

— Tu as sauvé la vie à ma petite Charlotte; c'est gentil ça et je t'en remercie; nous n'avons pas beaucoup de place sur notre bateau; mais, nous en trouverons une pour un garçon si brave et si courageux; si tu veux rester avec nous et travailler ferme, tu nous feras grand plaisir, mon petit Jean-Marie.

— Merci, Madame; mais comment savez-vous mon nom? dit-il en cherchant à rappeler ses souvenirs.

— Un gamin qui s'appelle Polycarpe et paraît te connaître beaucoup m'a conté ton histoire.

— Ah! oui, le Furet, je me rappelle. Est-ce qu'il est reparti? est-ce que je ne le retrouverai plus?

— Il est là sur la berge qui surveille mon moutard; il a l'air bien complaisant, ton ami, et ne paraît embarrassé de rien.

— Oh! non; il est plein de malice. Comme je serais content de le voir!

— Si Charlotte ne dormait pas, je lui dirais de venir; mais, votre babil la réveillerait, et la grosse mignonne a bien besoin de repos; elle est restée si longtemps évanouie! Il faut que je t'embrasse pour la peine que tu as prise; dis-moi aussi comment tout ça s'est passé.

Alors Jean-Marie lui raconta, à voix basse, tout ce qui lui était arrivé depuis la veille.

Son récit reprenait justement où celui du Furet s'était arrêté.

Il lui dit comment, faisant sa toilette au bord de l'eau, il avait entendu une chute, puis des cris d'enfants, et comment il avait empêché le petit de suivre sa sœur.

— Mais alors, ça n'est plus seulement Lolotte que tu as sauvée, c'est aussi mon petit Joseph; mon Dieu! c'est-il heureux pour nous qu'il te soit arrivé autant de mésaventures, s'écria la charbonnière avec un égoïsme inconscient. A présent, tu fais partie de la famille, c'est entendu, n'est-ce pas?

— J'accepte vos offres, Madame; je vous montrerai que je sais travailler et que je ne suis pas un mendiant et un vagabond.

— Sois tranquille, l'ouvrage ne te manquera pas ici; il

y en a pour tout le monde, aussi bien les dimanches que
les jours de fêtes.

Jean-Marie soupira en se demandant comment il pourrait retrouver sa tantine Baubet, si on le faisait travailler
le dimanche aussi ; enfin, on verrait par la suite ; l'important, pour le moment, n'était-il pas de trouver un gîte et
une table ?

— Voulez-vous me permettre, Madame, d'aller retrouver un moment mon bon camarade Polycarpe ? demanda-
t-il.

— Oui, mais auparavant, je vais te chercher une part de
soupe que j'ai mise de côté pour toi ; et puis, tes habits
qui doivent être secs.

Elle monta la petite échelle qui donnait directement sur
le pont du bateau ; et pendant son absence, Jean-Marie se
prit à considérer la fillette qui dormait d'un sommeil tranquille.

Elle était forte et fraîche ; ses traits accentués parais-
saient un peu durs, et il regretta de ne lui trouver aucune
ressemblance avec la P'tiote.

— Cette Lolotte est heureuse, pensait-il ; elle a une
famille qui l'aime ; elle n'est ni battue, ni estropiée, ni
dressée au mensonge ; pourquoi faut-il qu'il y ait de pauvres petites fillettes aussi à plaindre que l'autre ? Comme
je serais content si plus tard je pouvais la retrouver et
adoucir son sort !

Quand la charbonnière revint, elle le trouva en contem-
plation devant sa fille.

— N'est-ce pas qu'elle est belle, dit-elle, et grosse et
carrée ; oh ! j'en suis fière, va ! si tu deviens un bon travailleur et que tu gagnes beaucoup d'argent, je te la donnerai
pour femme, dans dix ou quinze ans.

Elle riait beaucoup de sa plaisanterie ; mais, Jean-Marie

ne riait pas lui, cette perspective n'ayant rien qui lui parût séduisant.

Il avala une assiettée de soupe mitonnée qu'il trouva aussi bonne, quoique moins copieuse, que celles qu'il mangeait chez sa mère.

Puis, il enfila sa gaîne de nankin, qui n'était pas trop défraîchie par le bain du matin, et s'en alla rejoindre, sur la berge, son ami le Furet, qu'il trouva gravement occupée à jouer au cheval avec le jeune Joseph.

Ce dernier remplissait le rôle de cavalier, et s'accrochait des deux menottes à la crinière de son fougueux dada, qui ne ménageait ni les sauts ni les ruades, bien assuré de ne pas le désarçonner, attendu qu'il avait pris soin de le ficeler sur son dos avec une courroie.

L'arrivée de Jean-Marie mit fin à ce jeu hippique, au grand désespoir du marmot qui criait : « Encore! » et voulut donner des coups de poing sur le nez du nouveau venu, quand il s'approcha pour l'embrasser.

Il ne fallut rien moins que l'influence du Furet, devenu un grand ami, pour calmer la fureur du petit bonhomme.

Il y parvint, non sans beaucoup de peine, finit même par le bercer et l'endormir dans ses bras, ce qui permit aux deux amis de s'asseoir sur un tas de sable pour se faire leurs réciproques confidences; ils avaient tant besoin de se revoir !

Nous savons tout ce que Jean-Marie avait à dire; sa narration fut souvent interrompue, par les exclamations, parfois ironiques, mais le plus souvent indignées du Furet.

Ce dernier n'avait rien de bien intéressant à raconter.

En revenant près du banc où il avait laissé le rude Lapin, il s'était alors inquiété à un mendiant infirme de ce que son ami avait pu devenir; et, sur ses renseigne-

ments, il s'était précipité vers la Bastille, où pendant le
reste de la soirée, il s'était promené autour de la colonne
en dévisageant tous les passants.

Le connaissait-il assez, sous toutes ses faces, ce grand
génie doré qui dansait sur la pointe d'un pied!

Deux sous de pommes de terre frites, voilà son dîner;
et, quand l'espoir de voir arriver son ami ne lui fit plus que
l'effet d'une chimère, il chercha un gîte pour la nuit et le
trouva dans une maison en construction.

Le matin, il était venu flâner sur le quai, et se trouvait
justement là pendant qu'on repêchait son cher Lapin qui
venait d'accomplir un acte héroïque.

Maintenant, qu'allait-il faire? il n'en savait rien; mais,
puisque son camarade avait une position, c'était le principal; lui se tirerait toujours d'affaire; et puis, on savait
au moins où se retrouver à présent; il n'étaient pas séparés
pour toujours.

— Le mal n'est pas si grand que je le craignais, puisque nous voilà réunis, ajouta-t-il; seulement quand nous
parlerons désormais de ta tantine Baubet, ayons soin de
baisser un peu le timbre de notre trompette, afin de ne
plus mettre les Pichenette ou autres au courant de nos
petites affaires.

Le charbonnier, qui s'appelait Pétrouillat, vint au retour
d'une de ses courses en ville, causer un peu avec les enfants; il remercia le Lapin de son dévouement; et, en constatant que le sauveur de sa fille était un garçon solide et
bien bâti, il renouvela les offres de service déjà faites
par sa femme.

On convint donc que Jean-Marie habiterait sur le bateau
et paierait sa part de nourriture en aidant à remplir les
sacs de charbon que le père Pétrouillat, fort comme un
chêne, portait sur sa nuque à ses clients.

Lorsqu'il y aurait une commande assez considérable pour nécessiter la location d'une petite charrette, le gamin accompagnerait son patron pour l'aider à rouler le véhicule, et garder la marchandise, dans la rue, pendant le temps de la livraison.

— Ça n'est pas le Pérou que je t'offre-là, mon petit, ajouta Pétrouillat; mais, pour quelqu'un qui n'a pas le sou dans sa poche, c'est encore bien acceptable, je crois; et puis enfin, si ce n'est de l'argent, c'est au moins de la bonne soupe au lard; tu n'auras de sous que les petits pourboires qui t'arriveront de temps en temps; quant aux vêtements : dame, il fait chaud pour l'instant; tu n'aurais guère besoin que d'une paire de galoches, et c'est beaucoup plus sain de marcher sur la terre plutôt que sur le cuir ou le bois.

— J'envie ton sort, vraiment! fit le Furet avec un demi-sourire malin; tu vas être ici comme un coq-en-pâte, et monsieur Pétrouillat est d'une générosité.....

— Vous n'auriez pas besoin par hasard d'une bonne d'enfant pour garder votre petit marmot? reprit le malin garçon; voyez un peu comme il paraît à l'aise sur mes genoux; ne dirait-on pas que je n'ai fait que bercer les moutards toute ma vie? ah! je ferais une fameuse nourrice sèche, allez!

— Je ne doute point de tes talents à ce sujet, répondit le charbonnier en découvrant dans un éclat de rire une solide rangée de dents blanches; mais, vois-tu, j'ai déjà une femme de chambre : c'est Lolotte; elle s'occupe de petit, et quoiqu'elle ne s'y entende guère encore et le fasse plus souvent pleurer que rire, il faut bien qu'il s'en contente en attendant que nous soyons riche.

— Qu'est-ce que tu veux faire pour gagner ta vie, toi mon petit?

7

— Dame, à ne vous rien cacher, le charbonnage n'est pas chez moi à l'état de passion, et j'aimerais autant, vu l'apprentissage que j'ai déjà fait chez mon ancien patron, entrer dans une cuisine bourgeoise, avec le titre de gâte-sauce, ou mieux encore chez un pâtissier pour porter les commandes.

Et le gamin riant malicieusement en clignant de l'œil ajoutait :

— C'est là qu'on a de bons petits bénéfices : deux sous par-ci, deux sous par-là, et le plaisir de lécher les papiers qui enveloppent les gâteaux à la crème; on les y recolle ensuite, et la pratique n'en sait rien; tout est pour le mieux; ah! la crème! c'est ça qui est bon la crème; en as-tu mangé quelquefois Jean-Marie?

— Fouchtra, j'aime bien mieux la soupe au chou, dit le charbonnier en riant malgré lui de la mine gourmande du petit gringalet d'enfant; mais, tu m'as l'air d'avoir des dispositions un peu embarrassantes pour quelqu'un qui voudrait te recommander, mon petit; tremper ses doigts dans les sauces et lécher les friandises, ça n'est pas peut-être pas sale, mais ça peut ne pas plaire à tous les patrons. Pour mon compte, craignant d'avoir des reproches, je n'ose point t'adresser au maître d'un petit restaurant à qui je fournis son charbon.

— Ah! m'sieur Pétrouillat; adressez-moi-là, au contraire; si le patron a besoin de quelqu'un de dégourdi pour servir ses clients, je ferai joliment son affaire; je vous promets que je ne chiperai que les restants sur les assiettes, quand ça sera bon.

— Eh bien! c'est entendu, viens avec moi; je charge mon sac sur mon échine et j'y vais de ce pas; si tu t'arranges avec le bourgeois, tu y resteras tout de suite car il a besoin d'un garçon.

Vous n'auriez pas besoin, par hasard, d'une bonne d'enfant pour garder votre petit marmot ?
(page 97)

Le Furet, avec des précautions infinies, déposa sur les genoux de Jean-Marie le petit Joseph qui ne se réveilla pas, et il se mit, en riant et chantant, à trottiner derrière le grand charbonnier qui avait placé sur son échine un énorme fardeau.

Le père Pétrouillat, appuyé sur son gourdin et le dos chargé de son sac de combustible, ressemblait beaucoup plus à un immense cloporte qu'à un bel échantillon de la grande race auvergnate.

. . . .

Quand il fut seul, balançant doucement ce gros enfant endormi dans ses bras, Jean-Marie se prit à songer ; de souriant qu'il était, son visage devint peu à peu sérieux, puis triste ; insensiblement son cœur se serra et des larmes lui montèrent aux yeux.

Pourquoi ?... n'était-il pas heureux d'avoir rencontré cette famille de charbonnier au moment où il fallait chercher à gagner sa vie, et où il se trouvait sans ressources et sans amis ?

Oui, sans doute, il devait être bien heureux, et c'est ce qu'il se répétait sans parvenir à se convaincre.

Ainsi donc, il allait être charbonnier ; il allait passer toutes ses journées dans l'intérieur de ce bateau noir, occupé à manipuler le charbon, à faire des tas différents, suivant sa grosseur, à peser et à mettre en sacs cette salissante marchandise ; c'était là une occupation pour laquelle il avait certainement assez de force, mais qui lui répugnait profondément.

Il se rappelait la terreur que lui inspiraient, dans son enfance, ces vilains hommes noirs qui passaient de temps en temps dans les rues de son village, assis sur leur charrette hautement garnie de sacs, et invitant les ménagères à faire leur provision ; il les prenait pour des envoyés du diable, et se signait bien dévotement pour combattre leur méchante influence.

Il avait pitié à présent de son enfantillage, mais de cette terreur d'autrefois, il lui restait une antipathie profonde pour ce métier, et voilà justement que c'était celui qu'il lui fallait prendre!

Avant peu, il serait aussi noir que Pétrouillat lui-même; et, sur son passage les petits enfants peureux se cacheraient dans le jupon de leur maman; tandis que, s'il avait encore son magot, il remercierait beaucoup monsieur et madame Pétrouillat, mais il disparaîtrait bien vite, n'acceptant que leur reconnaissance en paiement du sauvetage de Lolotte; puis, il se mettrait de suite en campagne pour chercher sa tantine Baubet.

— Ah! ma bonne marraine, disait-il en s'attendrissant, quand est-ce que je pourrai vous connaître et vous embrasser? pardonnez-moi d'avoir pris cette vilaine Pichenette pour vous; j'ai été bien puni de ma sotte crédulité.

Il fut tiré de ses pensées par le réveil de l'enfant que sa rêverie lui avait fait oublier complètement et qui, ne se trouvant plus bien soutenu, roula de ses genoux sur le tas de sable et se mit, en roulant, à crier comme si on l'écorchait tout vif.

Jean-Marie crut qu'il s'était, pour le moins, cassé deux ou trois membres; et, comme les cris se changèrent en hurlements, quand il s'approcha pour le relever, il ne douta pas qu'il n'eût, par sa négligence, causé quelque grand malheur.

Il s'élança vers le bateau pour appeler madame Pétrouillat, dont la tête barbouillée et coiffée d'une marmotte émergeait déjà.

— Qu'est-ce qu'il a, mon chérubin, fit-elle vivement; tu ne lui as pas fait de mal, au moins?

— Il a roulé de mes genoux sur le sable, ça n'est guère haut et je ne comprends pas pourquoi il crie tant.

La charbonnière était déjà près de son fils qui, consolé subitement par l'arrivée de sa maman, se levait et accourait près d'elle.

— Méchant! méchant! cria-t-il quand Jean-Marie s'approcha.

Et le charmant enfant essayait de lui griffer la figure.

— Faudra t'arranger désormais à ne plus le faire crier, dit la charbonnière d'un ton bref ; mes enfants sont superbes parce qu'on les contrarie jamais, et je n'entends pas qu'on les tourmente.

— Allons, reprit-elle, viens m'aider à trier le charbon, puisque tu ne sais seulement pas amuser le petit ; il faut bien pourtant gagner son souper : celui qui ne travaille pas, ne mange pas.

A part lui, Jean-Marie songeait que ce n'était pas le jour où il avait risqué sa vie pour sauver Lolotte que madame Pétrouillat aurait dû lui parler ainsi.

Il la suivit en soupirant, tandis que l'adorable Joseph se sentant soutenu par sa mère, criait de plus belle :

« Méchant, laid, vilain, il a fait crier Jojo, hou! hou! va t'en, va t'en. »

— En vérité, voilà une petite fille qui a un caractère bien aimable (page 107)

CHAPITRE VI

Où Jean-Marie Potachou constate qu'il ne suffit pas de boire, manger et
dormir pour posséder le bonheur parfait.

Madame Pétrouillat n'avait rien exagéré en disant que,
sur son bateau, il fallait travailler ferme : Jean-Marie s'en
aperçut.

Dès le lendemain matin, avant même que le patron ne
fût éveillé, la trop vigilante ménagère vint le secouer par
le bras, et lui donner une tâche supplémentaire.

— Pendant que mon homme se repose, lui dit-elle, il faut
que tu laves le pont du bateau : c'est un ouvrage que moi je
faisais et dont je me débarrasse à ton profit; voilà un seau
et un balai, arrange-toi pour que ça reluise de propreté.

Jean-Marie se frotta les yeux, et se leva du lit de sacs vides qu'on lui avait fait au milieu du charbon : ne voulant pas se faire dire les choses deux fois, il se mit prestement à la besogne.

Une grande corde pendait au seau, et il lui fallait tirer l'eau à bout de bras en prenant bien garde que le poids ne lui fît pas perdre l'équilibre; sans cela, il eût piqué une tête dans la rivière; et il ne se souciait pas du tout de prendre un nouveau bain, celui de la veille lui ayant donné dans tous les membres une lassitude, un endolorissement général.

Cette espèce de courbature rendait tous ses mouvements plus lents, et la toilette du pont n'était pas encore terminée quand la grosse figure bouffie de Lolotte, apparut au haut du petit escalier qui conduisait à la cabine.

Son accident de la veille ne lui avait laissé d'autre trace qu'une propreté à laquelle elle était peu habituée; sa large figure, luisante et rouge comme une pomme d'api, paraissait d'autant plus luisante et plus rouge, qu'elle était débarrassée de la couche noire qui en faisait l'ornement habituel.

Jean-Marie interrompit son travail pour lui dire gentiment bonjour en s'avançant vers elle; mais, soit que la fillette n'eût gardé aucune souvenance de son sauveur, soit que son caractère un peu sournois ne la portât pas à l'expansion, elle se recula vivement au lieu de répondre à cette aimable avance.

Jean-Marie se sentit un peu froissé.

— Je ne voulais pas te faire de mal, lui dit-il; je voulais t'embrasser comme j'embrasserais ma petite sœur, si j'en avais une.

— Tu n'es pas mon frère, lui répondit-elle d'un ton bourru; c'est Jojo qui est mon frère, et j'ai bien entendu

hier maman qui disait que tu étais un méchant parce que
tu l'avais fait pleurer.

— Je ne l'ai pas fait exprès ; et, ce n'est pas ma faute s'il
est tombé !

— Tâche de ne pas me contrarier, parce que je ne me
gènerais pas de crier, moi non plus, je t'en préviens ; et
tu aurais affaire à mes parents qui ne se gêneraient pas
pour te tirer les oreilles.

— En vérité, voilà une petite fille qui a un caractère
bien aimable, murmura Jean-Marie en reprenant son
balai.

— Quoi, qu'est-ce que tu dis comme cela entre les
dents ? répète un peu pour voir encore ? dit Lolotte en
s'avançant furieuse.

— Je dis que tu feras bien de rentrer, si tu ne veux pas
que je te lance cette eau dans les jambes, répondit-il fortement agacé de l'air que prenait avec lui celle qu'il avait
sauvée au risque de périr.

Et joignant le geste à la parole, il prit le seau, et fit mine
d'en arroser l'enfant.

Il n'avait pas l'intention de le faire ; mais, ses bras endo-
loris et fatigués, lui obéirent mal.

Le seau s'échappa de ses mains sans qu'il pût le retenir ; mademoiselle Lolotte se trouva inondée jusqu'aux
genoux, et le récipient après avoir décrit sur le ponton
une grande courbe, s'en alla échouer dans la rivière où
il ne tarda pas à couler à fond.

On pense si la charmante enfant qui avait menacé
Jean-Marie de crier pour une simple petite contrariété, se
priva de le faire après ce bain de pieds inattendu et la
disparution du seau.

Sa voix suraiguë, ses appels désespérés arrivèrent clairs

et perçants, jusqu'aux profondeurs de la cabine, où son père dormait encore.

Avant que le pauvre garçon désolé pût la calmer, les têtes effarées de Pétrouillat et de sa moitié, surgirent en haut de l'escalier en échelle, croyant qu'on assassinait leur chère Lolotte.

— Par la Catarina! s'écria le charbonnier qui, au sortir du lit, n'avait même pas pris le temps de se vêtir, est-ce que tu l'écorches, cette petite? tu sais que tu n'es pas chargé de la corriger de ses défauts; fouchtra! je veux la paix chez moi, et je ne veux pas entendre ma progéniture crier comme un veau.

— Ah! ma grosse trésor, glapit à son tour la charbonnière indignée, te voilà trempée comme une soupe; qu'est-ce qu'il t'arrive? qu'est-ce que tu lui as donc fait, polisson?

Jean-Marie, rouge et confus, voulait expliquer l'accident qui n'était qu'une plaisanterie; mais, l'intéressante Lolotte, voyant sa famille venir en bloc à son secours, ne lui laissa pas le temps de placer un mot, et s'élança au cou de sa mère en criant :

— Il m'a mouillée exprès; il m'a lancé son seau dans les jambes pour me les casser, parce que je lui ai dit qu'il n'était pas mon frère; heu! heu! j'ai grand froid! je vais être malade pour sûr!

— Tu n'es qu'un brutal, dit Pétrouillat au pauvre garçon qui cherchait en vain à placer un mot de dénégation; je ne t'ai pas recueilli chez moi pour tourmenter mes enfants; nous voulons que les petits soient heureux comme des princes, entends-tu; et, c'est assez bête de la part d'un gamin qui arrive d'on ne sait où, et dont on se charge par charité, de commencer son service en se conduisant comme tu le fais.

— Ma belle chérie, dit la mère en emportant sa fille, tu vas t'enrhumer par la faute de ce propre à rien qui n'a même pas fini son ouvrage.

— Où est le seau que je t'ai donné? reprit-elle en s'avançant vers le pauvre Jean-Marie!

— Ah! il est tombé dans l'eau! eh bien! tu iras le chercher toi-même; je n'ai pas l'intention de le perdre, tu sais, et je n'ai pas de domestique à te donner; ça t'apprendra à te mieux comporter vis-à-vis de ma Lolotte, petit sans cœur!

— Ah! Seigneur, gémit-elle, faut-il qu'un bienfait soit toujours si mal placé!

La mère Pétrouillat rentra dans la cabine pour changer sa fille de jupon, et son époux en fit autant pour revêtir le vêtement indispensable que sa précipitation à voler au secours de la susdite fille ne lui avait pas laissé le temps d'enfiler.

Jean-Marie resta sur le pont, absolument pétrifié; il avait déjà trouvé étonnantes, la veille, certaines paroles de sa patronne : il croyait avoir droit à un peu plus de bienveillance; mais, la scène injuste que le mari et la femme venaient de lui faire tout à l'heure, le désolait et le courrouçait en même temps.

On avait l'air de le traiter en enfant trouvé, en va-nu-pieds, en vagabond; on lui reprochait déjà le pain qu'il allait manger; et, cependant, il comptait bien le gagner par son travail et savait qu'on le lui ferait même rudement gagner.

De cela, il en aurait encore pris son parti : mais s'entendre appeler propre à rien, polisson et sans cœur, parce qu'une petite fille de mauvais caractère n'aimait pas à prendre un bain de pieds au mois de juillet : c'était trop, vraiment !

Il avait pourtant prouvé, la veille, qu'il n'était pas un sans cœur; et, il ne demandait qu'une chose : c'était à prouver aujourd'hui qu'il n'était pas non plus un propre à rien.

La voix de maître Pétrouillat le tira de sa songerie.

— Il chercha le moyen de repêcher son seau sans être obligé de se rejeter dans cette rivière, dont il connaissait suffisamment le goût.

Après plusieurs tentatives inutiles, il parvint enfin à opérer ce sauvetage en s'armant d'un croc emmanché au bout d'un long bâton ; il put alors achever, sans encombre, la toilette du petit pont.

Un morceau de pain très rassis fut son premier déjeuner; il se demanda, sans pouvoir se répondre, si c'était bien là l'ordinaire de toute la famille ; il le trouvait, lui, un peu insuffisant, n'ayant mangé la veille, dans toute la journée, que deux assiettes de soupe.

Il ne faudrait pas croire, par cet incident, que monsieur et madame Pétrouillat, natif de Saint-Flour en Auvergne, fussent des êtres sans entrailles, des êtres dénaturés : non ! ils avaient leurs qualités; et, sous des dehors rudes, ils cachaient un certain fond d'honnêteté.

Ils n'auraient pas fait tort d'un centime à leur prochain ; mais, ils tenaient en revanche à ce qu'on ne leur fît pas tort non plus.

En offrant le vivre et le couvert à Jean-Marie, ils avaient cédé à un premier mouvement de gratitude envers le sauveur de leur chère fille ; mais, la réflexion était venue bien vite ; ils s'étaient dit qu'un garçon de cet âge devait donner un fameux coup de dents au michon, et qu'ils n'étaient point assez riches pour nourrir à ne rien faire un fainéant.

Jusque-là, ils avaient pu se passer d'un apprenti :

c'était madame Pétrouillat elle-même qui en faisait l'office.

La dépense que le nouveau-venu allait occasionner serait donc absolument en plus de l'ordinaire : c'est cela qui troublait profondément l'esprit économique de l'intéressant couple auvergnat.

Tous les soirs, après le compte que lui rendait scrupuleusement son mari, madame Pétrouillat serrait précieusement le gain de la journée, dans un antique bas de laine noire qui était lui-même serré sous la paillasse de leur couchette.

La pensée que la présence de Jean-Marie allait retarder le gonflement de cette épargne, destinée à acheter une maisonnette et un champ dans les environs de Saint-Flour, mettait l'économe ménagère dans un état de grincherie aiguë.

Il fallait remédier à ce grave inconvénient tout en remplissant son devoir de reconnaissance envers le sauveur de ses enfants; elle y pensa toute la nuit; et, le matin, sa décision était prise.

Jean-Marie mangerait juste ce qu'il faut pour vivre (le reste n'est-il pas du superflu); il la remplacerait dans son rude labeur.

Et, puisqu'elle serait de la sorte libérée du travail du bateau, elle s'en irait au lavoir flottant, où elle était sûre d'obtenir de l'ouvrage; de cette façon, la reconnaissance et l'économie marcheraient de pair.

Les paysans de nos campagnes, — et peut-être encore plus ceux des départements montueux, — n'ont pas usurpé leur réputation de parcimonie.

Leur suprême bonheur consiste à accumuler, sou par sou, une somme qui représente, pour eux, l'idéal du bonheur.

Cette somme, une fois acquise, ils portent leurs pré-
tentions plus haut; ils veulent la doubler, puis la tripler :
enfin, d'aucuns se tuent de travail, meurent à la peine pour
arriver au but tant désiré.

Aucune affection ne peut entrer en balance avec ce
besoin de thésauriser; et, plus d'un paysan laissera mourir
un être cher, plutôt que de perdre une journée pour aller
chercher le médecin qui le sauverait peut-être.

Monsieur et madame Pétrouillat n'étaient pas avares à
ce point.

Pour eux, l'argent ne venait qu'après l'amour paternel
et maternel.

Ils avaient attendu longtemps la naissance de leurs enfants, et Charlotte était venue au monde quand ils déses-
péraient d'avoir un petit être auquel reviendrait un jour
leurs jolies économies.

Aussi quelle bonheur pour eux! et quelle tendresse ils
lui prodiguèrent!

Et quand le petit Joseph vint à son tour faire son entrée
dans le bateau paternel, la joie de monsieur et madame
Pétrouillat ne connut plus de bornes.

Ils en oublièrent leur économie habituelle, au point de
faire boire du vin *cacheté*, s'il vous plaît, au repas de bap-
tème de l'héritier du nom.

— Fouchtra de la Catarina! pensez un peu, un petit
gars qui continuera ce bon commerce, et qui arrondira le
lopin de terre sur lequel ses père et mère finiront leurs
jours!

Cela ne valait-il pas la peine de mettre les petits plats
dans les grands!

Ce jour-là, le souper coûta, à lui seul, la somme ronde de
six francs quatre-vingt-dix centimes.

Dame! on ne fête pas tous les jours la naissance d'un

petit Pétrouillat ; on rattraperait cela plus tard, voilà tout.

Et on l'avait rattrapé, en effet ; car, depuis, on ne s'était pas permis une seule dépense de luxe, si ce n'est une pipe en sucre d'orge ou un morceau de gâteau pour les héritiers présomptifs.

Ils poussaient comme des champignons, ces marmots : le lard et la soupe au chou, dont se composait presque exclusivement leur nourriture, leur portait un étonnant profit.

Leurs grosses joues étaient beaucoup plus dures, mais pas moins rouges que des tomates.

Et, comme dans leur entourage on estimait infiniment plus le développement matériel que le développement moral, ils passaient, à juste titre, pour les deux plus beaux produits auvergnats, capables de lutter de solidité avec ces fameux fromages du Cantal si lourds, si gros et si estimés de leurs compatriotes !

L'admiration dont Lolotte se sentait entourée, ne tarda pas à faire d'elle une insupportable petite pécore.

Quant à monsieur son frère, il n'eut qu'à laisser parler sa nature pour devenir le plus détestable poupart barbouillé qu'on pût trouver sur toutes les berges de Paris et des environs.

C'est dans ce milieu que le pauvre Jean-Marie était tombé ; et, au bout de quelques jours, monsieur et madame Pétrouillat avaient si bien su tirer parti du sauveteur de leur fille, qu'ils se congratulaient chaque soir en faisant glisser dans leur vieille chausse de laine une pièce blanche de plus.

Au lieu de leur être un sujet de dépense, Jean-Marie était donc, au contraire, un sujet d'économie : son bien-être matériel s'en accrut ; il eut le matin, avec son pain dur,

8

une once de fromage; et, la soupe de midi lui fut mesurée avec moins de parcimonie.

Sauf les insupportables taquineries des deux enfants, il ne se serait pas trouvé trop à plaindre.

Mais, les criailleries perpétuelles du petit Joseph, et surtout la malice avec laquelle la grosse Lolotte arrivait toujours à le faire prendre en faute l'exaspérait au dernier degré.

Plus il allait, et moins la comparaison qu'il ne cessait de faire entre la pauvre P'tiote qui était venue si généreusement vers lui, dans la mansarde de Pichenette, et cette plantureuse petite Auvergnate, était au désavantage de cette dernière.

Il y pensait sans cesse, à l'autre mignonne enfant, et regrettait doublement, à cause d'elle, l'espèce de détention à laquelle on l'astreignait; il n'y avait pas moyen, en effet, de faire la moindre recherche aussi bien à son sujet qu'à celui de sa tantine Baubet.

Car, il faut bien le dire, les Pétrouillat en s'apercevant que ce gamin qu'ils avaient cru devoir être une charge leur était, au contraire bien plus profitable que coûteux, s'étaient arrangés pour le retenir près d'eux.

Le Furet, qui avait fait mine de rôder sur le quai, et s'était enhardi un jour jusqu'à venir demander la permission d'emmener son camarade faire un petit tour, avait été congédié dans des termes qui ne lui laissaient aucun espoir pour l'avenir.

Jean-Marie ne quittait jamais l'œil vigilant de monsieur Pétrouillat, que pour tomber sous celui non moins vigilant de sa moitié.

Lolotte elle-même se chargeait de le surveiller; et, s'il grimpait seulement quelques marches de l'escalier qui conduit de la berge au quai, la délicieuse enfant poussait des cris à ameuter les passants, bien sûre que sa mère arriverait en courant, et que Jean-Marie n'oserait pas faire un pas de plus.

Bien souvent, l'envie le prenait de se révolter contre cet esclavage ; mais, le moyen de s'en aller à la recherche d'une nouvelle position sociale, quand on n'a pas un liard en poche et qu'on possède pour tout vêtement un pantalon et une chemise dont, après le plus scrupuleux examen, on ne parvenait pas à démêler la couleur primitive.

Où se présenter dans un pareil équipage ? qui donc voudrait l'employer et lui donner du travail ? Il ferait horreur à sa tantine elle-même, s'il la retrouvait ; et la P'tiote ne le reconnaîtrait pas, bien certainement.

Il ne pouvait même pas écrire à sa mère, n'ayant pas un sou pour acheter du papier à lettre ; les petits bénéfices dont Pétrouillat lui avait parlé, devaient rester à l'état de pure fiction, puisqu'il ne l'emmenait jamais avec lui.

. . . .

A mesure que les jours passaient, il se sentait plus triste ; il travaillait toujours autant et avait au moins la satisfaction de ne plus s'entendre appeler « propre à rien et sans cœur. »

Non, il ne manquait pas de cœur, et pourtant là, bien franchement, la main sur la conscience, si Lolotte tombait encore à l'eau, s'exposerait-il si vaillamment pour la repêcher ? agirait-il maintenant comme il l'avait fait spontanément quelques mois plus tôt, sachant dans quelle servitude son acte de courage allait le mettre ?

Il rougissait de honte en constatant qu'il hésiterait peut-être.

Devenait-il donc un égoïste et un criminel ?

Et pour se punir de ce mauvais mouvement, le généreux enfant travaillait davantage et s'étudiait à être doux et bon avec cette méchante fille qu'il regrettait presque d'avoir sauvée.

Madame Pétrouillat, ignorant que cet excès de zèle n'était qu'une punition qu'il s'infligeait, lui souriait aussi agréablement qu'elle le pouvait et lui répétait de temps en temps :

— Si tu continues comme ça, je ne me dédirai pas, tu épouseras Lolotte ; tu seras mon gendre.

Et le couple Auvergnat, trouvant la plaisanterie on ne peut plus plaisante, ne lui donna plus d'autre nom que celui-ci : « mon gendre. »

Epouser Lolotte ? horreur ! plutôt partir malgré tout ! et quoique cette catastrophe ne le menaçât pas immédiatement, sa seule pensée lui donnait une plus grande envie encore de s'enfuir.

Un jour, le patron venait de sortir; les enfants se bourrèrent d'une tartine de fromage blanc.

Jean-Marie qui, de temps en temps, levait les yeux sur le parapet du quai, crut voir le museau fûté du Furet qui lui faisait signe.

Bien des fois, ne sachant pas le congé que Pétrouillat avait donné à son compagnon de voyage, il s'était demandé pourquoi ce bon camarade ne venait pas le voir, et avait fini par se persuader que lui aussi était sous la domination d'un maître exigeant qui le retenait enfermé.

Son cœur bondit en reconnaissant le seul ami qu'il eût à Paris ; et, trompant la vigilance de Lolotte qui essayait de se faire offrir par son frère le restant de sa tartine, il ne fit qu'un saut sur le quai et se jeta au cou du Furet, sans penser que ses vêtements et ses mains allaient laisser d'assez vilaines traces sur le blanc costume du petit marmiton.

Les passants souriaient en voyant ces deux petits garçons, l'un tout blanc, l'autre tout noir, fraterniser si tendrement ; ils s'assirent sur un banc en se dépêchant bien
vite de parler pour ne rien omettre de ce qu'ils voulaient
se dire.

Et d'abord, Jean-Marie apprit que le Furet était fort
satisfait de sa position, dans le petit restaurant où il cumu-
lait en même temps les fonctions de garçon de service et
celles de laveur de vaisselle ; il n'était pas très bien logé,
n'ayant qu'une soupente sous les toits, mais il était bien
nourri et se faisait un petit magot des pourboires qu'on
lui donnait.

Ces pourboires étaient du reste son seul paiement, mais
il savait si bien contenter les clients que plusieurs se montraient assez généreux.

— Est-ce que tu lèches toujours leur dessert ? demanda
Jean-Marie en riant.

— Non pas, repartit l'autre, j'ai été guéri de ma gourmandise dès le premier jour, et voilà comment : le patron
prévenu par Pétrouillat, m'a obligé à dévorer le soir
même tout ce qui restait de crème, de riz, de compote, de
pruneaux ; il ne m'a pas fait grâce d'une seule sucrerie : ça
été un nettoyage complet du garde-manger. Plus je criais
grâce, et plus il emplissait mon assiette ; enfin, j'ai attrapé
une de ces indigestions dont le souvenir me poursuit
comme un cuisant remords, et m'a dégoûté pour le reste
de mes jours de tout ce qui me faisait autrefois venir l'eau
à la bouche.

— Et toi, demanda-t-il, comment te trouves-tu ? tes
patrons m'ont l'air de veiller sur ta conservation avec un
soin par trop jaloux ; ils craignent pour toi des mauvaises
fréquentations ; on ne peut seulement pas t'approcher.

Alors, Jean-Marie, heureux de pouvoir enfin décharger

son cœur, raconta ses ennuis, et comment il se voyait dans la nécessité de continuer un métier qui lui déplaisait et l'empêchait absolument de remplir le but qui l'avait attiré à Paris.

Il n'eut pas besoin d'insister sur la surveillance dont il était l'objet : les cris d'appels de la charbonnière et de Lolotte, inquiètes de ne pas le voir, appuyèrent suffisamment son dire.

— Les entends-tu ? et tous ces cris, parce que je m'éloigne pour la première fois ; allons, il faut que je retourne à ma tâche ; sans cela, elles vont s'égosiller.

— Eh bien ! laisse-les s'égosiller si ça leur fait tant de plaisir, dit le Furet en haussant les épaules ; tu es par trop mollasse, mon gros Lapin ; tu te laisses tondre comme un petit agneau, sans dire seulement ouf !

— En voilà assez camarade, reprit-il en faisant un geste énergique, et je te tirerai de ce bateau-là. Quand j'aurai assez d'argent, je t'achèterai de quoi te rendre plus présentable ; et, tu me planteras-là, sans cérémonies, ces Auverpins par trop gratte-deniers. En attendant, voilà ce que j'ai fait pour toi.

Jean-Marie se rapprocha de son ami, pour mieux écouter.

— Je suis allé, rue Saint-Honoré à l'ancienne boutique de ta tantine ; j'ai pris des informations, reprit le Furet, et ce que j'ai appris, mon pauvre garçon, n'est pas brillant du tout.

Il y a plus d'un an que ta pauvre tantine Baubet a perdu son mari ; puis, elle est tombée très malade elle-même, si malade qu'elle en est restée presque aveugle et a dû vendre son fonds pour payer ses dettes. On ne sait pas ce qu'elle est devenue à présent ; c'est donc à recommencer ; et, pour cela, il faut que tu puisses t'y mettre de ton côté, car ce n'est pas une méchante heure que je peux chiper par-ci par-là au patron, qui suffira pour mener les recherches à bout. Donc, il faut que tu sortes, coûte que coûte, de cet infernal bateau, où il me semble qu'on te paye la reconnaissance qu'on te doit par une vaste exploitation de ta personne.

— Ma pauvre tantine, soupira Jean-Marie, moi qui la croyais heureuse; faut-il qu'elle ait eu tant de malheurs. Ah! oui, je voudrais la retrouver; j'y tiens encore plus à présent que je la sais pauvre et malade; ne vaudrait-il pas mieux que j'use mes forces à travailler pour elle, plutôt que pour ces Pétrouillat qui ne me sont rien au fond.

Le brave enfant n'eut pas un regret pour la petite fortune dont il avait cru sa marraine pourvue; il ne pensa qu'à sa triste position d'infirme et au soulagement que sa présence pouvait lui apporter.

— Toujours un bon cœur, lui dit le Furet en lui secouant la main; sois tranquille, je ne t'abandonnerai pas. Vois-tu combien j'avais raison de te dire, pendant notre voyage, que l'argent était tout, si nous en avions à présent, hein! nous serions un peu mieux *lotis* que nous ne le sommes; mais, j'y pense, si on allait parler au propriétaire du fermier Manceau?

— Cette idée ne me sort pas de la tête; mais le malheur est que ma lettre est restée chez Pichenette avec ma blouse, mon baluchon et mon cher argent.

— Diable! diable! c'est navrant. Et tu ne te rappelles pas de l'adresse?

— C'est dans la rue Saint-Dominique; c'est un monsieur qui est comte; mais je ne sais ni son nom, ni son numéro.

— Voilà qui est un peu vague comme indication, fit Polycarpe avec une mine dédaigneuse; enfin, on ne serait

pas digne d'être un Furet, si on ne savait pas bien fureter.
Tiens, il me vient une idée : J'emporterai dans ma soupente le gros livre d'adresses du patron, et j'étudierai jusqu'à les savoir par cœur, les noms de tous les comtes de
la rue Saint-Dominique; je finirai bien par découvrir le
nôtre.

— Si j'avais retenu le nom du pays qu'habite le père
Manceau, dit Jean-Marie, ça irait tout seul; on pourrait
lui écrire, mais je n'ai point de mémoire.

— Oui, nous sommes deux étourneaux, dit le Furet;
nous sommes venus à Paris, sans aucunes précautions,
absolument comme si tout devait nous réussir; et, c'est
justement le contraire qui est arrivé. Enfin, ne perdons
pas courage; tu sais où je demeure? rue *Grégoire de
Tours*, au coin de la rue de Buci; si tu avais quelque
chose à me dire, c'est là que tu me trouverais; tâche surtout de ne pas l'oublier; moi, je ne reviendrai que lorsque
j'aurai assez d'argent pour t'équiper.

Ils furent interrompus par l'arrivée de la charbonnière
qui, après avoir lassé les échos de la berge, en leur répétant inutilement le nom de son futur gendre, s'était avisée
de monter sur le quai, et l'avait aperçu, causant tranquillement avec son camarade.

Le prendre par le bras et le ramener au milieu de son
charbon en le secouant ferme, fut pour la solide madame
Pétrouillat l'affaire d'une minute.

Ce soir-là, Jean-Marie, en punition des tendres inquié-
tudes, dont sa patronne avait souffert par sa faute, dut se
coucher sans souper.

S'il eut à souffrir des tiraillements de son estomac, il
eut également à endurer les exaspérantes singeries de
Lolotte qui lui jetait dans le fond du bateau, les vieux
trognons de choux en criant que c'était bien assez bon

pour un lapin domestique qui avait pris la clef des champs sans permission.

— Eh! hou! hou! le vilain lapin noir! il se couchera sans souper, c'est bien fait, tra la la, c'est bien fait!......

Heureusement pour elle, elle se tenait à distance en chantant ce refrain, et en lui faisant des pieds de nez ; sans cela, la patience du pauvre garçon étant à bout, mademoiselle Lolotte eût certainement constaté sur sa face, large comme la lune, que les lapins domestiques, — comme elle disait, — étaient pourvus de griffes au bout des pattes, tout comme les chats de gouttières.

Tous les deux, la bricole passée autour des épaules, mirent en branle ce noir échafaudage
(page 130)

CHAPITRE VII

Où Jean-Marie Potachou fait sa première livraison en ville et du bénéfice
qu'il en retire.

Le lendemain du jour qui suivit la visite du Furet vit
Jean-Marie, comme les matinées précédentes, se lever dès
l'aube, se mettre à son rude labeur et travailler sans se
plaindre.

Mais si son corps se livrait instinctivement à ses occupations habituelles, son esprit était bien loin des sacs de
charbon qu'il emplissait si méthodiquement.

Sa conversation avec Polycarpe lui trottait dans la tête,
et l'avait tenu éveillé une partie de la nuit.

Désormais, cette pensée allait le soutenir et l'encourager; il compterait les jours et les heures, guettant toujours pour voir si ce bon camarade, — comme l'ange libérateur, — allait bientôt venir le délivrer de sa noire prison.

Cet espoir, cette attente lui rendaient moins pénible sa vie au bord du bateau; et les Pétrouillat, le voyant plus gai et plus vaillant encore, se félicitaient chaque jour de l'excellente acquisition qu'ils avaient faites-là.

A mesure que le bateau s'allégeait de sa charge, le vieux bas de laine s'alourdissait de beaux écus sonnants.

La charbonnière se surprenait souvent à chanter un refrain de son pays; et, dans un accès de générosité, elle alla même jusqu'à acheter une grosse paire de sabots à Jean-Marie, ce dont le brave garçon se montra aussi surpris que reconnaissant.

Une chose cependant l'inquiétait.

Quand le bateau serait vide, qu'est-ce que monsieur et madame Pétrouillat feraient à Paris; et, à quoi l'occuperaient-ils ?

Il ne se sentait pas assez familier avec eux pour les interroger; mais, un jour, il se décida à demander à Lolotte ce que ses parents vendraient quand il ne leur resterait plus de charbon.

L'enfant lui avait ri au nez en disant :

— T'es bête! ils ne vendront pas puisqu'ils achèteront, au contraire.

Il n'avait pas pu en tirer autre chose, mais ces quelques mots lui donnaient fort à réfléchir.

Un soir, à l'heure du souper, le charbonnier rentra le visage rouge, l'œil émerillonné, le verbe haut.

On voyait qu'il était content et que la bonne nouvelle qu'il apportait avait été fortement arrosée par un vin capiteux.

Sa femme fit la grimace en le voyant si exubérant.

Elle était trop économe pour permettre que son mari dépensât de l'argent à boire, et elle se disposait à lui servir une admonestation que la présence des enfants n'aurait pas rendue moins sévère.

Mais, le père Pétrouillat ne lui en laissa pas le temps.

— Point de sourcils en chat fâché, la patronne, dit-il en lui prenant les mains, et voulant esquisser avec elle un pas de bourrée auvergnate.

— Qu'as-tu donc, ce soir, Pétrouillat? fit-elle d'un ton revêche.

— Si j'ai un tantinet levé le coude, la patronne, ce n'est pas moi qui ai payé la régalade; par le clocher de Saint-Flour, il était joliment bon le vin de mon pays Galurgue.

— Tiens-toi donc tranquille, dit la charbonnière en dégageant ses mains; et, dis-moi comment ça se fait que tu aies rencontré ici Galurgue, que je croyais en service chez monsieur le sous-préfet de Saint-Flour?

— Oui, il y était, mais il n'y est plus; il a trouvé que les petits bénéfices de la sous-préfecture ne lui suffisaient pas; il s'en est tiré les chausses, est venu à Paris, et c'est tout à fait par hasard que je l'ai rencontré rue du Bac.

— Tiens, c'est toi donc mon ami Galurgue, que je dis comme ça?

— Mais oui, que c'est moi-même, mon vieux Pé-trouillat.

— Ah! que je suis donc aise de te voir, mon cher Galurgue, que je dis encore?

— Et moi donc, qu'il me redit de même, c'est avec un vrai plaisir que je revois un pays.

— Et, qu'est-ce que tu fais sur le pavé de Paris, que je reprends ?

— Et, je fais la cuisine chez un monsieur très riche,

qu'il me répond, et que je t'invite même à venir goûter le
vin de sa cave, car il demeure tout ici près, et nous aurons
le temps de parler de nos petites affaires en nous rafraî-
chissant le palais.

Et alors, tout en nous donnant des nouvelles des amis
et connaissances, nous sommes arrivés dans l'hôtel du
monsieur très riche.

— Ah! ma femme! la cuisine où fricote cet heureux
Galurgue est un vrai palais, quoi! c'est tout reluisant et
beau et brillant; des douzaines de casseroles belles comme
de l'or ; et un fourneau! ah! fouchtra! c'est là ousqu'on en
pourrait faire de la bonne soupe aux choux.

Galurgue est allé chercher deux bouteilles de vin
cacheté; non, vois-tu, celui qu'on a bu au baptême du petit
n'était que de la piquette à côté.

— De la piquette! s'écria madame Pétrouillat avec
d'autant plus d'indignation qu'elle se rappelait parfaitement les quatre-vingt-dix centimes que chaque litre lui
avait coûté.

— Oui, ma femme, de la piquette, je maintiens mon
dire; c'était un velours que celui-là, une soie, un satin,
quoi; on ne le sentait pas filer dans le gosier.

— Et tu en as tant fait filer que tu ne peux plus retenir
ta langue; n'as-tu point de honte de te mettre dans un état
pareil !

— Ne te fâche pas, la patronne.

— Tu sais pourtant que je n'aime pas ces noces-là qui,
même quand elles ne coûtent rien, coûtent encore trop
cher, parce qu'on n'est plus bon à rien le lendemain, et
ça n'avance pas les affaires.

— Oh! oh! faut pas dire comme ça des choses qu'on
ignore, madame Pétrouillat, et si tu ne m'interrompais

pas pour me casser les oreilles de tes « riens du tout », tu saurais.   . . . .

Il n'acheva pas : un vigoureux soufflet lui rappela qu'il était dangereux de traiter de « rien du tout » les paroles de son épouse.

Il était sans doute accoutumé à ce genre de réponse, car au lieu de se fâcher, il se mit à rire ; et, un peu dégrisé, il continua d'un ton plus naturel.

— C'est vrai, allons, tu as raison, j'en ai pris un peu trop ; mais écoute donc, la bourgeoise, il fallait bien arroser le marché que nous avons fait ensemble, le camarade Galurgue et moi.

— Quel marché as-tu donc pu faire avec lui ? grand bavard.

— Quand il a su ce qu'il me restait de charbon, il a pensé que ça ferait justement sa provision pour l'hiver, et il m'a acheté le tout en bloc.

— Comment, il t'a acheté le tout en bloc ! et sans marchander ?

— Oui, et nous voilà débarrassés de la fin de notre chargement, ce qui est une bonne affaire, attendu qu'il le paie le prix du détail ; mais ce qui en est encore une bien meilleure, c'est qu'en vidant ma caque, il me la remplit en même temps.

— Si tu voulais t'expliquer plus clairement, Pétrouillat, je comprendrais peut-être.

— Patience, c'est ce que je fais.

— Alors, fais vite.

— Le maître de Galurgue qui est un vrai Crésus, vient d'acheter une vieille petite maison qui touche à son hôtel, pour la faire démolir et agrandir ses écuries.

— Ah ! il a des chevaux ?

— Comme je m'exclamais sur ce que les riches ne

savent que faire de leur argent, tandis que moi, si j'avais une maison comme cette petite-là, elle me semblerait bien belle, et que tout au moins, avec les matériaux, j'aurais de quoi me faire bâtir un palais, Galurgue qui voyait mes regards d'envie, a pensé à me faire faire une bonne affaire; non vraiment! ce garçon-là est bien honnête, et il n'a point oublié que, quand nous étions petits, moi qui étais le plus fort, je lui ai épargné plus d'une bourrade en le défendant quand on l'attaquait.

— Eh bien! après? continue donc? s'écria madame Pétrouillat qui, pressée de savoir le reste de cette fameuse affaire trouvait les réflexions de son mari absolument superflues.

— Il faut te dire, ma femme, qu'à Paris on paie pour tout : aussi bien pour acheter les choses que pour se débarrasser de celles qu'on ne veut plus garder; tous les gravats, pierrillons, moellons qui proviennent d'une démolition et qu'on n'emploie pas, il faut les porter quelque part, n'est-ce pas?

— On ne peut, en effet, les laisser dans la rue : c'est défendu.

— Et, ce que tu ne sais peut être pas, c'est qu'on donne jusqu'à cinquante centimes par charrettée pour avoir le droit de les déposer sur un terrain quelconque. Galurgue a pensé que ça serait tout bénéfice pour moi, qui n'aime pas à m'en aller à vide au pays. Ainsi donc, il a parlé à l'entrepreneur qui était là; je vais avoir mon bateau rempli; on va me payer pour ça; nous tirerons peu à peu ce qui servira à bâtir notre future maison, et nous vendrons avantageusement le reste comme engrais.

Et comme madame Pétrouillat regardait son mari avec attention cette fois :

— Total, reprit Pétrouillat avec emphase, de l'argent

à gagner et pas un sou à débourser; trouves-tu que ma journée soit bonne?

Oui, madame Pétrouillat le trouvait; mais, comme il ne faut jamais donner trop d'importance à son mari, elle se contenta de dire :

— C'est à voir, et je ne crois pas bien fameux une marchandise qu'on vous donne avec de l'argent par-dessus le marché.

Là-dessus, on soupa et on alla se coucher.

Le lendemain, ce fut un branle-bas général dans le bateau; il s'agissait de le vider complètement.

Tout le monde s'y employa : même la grosse Lolotte, que ce travail n'amusait guère, mais qui travailla quand même pour gagner les cinq sous que sa mère lui avait promis.

La petite tenait, grande ouverte, l'ouverture du sac où Jean-Marie précipitait le charbon; cela avançait un peu la besogne.

Il y allait de bon cœur, lui aussi, car le père Pétrouillat lui avait promis de l'emmener avec lui porter ce gros chargement; il se réjouissait de cette sortie qui serait la première depuis son arrivée à Paris.

Quand le soleil se coucha, l'ouvrage était fini, le bateau complètement vide, était prêt à recevoir sa nouvelle cargaison.

Monsieur Pétrouillat prit le temps, après souper, d'aller retenir une charrette à bras, longue et étroite; et, dès le premier rayon du jour, il réveilla Jean-Marie pour qu'il l'aidât à empiler, sur cet espèce de haquet, les sacs ficelés la veille.

Il y en avait une haute montagne : décidément c'était une bonne maison que celle où servait Galurgue; les maîtres ne regardaient pas à la dépense, si on en jugeait

par cette énorme provision de charbon faite pour quelques
mois.

Il n'y avait pas encore beaucoup de monde dans les rues
de la grande ville quand Pétrouillat et Jean-Marie s'atte-
lèrent à la voiture.

Tous les deux, la bricole passée autour des épaules et
tirant comme des bêtes de somme, mirent en branle ce
noir échafaudage.

Le plus dur fut de remonter la rampe assez rapide, qui
conduit du bord de l'eau au quai ; la patronne dut donner
un coup de main et poussa à la roue ; mais une fois ce
mauvais pas franchi, la petite charrette roule très facilement.

Pétrouillat était fort comme un bœuf, et le rude Lapin
qui était, lui aussi, solide et musclé, ne boudait pas devant
cette besogne-là.

Tout en tirant, il ne perdait de vue rien de ce qui se passait autour de lui ; il était dans l'émerveillement de ces
belles boutiques, de ces voitures, de ces omnibus qui s'en-
trecroisaient en tous sens.

Il poussait des oh ! et des ah ! qui faisaient rire le charbonnier, mis en bonne humeur par le gain qu'il allait
réaliser.

— Et ça serait bien autre chose, mon petit, si tu allais
du côté des grands boulevards vers cinq ou six heures du
soir : c'est là où tu en verrais des voitures et des piétons à
ne pouvoir tant seulement jeter une épingle par terre sans
piquer le nez d'un passant.

— C'est-y bien possible ce que vous me dites-là, maître
Pétrouillat ? que je voudrais donc voir de si belles choses !
ne voudrez-vous pas me permettre d'aller me promener
une fois par-là ?

— Te promener ? s'écria l'Auvergnat qui ne riait plus ;

te promener! voilà bien une autre affaire à présent, est-ce qu'on se promène au lieu de travailler? il n'y a que les fainéants qui se promènent, mon garçon, et nous ne con- naissons pas ça chez nous; tu peux te le tenir pour dit, une fois pour toutes.

Jean-Marie baissa la tête, avec un gros soupir mal étouffé, et vit bien qu'il était inutile de s'émanciper au point de demander à ses maîtres des permissions qu'ils lui refuseraient systématiquement.

Il ne dit plus mot, et ne reprit intérêt à sa course mati- nale qu'en lisant sur une plaque le nom de la rue, dans laquelle ils entraient : *Rue Saint-Dominique.*

Eh! quoi, ils passaient justement dans cette rue, où habitait le propriétaire du père Manceau?

Oh! si quelque indice pouvait seulement lui faire devi- ner laquelle de toutes ces grandes et belles maisons lui appartenait.

Il ouvrait les yeux grands et larges et les oreilles aussi; il voulait graver dans sa mémoire tout ce qu'il allait voir et entendre; mais bientôt Pétrouillat s'arrêta devant une porte cochère superbe; il fit résonner le timbre; et aussitôt, un gamin de l'âge environ de notre jeune ami Jean-Marie vint ouvrir.

Ce groom, vêtu d'une veste ornée d'une quantité de bou- tons d'or, et qui lui pinçait la taille, avait l'air insolent et moqueur; il toisa d'un regard dédaigneux les deux nou- veaux venus et s'apprêtait à leur jeter la porte au nez sans plus d'explication; mais Pétrouillat — qui n'avait pas envie de se voir évincer par cet arrogant petit drôle, — mit son vaste pied en travers, passa ensuite son épaule et finit par rester maître de la porte entrebâillée à la grande fureur du groom qui dut céder à cette tactique à laquelle il ne s'était pas attendu.

— Vilain barbouillé de malheur! cria-t-il en frappant du pied avec colère; qu'est-ce que tu demandes avec ta figure de ramoneur mal lavé? veux-tu bien débarrasser la porte de ta malpropre personne?

— Ah! fouchtra, je ne sais qui me retient d'écraser ce méchant drôle entre mes mains, comme on écrase un vil insecte entre ses ongles. Je demande Galurgue; va lui dire que je suis là, moi, Pétrouillat de Saint-Flour, et dépêche-toi vite encore de faire la commission, si tu ne veux pas avoir affaire à moi.

— Galurgue? il n'est pas là pour l'instant, repartit l'insolent petit drôle; vous n'avez qu'à repasser dans deux heures.

— Je vais d'abord décharger ma marchandise, dit le charbonnier, et j'attendrai qu'il soit de retour pour régler mon petit compte.

Cela ne faisait pas du tout l'affaire du petit valet qui, en l'absence du chef, avait pris l'habitude de fureter partout dans la cuisine et dans l'office, et de faire main basse sur tout ce qui traînait, tant en provisions de bouche qu'en menus objets de toutes sortes.

Le tout, chaque jour bien méticuleusement emballé dans une toile noire, formait un petit paquet propret que le jeune drôle faisait adroitement passer le soir aux mains crochues d'une vilaine femme qui venait rôder autour de l'hôtel.

Ces deux heures matinales, pendant lesquelles Galurgue et son aide de cuisine se rendaient aux halles, étaient les seules où le petit valet se trouvait assez libre pour faire sa râfle.

On comprend sa mauvaise humeur, en se voyant interrompu dans une si douce besogne par la présence de ces intrus.

Il n'osa cependant s'opposer au déchargement du charbon, mais ne prit pas seulement la peine d'indiquer à
Pétrouillat le caveau où il devait le mettre; ce qui fait
que, sans plus réfléchir, notre Auvergnat, qui ne supposait pas qu'on pût taxer sa marchandise de chose malpropre, l'étala bel et bien sur les belle dalles de marbre
que le concierge venait de nettoyer à grand renfort de
seaux d'eau.

Cet important personnage, qui avait quitté sa loge pour
porter le courrier à son maître, faillit étouffer d'indignation lorsqu'il vit ces sacs de charbon empilés contre sa
loge, formant des découpures noires, bien nettes, sur le
mur blanc.

Une altercation plus que violente eut immédiatement
lieu entre ce majestueux fonctionnaire et le pauvre Pétrouillat qui, malgré tout son entêtement auvergnat, n'aurait certainement pas dit le dernier mot de la discussion
si son compère Galurgue ne fût heureusement rentré en
cet instant.

On s'expliqu'à mal de part et d'autre; on se dit des
mots aussi peu parlementaires que possible; mais enfin,
le gain de la cause resta au cuisinier qui aurait bien
voulu tirer un peu les oreilles au mauvais petit valet
auteur de tout ce grabuge.

Mais il n'y avait pas moyen, le polisson ayant trouvé
bon de s'esquiver au dénouement de l'aventure, après
avoir fait tout son possible pour échauffer le plus possible
la dispute.

Quand le charbon fut rentré, on s'assit pour régler la
note et boire un coup de ce vin de velours, dont Pétrouillat
avait fait la veille un si pompeux éloge, bien mérité du
reste, à sa femme.

Pendant que leurs verres se choquaient gaiement, ni le

cuisinier, ni le charbonnier, ni Jean-Marie ne s'occupaient du concierge qui, rouge de fureur, maugréant et jurant comme un païen, recommençait à grands coups de balai et une inondation abondante, le nettoyage qu'il avait déjà fait une heure auparavent.

Sa colère ne se calma qu'à la vue de deux bouteilles pleines, que Galurgue lui tendait par la fenêtre de la cuisine.

— Fouchtra! dit le charbonnier tout à coup, quel insolent drôle que ton petit valet; pour un peu et par sa faute, j'allais me colleter avec ce respectable monsieur galonné, qui a une si belle prestance ; c'est gros comme une saucisse de deux sous, ce gamin-là, et c'est mauvais comme un singe; on voit bien que c'est un polisson né sur le pavé de Paris.

— Point du tout, répondit le cuisinier, c'est un paysan qui arrive tout droit de son pays ; il le dit du moins ; mais, j'ai peine à le croire, car il est aussi vicieux qu'un gavroche parisien.

Monsieur le comte qui n'est point méchant homme , tant s'en faut, s'en est affublé, parce qu'un de ses fermiers le lui à recommandé.

Il est gourmand, paresseux, insolent et roué comme un page de cour; vrai, si les garçons de son âge sont tous dans son genre du côté de Tours, c'est une jolie graine de gibier de potence.

— Jean-Marie avait ouvert l'oreille en entendant prononcer le nom de cette ville, la seule dans laquelle il se fût arrêté pendant son voyage.

La similitude qui existait entre ce méchant sujet et lui, le frappa et lui arracha un gros soupir.

Fallait-il qu'une si bonne place échût justement à quelqu'un de si peu recommandable, tandis que lui qui se sentait honnête garçon et bon travailleur, se trouvait réduit à un labeur des plus pénibles sans aucun espoir de recevoir la plus petite rétribution!

Il réfléchissait à tout cela, le pauvre Jean-Marie Potachou; et, laissant les deux compatriotes aux douceurs de la bouteille, il se rapprocha de la fenêtre qui ouvrait sur la vaste cour d'entrée.

Le concierge avait fini son travail, et s'épongeait le front après avoir tant épongé le mur.

Derrière un massif de plantes vertes, la maigre silhouette du groom apparaissait; et, notre rude Lapin se demandait ce qu'il pouvait bien faire là.

Il en eut bientôt l'explication, car un gros caillou, lancé violemment, brisa la vitre de la fenêtre par laquelle il regardait, l'effleura au front et s'en vint frapper en plein une grosse marmite de cuivre, qui tomba de la planche où elle se trouvait avec un bruit épouvantable.

Le cuisinier fit un bond sur son siège :

— C'est ce polisson de Jean-Marie qui vient de faire ce coup-là, s'écria-t-il en brandissant la bouteille vide, comme un duelliste brandit son épée; il va me le payer; la journée ne se passera pas sans que je lui arrache au moins une oreille.

— Non, Monsieur, s'écria notre jeune ami, avec une véhémente indignation; non, ce n'est pas moi qui ai fait dégringoler votre batterie de cuisine; et la preuve, c'est que la pierre a été lancée du dehors, qu'elle a cassé la vitre et m'a blessé au front.

— Quelle mouche te pique, toi, mon gaillard, qu'est-ce qui te prends?

— Eh! Monsieur, vous m'accusez injustement, c'est bien le moins que je me défende.

— Comment, je t'accuse?...

— C'est votre petit domestique qui a fait le coup; je l'ai vu se cacher derrière ce massif.

— C'est justement mon avis : je reconnais-là un tour de sa façon.

— Mais, fit Pétrouillat, tu viens de dire que c'est Jean-Marie; je croyais moi aussi que tu accusais mon petit apprenti, et ce serait à tort, car vois-tu, celui-là est un brave enfant.

— Tiens, c'est drôle ça; est-ce que ce petit barbouillé-là, s'appellerait aussi Jean-Marie, comme notre singe habillé? fit Galurgue avec étonnement.

— Mais oui, Monsieur, c'est mon nom, voilà pourquoi je me rebiffais tout à l'heure.

— Tiens, c'est particulier cela : voilà un nom qui n'est pourtant pas très répandu; enfin, je te fais mes excuses, mon petit Jean-Marie, et, puisque tu es un bon petit garçon, je vais te donner un morceau de gâteau pour te dédommager du coup que tu as reçu; tu aimeras autant cela, je pense, qu'un peu de monnaie.

Jean-Marie souriait tristement.

— Quant à l'autre Jean-Marie, reprit Galurgue, il n'a qu'à se bien tenir celui-là; je vais faire un rapport salé à Monsieur sur son compte; ça n'a pas de sens commun; j'ai dû faire remettre quatre fois toutes mes vitres depuis que ce garnement est ici.

Il s'en alla à l'office chercher un gros morceau de galette, qui avait échappé au pillage du groom, et le présenta toute enveloppé au jeune garçon.

Ah! s'il avait osé, comme Jean-Marie lui aurait dit qu'une piécette blanche ferait bien mieux son affaire : il pourrait alors acheter du papier, de l'encre et des plumes, pour écrire à sa mère et au fermier Manceau!

On se salua et on se complimenta réciproquement; on se

sépara avec force poignées de main ; et, il fallut, pour sortir, passer sous le regard encore courroucé du concierge qui referma furieusement la porte presque sur leurs talons, tandis qu'on entendait le vilain petit valet crier du fond de son massif :

— Oh ! la, la, quelle dégaine ! ont-ils l'air assez Auverpins ! ces deux gaillards-là. Eh ! va donc, duo de pruneaux d'Agen, va donc !

.   .   .   .

— Ah ! ça, j'espère que tu ne vas pas manger cette galette, dit tout à coup Pétrouillat à Jean-Marie, lorsqu'ils arrivèrent au bateau.

Jean-Marie étonné, regardait son patron qui reprit :

— Tu es un trop grand garçon pour aimer les friandises : c'est bon pour Lolotte et le petit, ce gâteau-là ; donne-le leur tout de suite, ça évitera à la mère de leur faire une tartine pour leur goûter ; tu as eu le plaisir de la promenade, c'est bien le moins que les moutards aient quelque chose aussi.

Voilà comment le rude Lapin vit Paris pour la première fois et comment, en récompense de son surcroît de travail, il rapporta pour tout bénéfice : une bosse au front !

———————

Le Furet s'approcha d'un pêcheur qui préparait son filet et lui demanda des nouvelles
(page 143)

CHAPITRE VIII

Où le lecteur verra que les voyages ne font pas toujours la joie de
la jeunesse.

Le Furet n'avait point oublié sa promesse à son camarade ; il entassait pièce sur pièce, et enfouissait mystérieu-
ment ce petit trésor dans sa paillasse.

Il le comptait tous les jours et ne se serait pas permis
d'en distraire un sou pour son plaisir.

Il était très pratique, le Furet, et s'informait sans cesse
de ce que coûtent les choses : les dix francs qu'il voulait
mettre au costume qu'il offrirait à Jean-Marie ne suffi-
raient pas.

Certes, il est indispensable d'être proprement vêtu pour

se présenter; mais qui sait? ne faudrait-il pas courir dans
vingt maisons différentes, avant de trouver la plus modeste position?

Pendant ce temps, l'appétit du rude Lapin ne se mettrait pas en grève; et, une fois arraché des mains de Pétrouillat, il fallait pouvoir le nourrir.

Alors, ce n'était plus dix francs, mais au moins quinze
francs qui lui semblaient indispensables, et l'on ne se doute
pas du temps qu'il faut pour ramasser une somme pareille,
lorsque les recettes se chiffrent par un ou deux sous, trois
quelquefois, quand le client est très généreux.

Il faut bien dire qu'aucun des habitués du petit restaurant où servait Polycarpe, n'était millionnaire, ce qui
explique la modicité du pourboire que son zèle méritait si
bien; car le pauvre enfant, dont les défauts provenaient
d'un manque absolu d'éducation, avait de grandes qualités : activité infatigable, complaisance à toute épreuve;
et enfin, reconnaissance très vive pour le bien qu'on lui
faisait.

Il n'oubliait pas que Jean-Marie avait, jadis, partagé
son argent avec lui; à présent, c'était à charge de revanche;
une seule pensée l'occupait : rendre service à son camarade, et le retirer au plus tôt de cette situation où on l'ex-
ploitait sans scrupule.

Il n'osait plus s'approcher du bateau; mais, de temps
en temps, il jetait en passant un coup d'œil rapide par-
dessus le parapet.

Il apercevait la grosse masse noire toujours amarrée au
même endroit, et parfois il entrevoyait la figure barbouillée
de Jean-Marie travaillant avec une ardeur qui aurait mérité
un petit salaire.

Et à chaque promenade qu'il faisait de ce côté-là, il s'en

revenait plus en colère contre ces avares de Pétrouillat qui abusaient ainsi du sauveur de leur fille.

— Non, se disait-il, non, on ne peut s'imaginer la joie que j'éprouverai à leur enlever ce bon garçon-là ; moi, dans mon restaurant, je ne suis pas payé, mais au moins je suis bien nourri, bien logé ; j'ai de bons petits bénéfices ; et enfin, je puis prendre l'air et me dégourdir les jambes de temps en temps ; tandis que lui !...

Et Polycarpe soupirait en reprenant :

— Pauvre Lapin, doit il en endurer, accoutumé comme il l'était à vivre dans les champs et à ne jamais rester en place? Oh ! oui, je serai content de leur souffler leur machine à gagner de l'argent, à ces grippe-sous d'Auvergnats de Saint-Flour.

Le bonheur voulut qu'un des habitués du petit restaurant venant à se marier, eut l'heureuse idée d'y faire faire son repas de noce.

Pendant trois jours, tout le monde fut sur les dents.

Il fallut démeubler l'arrière boutique pour y dresser le couvert, laver toutes les vitres, les carreaux, mettre des rideaux propres partout ; enfin, rendre le *Faisan argenté* digne de l'honneur qu'on lui faisait.

Le Furet se montra si zélé dans cette occasion que son patron lui promit une gratification de cinquante centimes.

Et le marié, poussant la générosité jusque dans ses plus extrêmes limites, remit dans la main du petit marmiton ébahi, une belle pièce de cinq francs toute neuve.

C'était justement ce qui lui manquait pour parfaire la somme qui lui était nécessaire : sa joie fut telle, son enthousiasme fut si grand qu'il se livra devant toute la noce, à une série de gambades agrémentées des cris de :

— Vive les mariés ! qui mirent tout le monde en belle humeur.

Aussitôt qu'il put s'échapper, le lendemain, ce fut pour courir au quai : il y avait bien huit jours qu'il n'était venu de ce côté.

Il se hâtait en sifflant un air gai, se représentant la joie de son ami, à la bonne nouvelle qu'il lui apportait.

Il le voyait, appelant sur-le-champ madame Pétrouillat pour la prévenir de son départ, et il riait de l'ahurissement de la bonne femme, en apprenant que celui qu'elle croyait si bien tenir par manque d'argent, avait maintenant une somme assez forte pour n'avoir plus besoin de s'éreinter à son service.

Quelle tête elle ferait, la charbonnière !

Le Furet en riait à pleine gorge, et il hâtait le pas sans aucun égard pour les passants, bousculant l'un à droite, poussant l'autre à gauche pour arriver plus vite.

Enfin, le voilà au quai ; il ne prend pas le temps de jeter un coup d'œil par-dessus le parapet ; il s'élance dans l'escalier.

Cette fois, il ne craint plus que l'un ou l'autre Pétrouillat le prie de passer son chemin ; il se sent quelqu'un depuis qu'il a de l'argent en poche.

En somme, la berge est à tout le monde, et si les Auvergnats se mettent en travers de son projet, il saura bien les intimider en parlant de la police ; il s'est informé adroitement ; il sait comment s'y prendre pour les faire filer doux.

Pleins de ces idées demi belliqueuses, il dégringole plutôt qu'il ne descend l'escalier de pierre ; mais en bas, il s'arrête stupéfait : un grand serrement de cœur lui coupe la respiration ; il s'appuie contre le mur, n'en voulant pas croire ses yeux.

Le bateau a disparu, un grand vide indique la place qu'il occupait ; il faut qu'il soit parti bien récemment puisqu'un nouvel arrivant n'est pas encore venu le remplacer.

Quel coup pour ce pauvre Furet si heureux tout à l'heure! il en est tout étourdi.

Comment s'expliquer cette disparition subite? pourquoi le rude Lapin ne l'a-t-il pas prévenu?

— Vraiment, se dit-il, il est par trop poule mouillée, ce gros garçon qui n'a pas trouvé le temps de s'éclipser une demi-heure pour venir jusqu'à moi; je fais tout ce que je peux pour lui rendre service, et il se laisse bêtement emmener sans rien dire; c'est trop fort, et il ne mérite plus que je m'occupe de lui; je le croyais bien un peu lourdaud, mais pas stupide à ce point-là.

Quand il eut bien exhalé sa mauvaise humeur contre son camarade, et l'eût gratifié du nom de tous les animaux qui ont,—sans qu'on sache pourquoi,—la réputation d'une grande sottise, il pensa qu'il obtiendrait peut-être quelques renseignements des mariniers.

Il s'approcha d'un pêcheur qui préparait son filet; et, après l'avoir salué très poliment, lui demanda des nouvelles de la famille Pétrouillat.

— Ma foi, je ne sais trop que te dire, répondit-il; cette année, ces charbonniers n'étaient pas comme de coutume; c'étaient des mystères, des cachotteries sans fin.

— Ordinairement, continua-t-il, ils nous prévenaient du jour de leur départ, et en bons voisins on se faisait des adieux; mais, cette fois, ils ont décampé sans prévenir personne.

— Depuis quand sont-ils partis?

— Avant-hier soir, ils étaient encore là; et puis hier matin, plus rien; ils se sont entendus en cachette avec un petit vapeur qui est venu les remorquer au milieu de la nuit.

— Tout cela est singulier, murmura Polycarpe.

— Enfin, reprit le pêcheur, comme ils ne devaient rien
à personne, ça les regarde; mais, c'est égal, ce qu'ils ont
fait là n'est guère honnête, et ça n'est pas la coutume
d'agir ainsi entre riverains.

Polycarpe comprit parfaitement pourquoi les Pétrouillat
n'avaient pas tenu à annoncer leur départ; ils enlevaient
tout simplement Jean-Marie, les scélérats.

Le Furet s'en retourna à son restaurant aussi triste et
maussade qu'il était gai, et content une heure plus tôt.

Qu'allait devenir ce pauvre Jean-Marie.

Ce que le pêcheur avait dit à Polycarpe, était pourtant
l'exacte vérité.

Depuis que la première charrettée de gravats était
arrivée, les habitudes des Auvergnats avaient complètement changé.

Le père Pétrouillat, n'ayant plus de livraisons à faire en
ville, ne quittait pas son bateau, tandis qu'au contraire, sa
femme ordinairement très sédentaire, passait son temps à
aller et venir, chargée comme un baudet, d'un bissac sur
l'épaule et d'un grand panier au bras.

Tout ce qu'elle apportait s'engouffrait dans la cabine.

Jean-Marie se demandait parfois de quelle nature pouvaient être toutes ces marchandises et surtout pourquoi on
les cachait si mystérieusement.

Mais, il avait moins de temps que jamais à perdre en
réflexions.

Le charbonnier, qui ne le quittait plus, le faisait travailler
ferme; les charretiers déchargeaient leurs platras sur la
berge, et il fallait au fur et à mesure rentrer tout cela dans
la cale, soit à la brouette, soit à la hotte sur le dos.

Quoique le bateau ne fût pas plein encore, il vint un jour
où l'arrivage des gravats cessa.

Jean-Marie poussa un soupir de joie. Enfin, on pourra donc se reposer un peu!

Hélas! il avait compté sans son hôte; le père Pétrouillat n'était jamais embarrassé quand il s'agissait de trouver de l'ouvrage; il mit l'enfant au triage de tous ces détritus.

Les moellons devaient s'entasser d'un côté, les pierres dures d'un autre, et le plâtre au milieu; il y avait de la besogne pour bien des journées.

Ce travail n'était certes pas plus agréable que le triage du charbon; et, les pauvres mains de Jean-Marie qui souffraient souvent de la rencontre d'un tesson de bouteille; d'un clou rouillé ou d'un éclat de bois lui faisaient bien mal.

Ses doigts se gonflèrent aux premiers froids de novembre; et, dans l'espèce de hutte qu'on lui avait construite et où le vent entrait comme chez lui, il avait bien de la peine à s'endormir.

Un soir à souper, Pétrouillat sembla avoir pitié de lui.

— Allons, mon gendre, tu as bien travaillé ces temps-ci : tu mérites une récompense.

Jean-Marie le regarda étonné de ce préambule.

— J'ai dit à la patronne, continua-t-il, de nous faire un peu de vin chaud; tiens, voilà ton verre que j'ai préparé : bois-moi ça d'un coup; tu verras comme tu auras chaud à l'estomac, et tu pourras aller te coucher tout de suite; tu dormiras comme une marmotte.

Ce vin chaud sembla un peu amer au jeune garçon; mais, il était si peu habitué à en boire qu'il l'avala de bon cœur.

Tout réchauffé, il s'en fut bien vite s'étendre sur son grabat.

Son sommeil fut si lourd qu'il n'entendit aucun bruit

10

particulier, ne ressentit aucune secousse, et rêva les plus agréables choses du monde.

Quand il se réveilla, il se trouva tout étourdi par un balancement beaucoup plus fort que celui auquel il était accoutumé.

Vivement, il se leva et ouvrit la porte de sa niche; il faisait grand jour; et, contre son ordinaire, Pétrouillat ne l'avait pas éveillé.

C'était bien singulier; mais, chose encore plus bizarre, il ne vit plus les arbres du quai, ni les grandes maisons à cinq étages; plus de tours Notre-Dame qu'il apercevait la veille encore dans la brume du matin, plus de clocher doré de la Sainte-Chapelle.

Le bateau naviguait au milieu de la rivière, traîné par un petit remorqueur, et Paris ne s'apercevait plus que là-bas, là-bas, bien loin.

Jean-Marie poussa un cri de désespoir, auquel les Auvergnats répondirent par un gros rire joyeux.

— Eh bien! qu'est-ce qui te prends, mon gendre, dit Pétrouillat, tu n'as pas l'air content; est-ce que tu n'aimerais pas les voyages?

— C'est indigne, s'écria le jeune garçon, qui ne put retenir ses larmes, c'est indigne ce que vous faites-là; vous m'emmenez sans me le dire : c'est comme si vous commettiez un vol, entendez-vous.

— Dis donc, toi, cria la charbonnière d'un ton sec, tâche de réfléchir aux paroles que tu prononces; sans cela, tu auras maille à partie avec la paume de ma main; je t'en avertis, mon garçon.

— Tais-toi, ma femme, tu es trop irrascible; les menaces ne valent rien; c'est par la persuasion que je vais lui faire comprendre tout l'intérêt que nous lui portons à ce pauvre abandonné.

Le bateau naviguait au milieu de la rivière, traîné par un petit remorqueur (page 146)

Ces mots portèrent au comble la colère de l'infortuné Jean-Marie.

— Qu'est-ce qui vous à prié de prendre tant d'intérêt à moi? Est-ce parce que j'ai travaillé de toutes mes forces pour vous depuis cinq mois, sans gagner un seul sou? est-ce parce que vous m'avez tenu prisonnier, comme un malfaiteur? est-ce parce que j'ai repêché votre fille que vous vous croyez autorisé à m'emmener nuitamment, sans m'ouvrir la bouche de vos projets?

— Allons, mon gendre, riposta l'Auvergnat en ricanant, calme-toi un peu, je te prie, ne t'échauffe pas inutilement la bile. On dit que charbonnier est maître dans sa maison, et on a raison; je n'ai point besoin de raconter mes affaires à un gamin de ton espèce que nous avons admis dans notre famille par charité, à un gamin qui serait peut-être mort de faim sans nous.

Mais au lieu de le calmer, ces paroles injustes et cruelles excitèrent encore la fureur de l'enfant.

— Avant de mourir de faim, j'aurais pu mourir noyé, et vous ne faisiez pas tant le fier, le jour où je vous ai rendu votre Lolotte; vous avez abusé de moi et de mon courage; je n'en puis plus d'avoir tant travaillé, et pour comble vous m'enlevez malgré moi. Tenez, vous êtes des malheureux! des voleurs d'enfant! des.....

Une de ces giffles comme madame Pétrouillat en savait appliquer lui ferma net la bouche.

— Ingrat, mauvais drôle; cria-t-elle en trépignant! chaque fois que tu te permettras de parler comme ça, et de te regimber, tu en r'cevras autant. Pour commencer, tu te passeras de déjeuner. Allons, au travail et lestement, où sans cela, gare à ta frimousse de mauvais sujet.

Qu'aurait-il pu répondre à cet argument et à ces mots? Le pauvre et honnête garçon qui n'avait jamais reçu une chiquenaude de sa mère, se sentit si atterré, si indigné, que les paroles se séchèrent dans son gosier.

Il ouvrit démesurément la bouche; mais, il n'en sortit qu'un son ressemblant plus à un beuglement qu'à une protestation.

Ce bruit étrange attira sur le pont de la cabine l'intéressante Lolotte, qui se mit à pouffer de rire en voyant la mine plus que déconfite de Jean-Marie.

— Comme il est laid, s'écria-t-elle entre deux éclats de rire, il ressemble juste à la tête de Turc dans laquelle j'ai jeté des boules à la fête du pays.

— Allons, allons! tais-toi, Lolotte, fit le charbonnier qui voulait terminer cette scène en plaisanterie; ne te moque pas de ton futur mari; tu sais bien qu'il est sage, et bon travailleur; tu l'épouseras quand vous serez grands tous les deux.

— Pour ça, non, s'il est aussi vilain que dans ce moment, dit la petite en lui tirant la langue et lui faisant des grimaces.

Au milieu de son désespoir, le malheureux Jean-Marie pensait :

— Est-ce qu'ils vont toujours me retenir prisonnier comme cela? est-ce qu'ils comptent me garder jusqu'à ce que je sois en âge de me marier, avec cette laide et méchante Lolotte? vrai, j'aimerais mieux me jeter à l'eau tout de suite que d'en passer par-là.

— A l'ouvrage, répéta madame Pétrouillat, les pleurnicheries, c'est bon pour les petites filles qui ont reçu le fouet; les garçons, eux, doivent travailler.

— Il faut, reprit-elle en poussant Jean-Marie, que tout le chargement soit trié le plus vite possible; moi, je ne peux pas vous aider, j'ai à m'occuper de la cuisine et de la confection des vêtements d'hiver.

— Allons, Lolotte, ajouta-elle en se tournant vers sa fille, viens éplucher les pommes de terre pour le dîner ; tu t'es assez amusée sur la berge de Paris ; il est temps que tu apprennes à seconder ta mère qui se tue pour que tout le monde soit content autour d'elle.

Hélas ! il y avait bien près de là un pauvre garçon qui ne l'était guère, content ; et la méchante femme le savait bien !

Ils y passèrent tous, les beaux contes dont la mère Potachou berçait ses sommeils d'enfants
(page 160)

CHAPITRE IX

Il y a quelque chose, mais quoi?

Jean-Marie qui, pour venir à Paris, avait quitté un pays où l'on ne trouve de l'eau que dans les puits et les mares, ne s'entendait aucunement à la direction du bateau; aussi, après avoir essayé de lui faire tenir la barre, maître Pétrouillat constatant que le secours qu'il en obtenait était nul, préféra-t-il le laisser seul au travail des gravats, et s'occuper lui-même de la direction de son grand chaland.

Son but était de remonter le courant jusqu'aux canaux du Loing et de Briare, qui font communiquer la Seine avec la Loire.

Par-là, il gagnait l'Allier qui le rapprochait de son pays; il saurait bien alors se débarrasser de ses démolitions et en tirer bon parti.

Puis, il ferait une nouvelle et ample provision de charbon, et redescendrait, pour venir de nouveau à Paris, les mêmes rivières qu'il lui fallait remonter dans ce moment, ce qui était beaucoup plus long.

Il avait congédié son petit bateau à vapeur qui lui coûtait trop cher.

Quand il voulut hisser un mât et une voile, madame Pétrouillat montra qu'elle s'entendait aussi bien à cet ouvrage qu'à la confection de sa fameuse soupe aux choux.

La voile, très rudimentaire, ne servait que lorsque le vent soufflait de l'arrière; on l'aidait aussi avec de longues rames; mais, quand le vent était contraire, il fallait se servir d'un remorqueur s'il s'en trouvait qui passait, ou bien encore des chevaux qui, sur le chemin de halage, tirent les lourds bateaux chargés.

Autant en coûtait aux économes Auvergnats; aussi, n'employaient-ils ces moyens-là que lorsqu'il leur était impossible d'avancer autrement.

Cette navigation a, entre autres inconvénients, celui d'être extrêmement lente; mais, les habitants de Saint-Flour sont patients quand il s'agit d'économiser quelqu'argent.

Puis le temps ne leur paraît pas long sur ce bateau qui est leur bien, leur propriété, leur maison; ils sont pourvus de certaines provisions de fond, et s'arrêtent de temps en temps à la berge d'un village pour acheter leur pain et ce qui pourrait leur manquer.

C'est ainsi que Jean-Marie remonta la haute Seine et connut, pour y avoir passé une nuit, les rives de Corbeil, de Melun et de Moret.

En traversant ces contrées riches et bien cultivées, ses instincts de campagnards se réveillèrent; il aspirait avec plaisir ce grand air si pur.

Ces brouillards du matin le faisaient songer aux journées de vendanges où, dès la petite aube, il suivait sa vieille mère chez le propriétaire qui l'avait retenue dès longtemps pour la récolte du raisin.

Lui, tout bambin encore, était toléré au milieu des vendangeuses; et, s'essayait même à les aider, coupant quelques grappes avec son petit couteau à manche de corne; mais bientôt, les mains fatiguées de ce labeur, il quittait sa mère pour suivre le porteur qui, l'échine courbée, recevait dans sa hotte le contenu de toutes les corbeilles, et allait la déverser dans les cuves préparées sur la charrette.

Et le soir, quelle joie d'assister à la manœuvre du grand pressoir! quel plaisir de voir le vin, à chaque tour de vis s'échapper à flots, du raisin pressé, ce bon vin doux, épais comme de la confiture, dont les vendangeurs lui donnaient quelques gorgées à goûter, riant de le voir devenir tout rouge et très bavard sous l'influence de ce petit régal, et de l'odeur vineuse qui remplissait le pressoir et le grisait un peu.

Et la fâcherie de maman Potachou, quand on lui ramenait son drôle tout étourdi, babilleur comme une jeune pie, fâcherie qui se changeait bien vite en rire joyeux lorsque le petit, excité et ravi de se voir entouré de tous, se mettait à raconter quelques drôleries dont les gens de la veillée se pâmaient de rire en lui demandant de recommencer.

Hélas! ce temps-là était bien loin, et c'est lui, Jean-Marie Potachou, lui, le héros de ces petites fêtes; lui, gâté par tous ceux qui employaient son honnête mère; c'est lui

seul qui avait fait cesser ce bon temps en se lançant à la
recherche de sa tante Baubet.

Où avait-il la tête le jour où l'idée de quitter son pays lui
était venue?

Ne serait-il pas cent fois plus heureux à bêcher la terre
chez quelque bon paysan qui lui permettrait d'aller embrasser sa mère de temps en temps, plutôt que de trier du
charbon ou des platras pour des étrangers qui le traitaient
comme un esclave?

— Oui, certes, il serait plus heureux, mais sa tantine
Baubet?

C'est pour elle qu'il venait à Paris.

Qu'importe les fatigues et les soucis du moment actuel
si quelque soir, la chance de la retrouver lui arrivait?

Il ne renonçait pas à cet espoir-là.

Le Furet lui avait promis de l'aider, et puisque les Pétrouillat s'étaient conduits si indignement en l'enlevant
pendant son sommeil, il se sentait absolument dégagé de
tout espèce de ménagement vis-à-vis de ces Auvergnats
sans scrupule.

Il était bien résolu à se sauver, le pauvre enfant, la première fois qu'ils s'arrêteraient près d'une ville; il s'en-
fuirait, se cacherait s'il le fallait, rentrerait à pied à Paris,
dût-il mendier en route pour vivre; et instruit par l'expérience, il ne serait plus, à l'avenir, aussi naïf qu'il l'avait
été jusque-là.

Une fois cette résolution bien arrêtée dans son esprit, il
se sentit beaucoup plus content, ne songea plus qu'à la
mettre en pratique; et la fortune, trouvant sans doute qu'il
avait largement payé son tribut à la malechance, vint lui
sourire enfin d'une façon tout à fait inattendue.

Un jour, en soulevant une grosse pierre qui, d'après

son volume, lui semblait devoir très lourde, il fut extrêmement étonné de la trouver au contraire fort légère.

Il était seul dans ce moment-là, et la curiosité le prit de voir ce qui pouvait être cause de ce phénomène extraordinaire.

Il tourna et retourna la grosse pierre dans ses mains, aussi facilement que si ce n'eût été qu'une grande boîte de carton.

Evidemment, elle était creuse; mais aucune ouverture ne paraissait à l'extérieur.

Pourquoi s'était-on amusé à creuser cette pierre?

Ne se sentant pas surveillé pour l'instant, il la cassa en deux, chose qu'eût absolument défendue le charbonnier, car il comptait se servir des plus gros matériaux pour la fondation de sa future maison.

Au second coup de pioche, la grosse pierre se fendit et Jean-Marie eut bien de la peine à retenir un cri de surprise.

De l'intérieur de ce moellon, — soigneusement creusé au couteau et non moins, soigneusement rebouché au ciment, — s'échappa une bonne poignée de pièces d'or et quelques pièces d'argent.

Il n'y avait pas une très forte somme, mais pour Jean-Marie dont le dénuement égalait celui du petit saint Jean, il pensa avoir trouvé un véritable trésor, une immense fortune.

Il resta un instant ébahi, ne sachant ce qu'il fallait faire?

Appellerait-il Pétrouillat pour lui montrer sa trouvaille?

Non, à présent qu'il connaissait son Auvergnat sur le bout du doigt, il était absolument sûr qu'il s'emparerait de tout, sans seulement lui donner une pièce blanche; et

peut-être même l'accuserait-il d'en avoir gardé quelques-
unes à part lui.

Mais, ne serait-ce point un vol de s'approprier cette
somme ?

Jean-Marie aimait encore mieux être malheureux que
voleur.

Pourquoi serait-ce un vol? quelle idée avait-il là, puisque le propriétaire de ce magot n'existait plus; sa maison
venait d'être vendue, après sa mort, à un riche Monsieur
de la rue Saint-Dominique, le maître de Galurgue, c'est
lui qui l'avait dit.

Dans tous les cas, c'est à ce Monsieur-là qu'il devrait
rendre compte de cet argent.

Pourquoi n'irait-il pas le lui reporter lui-même, après
avoir prélevé bien entendu ce qu'il fallait pour sa vie jusqu'à Paris?

Ce serait faire œuvre de probité; et, tout en agissant
consciencieusement, se créer une protection qui pourrait
lui être utile.

C'est à cette dernière résolution, qui conciliait en même
temps sa délicatesse et son désir de quitter les charbonniers, que Jean-Marie s'arrêta.

Vivement, en entendant le Pétrouillat qui quittait le
gouvernail, il mit l'or dans sa poche et reprit avec une
feinte indifférence son travail un instant interrompu par
cette heureuse aventure.

Mais le cœur de notre héros battait bien fort; il avait
le visage en feu; et, Pétrouillat qui le regardait travailler
du haut du pont, vit tout de suite qu'il n'était pas comme à
son ordinaire.

— Ohé! mon gendre, qu'est-ce qui te prends? tu as la
mine plus fleurie qu'un bouquet de pivoine; c'est-il que tu

viens de trouver un diamant de grand prix, parmi ces cailloux?

Jean-Marie se sentit devenir encore plus rouge.

Il ébaucha le geste de s'essuyer le front de la manche de sa chemise, mais un léger tintement dans sa poche, lui rappela qu'il fallait être d'une prudence excessive, tant qu'il n'aurait pas trouvé une cachette sûre pour son argent.

— Si je suis haut en couleur, c'est que je travaille dur, répondit-il, enfin.

— Oui, mais tu as un air content, content comme si tu avais fait un héritage?

— Eh bien! donc, reprit l'enfant avec plus d'assurance, aimeriez-vous mieux à me voir triste ; vous m'avez assez souvent reproché d'avoir une figure en porte de prison depuis notre départ; moi aussi, je commence à m'ennuyer, de tant m'ennuyer que ça, et j'ai pris tout à l'heure le parti d'être content.

— Tu commences à réfléchir, n'est-ce pas?

— C'est encore ce que j'ai de mieux à faire, n'est-il pas vrai? et ce sera il me semble, plus agréable pour tout le monde.

— Hum! hum! marmotta le charbonnier en descendant retrouver sa femme dans la cabine : voilà un contentement qui est venu bien vite; il y a quelque chose là-dessous, pour sûr qu'il y a quelque chose qui n'est pas naturel.

Pendant ce temps, Jean-Marie emplissait sa poche de plâtre pour éviter que tout tintement indiscret ne mît les rapaces Auvergnats sur la trace de son précieux magot.

Il était si ravi que tout en voulant paraître comme à l'ordinaire, il ne pouvait arriver à étouffer sa joie.

Au souper, il mangea comme un jeune loup affamé,

trouvant la soupe exquise, le lard onctueux, les pommes de terre succulentes.

Il prit de lui-même les enfants sur ses genoux pour leur raconter un conte de son pays.

Le petit garçon s'endormit pendant la narration, mais mademoiselle Lolotte, qui aimait les histoires de fées, en demanda encore une quand celle-ci fut finie, et puis une autre encore.

Au grand étonnement de madame Pétrouillat, Jean-Marie, qui d'ordinaire se faisait prier pour raconter, ne tarissait pas ce soir-là.

Ils y passèrent tous, les beaux contes dont jadis la mère Potachou berçait ses sommeils d'enfant.

Ils y passèrent tous, depuis le petit Chaperon-Rouge, jusqu'au terrible sire de Barbe-bleue ; depuis les naïvetés de Jean-le-Sot, depuis l'exquise bonté de cette excellente Bête, dont on a peine à ne pas pleurer la mort, même quand on sait que de ce corps informe sortira le prince Charmant qui épousera la Belle.

Jean-Marie avait, ce jour-là, la langue aussi déliée que ces fameux soirs de vendanges ; et, la piquette de madame Pétrouillat lui semblait aussi délectable que le vin doux du temps passé.

— Par la Catarina! ce gamin m'étonne, pensait le charbonnier ; cette gaîté-là serait parfaite si elle était naturelle ; mais, il y a là-dessous quelque chose que nous ne connaissons pas, c'est sûr.

— Tiens, je vais t'embrasser pour ta peine, dit Lolotte enthousiasmée. Quand tu seras mon mari, tu me raconteras ces histoires-là tous les soirs, toutes, toutes, tu le promets au moins? je ne t'épouserai qu'à cette condition-là.

— C'est entendu, dit Jean-Marie en riant de toutes ses

forces ; c'est entendu Lolotte ; et, tu peux compter là-dessus, ma petite femme.

— C'est la première fois qu'il lui parle comme ça, pensait la mère Pétrouillat ; décidément mon homme a raison, il y a quelque chose là-dessous, mais quoi ?

Ce mot fut le dernier que le charbonnier et son épouse se dirent l'un à l'autre avant de s'endormir ; et, le premier aussi qui leur vint à la bouche en s'éveillant.

Le bateau était amarré près d'un joli village bâti en terrasse au bord du Loing.

Ils s'y étaient arrêtés la veille au soir avant le souper, et comptaient en repartir dès la première heure, afin d'arriver bien vite à Montargis.

Aussi, se levèrent-ils avant le jour ; mais, quelques matinals qu'ils fussent, un autre l'avait été encore davantage.

Cet autre, comme on le pense bien, n'avait pas fermé l'œil de la nuit.

Il était trop content pour sommeiller.

Après avoir compté son trésor qui s'élevait à la somme ronde de trois cent soixante-quinze francs cinquante centimes, il l'enveloppa soigneusement, ficela l'or à part dans un des coins de sa poche, ne se réservant que les vingt-cinq francs cinquante centimes d'argent, dont il comptait se servir pour ses besoins.

Puis, quand il pensa que tout le monde dormait, il sortit bien doucement de sa cabine.

Comme la planche qui servait de pont volant entre le bateau et la berge, était solidement cadenassée au flanc du chaland, par crainte d'évasion, il dut se résoudre à sauter, quel que fût le risque qu'il courût de tomber dans l'eau glacée.

Son désir de quitter cette prison flottante décupla ses forces.

D'un bond prodigieux, il se trouva sur la terre détrempée ; ses jambes s'enfoncèrent jusqu'aux genoux dans le limon et la vase ; mais qu'importe, il avait recouvré la liberté à présent.

Son argent trouvé allait lui éviter la honte de mendier sur son chemin.

Il se sortit comme il put du bourbier ; il se secoua ; et, quand le soleil parut, il avait déjà fait plusieurs lieues.

Quel était ce pays ? comment se nommait-il ?

Voilà ce qu'il ignorait complètement ; mais sa triste aventure avec Pichenette l'ayant rendu très prudent, il ne se souciait pas d'interroger les rares passants.

Et d'abord, n'aurait-on pas conçu de mauvaises pensées sur ce garçon mal vêtu, plein de vase et de bourbe, qui avait beaucoup d'argent en poche et ne savait seulement pas dans quelle localité il se trouvait ?

Qui sait ! peut-être le prendrait-on pour un voleur, pour un échappé de quelque maison de correction.

Et cette pensée faisait monter le rouge de la honte au visage de l'honnête Jean-Marie Potachou.

Il marcha droit devant lui, de préférence à travers champ, ne choisissant la grande route que lorsqu'elle lui semblait absolument solitaire.

Il commençait à ressentir une grande faim, et se demandait si avec tant d'argent il allait en être réduit à jeûner.

De temps en temps, il apercevait une ferme ou une maison isolée ; mais, il n'osait s'adresser nulle part avant qu'un hasard lui eût appris quel pays il traversait.

Ce hasard se présenta heureusement vers midi, sous la forme d'une grosse borne de pierre, placée à l'angle de deux routes ; et, Jean-Marie put lire l'inscription qu'elle portait :

ROUTE DE MONTARGIS A ORLÉANS.

Il poussa un cri de joie : Orléans ! mais, il connaissait ce nom-là ! n'était-il pas passé en chemin de fer, dans cette ville, lorsqu'il voyageait avec le Furet !

Il pourrait donc y prendre un train pour Paris ; et puis, le sergent Passepoil, cet aimable compagnon de route avec lequel ils avaient si joyeusement fraternisé depuis Tours, n'habitait-il pas Orléans ?

Comme il se trouvait heureux de connaître ce brave sergent !

Si quelque indiscret s'avisait de lui demander ce qu'il faisait sur ces grands chemins, ne pourrait-il pas répondre, la tête haute, qu'il marchait jour et nuit pour rejoindre le plus vite possible son ami Passepoil ?

Enfin, la chance allait donc lui sourire!

En attendant, il avait joliment faim, et donnerait volontiers cinquante centimes à ce vieux berger s'il voulait lui céder son bissac, avec le déjeuner qu'il renfermait, bien entendu.

Le déjeuner, oui, le bonhomme voulut bien le lui céder : il se composait d'un morceau de pain bis.

Mais, le bissac, non.

Le rude Lapin, ayant le principal, s'en consola facilement ; il apprit en même temps de cet homme rustique que plus d'une douzaine de lieues le séparaient encore d'Orléans.

Douze lieues ! c'est beaucoup dans une saison où les jours sont si courts et quand on a si grande hâte d'arriver !

Non pas qu'il craignît que les Pétrouillat se missent à sa poursuite.

De ce côté, il était tranquille.

Le bateau ne pouvant se passer de son maître, on ne courrait pas après lui.

Il riait même en pensant à la mine déconfite que les Auvergnats devaient avoir à cette heure.

Peut-être aurait-il ri encore plus s'il avait pu être un témoin invisible de l'orage qui régnait en plein sur le chaland.

Les Auvergnats, en ne retrouvant plus leur petit serviteur, se prirent de querelle, s'injurièrent réciproquement, se rendant responsables l'un et l'autre de sa fuite, par leur dureté pour lui.

Des reproches on en vint aux coups ; les gifles tombèrent dru comme grêle ; les mains se levèrent et s'abaissèrent avec un bruit régulier de battoir.

Mademoiselle Lolotte, furieuse de se voir sans futur mari ; monsieur Joseph, enragé de ne plus retrouver son souffre-douleur, imitèrent l'exemple de leur papa et de leur maman.

Ce fut une bagarre générale ; et, des chalands voisins, le bruit de la bataille fit émerger des têtes noires et mal peignées qui, prêtaient l'oreille au roulement des coups et se demandaient avec terreur si un régiment de démons n'avait pas établi son domicile dans le bateau des époux Pétrouillat.

Jean-Marie marcha tant que dura le jour.

Le soir, il entra dans une méchante auberge de village où on lui permit, moyennant quelques sous, de coucher dans l'écurie.

Le brave enfant, reprit sa course le lendemain dès l'aube, et put, en traversant une petite ville, s'acheter un bon tricot de laine marron, une petite casquette et un pantalon de drap.

Le tout, pour la somme de huit francs soixante-quinze centimes, lui donna l'air propre et honnête qui lui était naturel et qu'il avait jadis.

Il se reconnut enfin, notre ami, et ce ne fut pas sans un immense plaisir qu'il se retrouva le Jean-Marie Potachou de son enfance; celui que les villageois avaient accompagné à Loudun, le jour de son départ pour la grande ville, celui que le Furet avait pris en grande affection et qui était venu échouer misérablement sur un vilain bateau de charbonnier.

Un bruit de vaisselle cassée fit lever la tête à tous les déjeuneurs (page 170)

CHAPITRE X

Où Jean-Marie peut enfin visiter la capitale et quelle est la première personne
de connaissance qu'il y rencontre.

Grâce à une patache dans laquelle il trouva une petite
place, grâce surtout à ses bons pieds, chaussés de sabots
— le seul don de madame Pétrouillat — Jean-Marie
arriva à Orléans le soir du second jour qui suivit sa fuite du
bateau.

Il se promettait une grande joie de revoir le sergent
Passepoil, qui lui avait promis sa protection; et sans attendre au lendemain, il se mit à sa recherche.

Le sergent était moins difficile à trouver que la tantine
Baubet.

Jean-Marie savait qu'on le renseignerait dans la première caserne venue; aussi, se présenta-t-il au planton la bouche en cœur, la mine souriante, persuadé qu'il n'avait qu'à franchir cette porte pour faire tomber sa main dans la main de son vieil ami.

Une déception l'attendait : l'officier à qui on l'adressa lui apprit que Passepoil n'était plus à Orléans : son régiment venait d'être envoyé à Paris.

Cette nouvelle contraria fort notre petit ami; il s'était promis de passer une si bonne soirée en compagnie du brave sergent!

Depuis tant de mois, il avait été si séparé de tout visage ami! Il aurait voulu pouvoir causer enfin à cœur ouvert et demander un bon conseil!

Il se consola de ce mécompte en songeant que, puisque le sergent Passepoil habitait maintenant Paris, il le verrait de temps en temps; et, par mesure de précaution, afin de n'avoir pas de nouvelles et pénibles recherches à entreprendre quand le moment serait venu, il eut soin de demander à l'officier dans quel quartier de la capitale son régiment se trouvait caserné.

Muni de ces précieuses informations, le jeune garçon se rendit à la gare du chemin de fer, prit le premier train de nuit qui passait, et arriva sans encombre à Paris dans la matinée du lendemain.

Il reconnut ce quai de la gare où, plusieurs mois auparavant il débarquait, si confiant et si naïf.

Il reconnut le banc où la Pichenette était venue s'asseoir près de lui, offrant ses services et parvenant à lui faire croire tout ce qu'elle voulait.

Oh! la vilaine femme! s'il la retrouvait cette fois encore, il ne pourrait s'empêcher de la couvrir de honte devant tout le monde.

Mais, elle n'était pas là, heureusement pour Jean-Marie
que son indignation eût probablement entraîné dans quelque scène bruyante et regrettable dont le dénouement au
poste ne se fût pas fait attendre longtemps.

Il poursuivit donc tranquillement son chemin d'un pas
alerte et gai.

Il y avait bien longtemps qu'il ne s'était pas senti si heureux ; et, le plaisir qu'il se promettait de surprendre
Polycarpe dans son restaurant était si grand, qu'il se mit
à chantonner un refrain du pays.

Sa joie, de se sentir libre, redouble encore en passant
près de cette berge où il avait été si longtemps retenu
malgré lui.

Cette fois, il s'orienta bien ; il ne perdit pas son temps à
faire mille et mille détours ; et il arriva sans encombre au
petit restaurant du *Faisan Argenté*, tenu par monsieur
Louis, au moment précis où midi sonnait à l'horloge de
l'église de Saint-Germain-des-Prés.

Il risqua un œil par l'entrebâillement de la porte,
quand un client sortit.

Et alors, il aperçut le Furet en costume blanc, qui cir-
culait dans la petite salle portant des piles de plats et
d'assiettes, allant et venant pour répondre aux appels des
habitués, parvenant enfin, par son activité, à contenter
tout le monde.

Quoique légèrement intimidé, notre ami Potachou se
décida à entrer, profitant pour cela d'un moment où
Polycarpe était à la cuisine.

Il s'assit dans un coin, à contre jour, devant une petite
table vide comme un client qui vient déjeuner ; et son
attente ne fut pas longue.

Le Furet revint bientôt, tenant d'une main un dessert et
de l'autre une côtelette à la purée de pommes.

En passant près du nouveau venu qu'il ne reconnut pas d'abord, il s'arrêta pour demander ce que monsieur désirait qu'on lui servît.

— N'importe quoi, dit Jean-Marie avec un grand sérieux, pourvu qu'il y en ait beaucoup et que ça ne coûte pas cher.

Un ah!... retentissant suivi d'un bruit de vaisselle cassée, fit lever la tête à tous les déjeuneurs.

Polycarpe, la bouche béante devant ce client si proprement vêtu qui ressemblait à son camarade, venait de déverser les pruneaux sur le dos du monsieur qui les attendait pour se les mettre dans l'estomac, et en même temps d'inonder le bras d'une dame avec une cascade de purée trop liquide.

Après ce double exploit, qui ne faisait guère honneur à son adresse, les assiettes un peu grasses s'étaient échappées de ses doigts; et, la côtelette privée de sa garniture, était allée s'engloutir tout naturellement dans la gueule d'un chien qui se trouvait là à point.

— Eh bien! polisson, qu'est-ce qui te prend aujourd'hui? cria d'une voix fâchée, le patron qui surveillait ses casseroles.

Puis, ne recevant pas de réponse :

— Tu n'es pas si maladroit que ça ordinairement, continua-t-il; est-ce que tu as les mains engourdies?

— Voilà, voilà, ça n'est rien, répondit le petit en s'empressant; c'est la surprise, l'étonnement; ah! que je suis donc content !

— Vite, vite, une serviette, un torchon, pour essuyer le bras de Madame et éponger le dos de Monsieur, ajouta-t-il en joignant rapidement l'action à la parole; ce n'est rien, je vous assure ; vous êtes même plus propre qu'auparavant.

— Je vais, maintenant, vous chercher d'autres portions; et, on mettra les assiettes plus pleines pour vous
dédommager; ne vous impatientez pas : c'est l'affaire
d'une minute.

— Toi, mon gros Lapin, dit-il à Jean-Marie en passant,
tu peux bien faire attendre ton estomac un moment de
plus; nous déjeunerons ensemble quand il n'y aura plus
personne.

Et sur un signe gaiement affirmatif de son camarade, il
s'élança vers la cuisine, mit en quelques mots monsieur
Louis, son patron, au courant de la cause de sa mala-
dresse, et revint porter aux deux déjeuneurs endommagés
des portions dignes, par leur volume, de fermer la bouche
aux plus récalcitrants.

Avec quelle joie les deux amis fermèrent la porte derrière le dernier client!

Enfin, la salle est vide et monsieur Louis appelle tout
son monde à table.

D'abord, Jean-Marie ne savait s'il devait avancer; mais,
le Furet vint le chercher de la part du patron qui l'autorisait
à déjeuner avec son personnel.

Ce personnel, peu nombreux, se composait de monsieur
et madame Louis, les maîtres; d'une grande fille de cuisine, — solide et rougeaude campagnarde — et enfin de
notre ami Polycarpe.

Jean-Marie fut le cinquième; il bénéficia de ce que le
Furet s'était rendu agréable à tous par son zèle et son
inépuisable gaîté.

Son maître pensait même à lui donner de petits gages, au
commencement de l'année, voulant s'assurer le service de
ce déluré petit marmiton.

On comprend que, dans ces conditions-là, il ne lui avait
pas tenu longtemps rigueur pour les deux assiettes cassées,

et ne demandait pas mieux, en outre, que de laisser déjeuner son camarade avec lui.

Il questionna le nouveau venu.

Pourquoi et comment avait-il quitté les Pétrouillat?

Le pourquoi? c'était encore facile à dire, et le propriétaire du *Faisan Argenté* comprit aisément qu'un garçon
aussi solide, et qui ne se sentait aucune vocation pour le
triturage gratuit du charbon, eût quelque envie d'essayer
d'une position sociale moins salissante et plus rémuné-
ratrice.

Mais le comment?

Voilà qui se comprenait moins et qui était bien autrement difficile à expliquer

Sa fuite avant le jour, oui, c'était croyable; mais, comment il avait vécu depuis, et comment il avait pu si
bien s'équiper?...

Fallait-il donc avouer sa trouvaille?

Il ne s'en souciait guère, le petit fugitif, étant résolu à
ne suivre aucun conseil à ce sujet et à n'agir que selon sa
conscience.

Il voulut donc glisser légèrement sur ce chapitre; mais,
il vit à l'air étonné du Furet et à la mine subitement
refroidie du restaurateur qu'il faisait fausse route, que ses
reticences allaient lui causer le plus grand tort, peut-être
même le faire prendre pour un voleur.

Il dut donc se résoudre à être complètement franc, à ne
rien cacher de tout ce qui lui était arrivé depuis quelques
jours.

Il vit alors le Furet témoigner sa joie par une secousse
de sa main droite, dont les doigts se frappant les uns contre les autres, produisirent un petit bruit sec, très familier
aux gamins de Paris.

— Oh! chance! oh! veine! s'écria-t-il, voilà mon Potachou redevenu millionnaire, et moi qui marche à grands pas vers la fortune ; avec notre or, mon gros Lapin, nous allons pouvoir bientôt bouleverser le monde. Nous n'avons plus à craindre la famine ; et, tu ne seras plus obligé de te faire charbonnier.

— Non, non, repartit vivement Jean-Marie, tu te trompes mon cher Furet ; je ne considère pas cet argent comme m'appartenant ; je n'en ai pris que juste ce qu'il fallait pour me vêtir et m'amener à Paris ; je reporterai le reste à qui de droit.

— Tiens, tiens ! mais il a extraordinairement de probité, ce petit bonhomme-là, murmura en souriant d'un ton approbateur le restaurateur dans sa barbe ; c'est bien, cela !

Le Furet fut si interloqué de ce que disait son camarade, qu'il faillit suffoquer en avalant de travers un gros morceau de pomme de terre. Il n'était pas du tout, lui, mais pas du tout, de l'avis du patron.

— Imbécile ! grand bêta ! finit-il par articuler, tu n'es pas digne de l'aubaine qui t'arrive ; rendre l'argent ! et à qui, je te prie ? aux Pétrouillat qui ont toujours abusé de toi ? c'est être trop godiche, ma parole, d'avoir de pareilles idées.

— Non, point aux Pétrouillat, fit Jean-Marie avec assurance ; le magot n'est pas plus à eux qu'à moi ; il appartient au propriétaire de la maison en démolition et c'est à lui seul que je dois le ren re.

— Nigaud ! un homme si riche ! qu'est-ce que tu veux qu'il fasse de cette petite somme-là, reprit le Furet avec indignation en levant les épaules.

— Tiens, es-tu drôle ! dit Jean-Marie ; mais, je ne l'empêcherai pas de m'en donner une partie, si ça lui plaît ; seulement, j'aurai la conscience tranquille quand je lui aurai rapporté son argent; et, le monsieur voyant que je suis honnête, m'aidera peut-être à gagner honorablement ma vie.

— Possible, reprit le petit marmiton peu convaincu; mais, c'est égal, avoir là une bonne somme dans ses mains et la rendre à quelqu'un qui n'en a aucunement besoin, et qui ne sait même pas si elle lui appartient, je trouve ça d'un stupide, mais d'un stupide sans nom; et beaucoup d'autres seraient de mon avis.

— Pas si stupide que ça, dit enfin le restaurateur sortant de son silence; et puis, mon petit Polycarpe, je t'engage à ne pas insister tant que ça; tu sais que je t'estime, et pourtant, je finirais par craindre de ne plus revoir ma bourse, si par hasard je la laissais tomber.

— Ah! patron, pouvez-vous croire? dit Polycarpe en rougissant.

— Oui, je sais que ce n'est pas tout à fait la même chose; mais, c'est égal; vois-tu mon enfant, ajouta-t-il gravement; en fait de probité, il vaut mieux être en delà qu'en deçà.

— En attendant, continua-t-il, comme je vois que ton camarade a des principes, et ne te pervertira pas plus que tu ne l'es, je l'autorise à coucher avec toi dans ta mansarde, jusqu'à ce que son Monsieur riche le sorte de peine; tu vois que son honnêteté lui a déjà apporté un petit bénéfice.

— Quant à son déjeuner d'aujourd'hui, reprit le patron, nous n'en parlerons pas; et, s'il mange les autres jours avec nous, on ne lui comptera que tout juste son pain et sa boisson, le fricot étant déjà payé, puisque c'est le reste de mes pensionnaires.

— Allons, dit gaiement le brave homme, en son honneur, je te donne congé jusqu'à quatre heures; vous pou-

vez aller faire un tour ensemble et bavarder tout à votre
aise.

Jean-Marie se confondit en remerciements; pour un
peu, il se serait jeté au cou de ce bon gros homme qui se
montrait si bienveillant pour lui.

Les deux amis eurent bientôt achevé leur repas tant ils
étaient pressés de se trouver seuls !

La joie de ces deux heures de liberté leur tint lieu de
dessert; et, ils s'en allèrent gaiement par les rues, riant,
devisant comme deux amis qui ont mille choses à se dire,
et qui n'ont pas pu causer ensemble depuis bien longtemps.

C'est ainsi que Polycarpe apprit que leur connaissance
du wagon, le sergent Passepoil, était maintenant caserné à
Paris, près de la porte de Versailles, tout contre les fortifications.

Ils se promirent d'aller le voir le plus tôt possible, un
jour où le maître du *Faisan Argenté* donnerait à son
petit marmiton quelques heures de liberté qu'il tâcherait
de mériter par son zèle.

Pour l'instant, Jean-Marie n'avait qu'une pensée : voir
un peu Paris qu'il ne connaissait pas encore et se rendre
ensuite à l'hôtel de la rue Saint-Dominique pour essayer
de parler au propriétaire.

Il ne pouvait tomber sur un meilleur cicerone que le
Furet.

Ce petit être vif, intelligent, dégourdi, connaissait déjà
son Paris sur le bout du doigt, et il sut en deux heures
montrer à son camarade tous les beaux quartiers et tous les
principaux monuments : Notre-Dame, le Louvre, l'Hôtel-
de-Ville, la tour Saint-Jacques, le Palais-Royal, la rue
Vivienne, les boulevards, la Madeleine, Saint-Augustin;
puis les Champs-Elysées, l'Obélisque, l'Arc de triomphe de

l'Etoile; et, en revenant, la place de la Concorde et les
Tuileries où ils se séparèrent, le Furet pour entrer à son
poste, et Jean-Marie pour remonter la rue du Bac, et rejoindre ensuite la rue Saint-Dominique qui, dans ce
temps-là, la traversait à la hauteur du boulevard Saint-
Germain.

— Surtout ne te perds pas en revenant, dit le Furet, et ne
te fais pas écraser par les voitures; tu as une mine si
ahurie de tout ce que tu vois, que ta sécurité n'est pas
sans me causer quelque inquiétude; je t'assure que je ne
suis pas tranquille et je voudrais pouvoir rester plus longtemps avec toi.

— Ah! bah, me prends-tu pour un moutard, par exemple? dit vivement Jean-Marie; c'est vrai que je suis un
peu étonné, et encore plus émerveillé de toutes ces belles
choses que je vois; mais, sois tranquille, je connais le
chemin; et, je rentrerai pour me coucher, car tu comprends bien qu'avec le repas que j'ai fait à une heure, je
n'aurai pas besoin de souper ce soir.

— Allons, bonne chance! promène-toi bien puisque tu
n'as encore que cela à faire; et, fais attention cette fois
qu'on ne te vole pas ton argent; il est vrai que ça serait
moins malheureux, puisque tu persistes dans ta sotte idée
de le rendre.

— Ah! Polycarpe, c'est vilain ce que tu dis-là; tu as
bien entendu les paroles de ton patron, et tu sais bien que
cet argent ne m'appartient pas.

— Oui, oui, mais tout ça, c'est des mots en l'air et des
sentimentalités gênantes.

— Enfin, mon gros Lapin, c'est ton affaire : à ce soir,
vertueux prix Monthyon !

Et, sans se demander si Jean-Marie allait comprendre
la finesse de son dernier mot, le malin gamin fit une

pirouette sur les talons, et disparut en chantant à pleine gorge l'air des pompiers de Nanterre qui était alors en grande vogue.

La nuit venait rapidement, et Jean-Marie dut bientôt quitter le banc où il s'était assis un instant pour se reposer, car on fermait les Tuileries.

Il traversa le pont Royal et s'engagea sans perdre de temps dans la rue du Bac, très encombrée à cette heure de la journée.

La chaussée couverte de voitures de maître et de véhicules de toutes sortes; les trottoirs étroits sur lesquels on ne pouvait avancer qu'en donnant et en recevant de nombreux coups de coude; les cris des cochers, leurs disputes, les poussées des voyageurs affolés courant après l'omnibus pour conquérir une place à mesure qu'il s'y faisait un vide : tout ce brouhaha acheva de l'éblouir, de l'étourdir; et, parfois, il s'appuyait contre le mur pour reprendre un peu ses sens.

Dans un de ses moments de repos, il porta ses yeux sur le trottoir opposé, parfaitement illuminé par les mille becs de gaz d'un grand magasin de nouveautés.

Il s'amusait à regarder les dames élégantes qui en sortaient, affairées comme si l'achat d'une robe où d'un manteau eût été, pour elles, la chose la plus capitale du monde.

Il remarqua aussi combien peu de ces mondaines, qui sans doute venaient de dépenser beaucoup d'argent, mettaient la main à leur poche pour donner une légère aumône où acheter un bouquet de violettes à une pauvre petite marchande qui, enveloppée des pieds à la tête dans un vieux châle troué, leur tendait des fleurs d'une main grêle et décharnée.

Certes, ses violettes pouvaient n'être pas très fraîches;

et, à coup sûr ces belles dames n'avaient nul besoin de si méchants bouquets.

Cependant, un petit sou donné à cette enfant n'eût certes pas appauvri la main finement gantée qui la repoussait, et Jean-Marie trouvait cela très pénible.

Il aurait voulu se trouver près de la mendiante pour lui acheter un bouquet; mais, au milieu de cet enchevêtrement de voitures, il ne pensa même pas qu'il fût possible de traverser.

Il continua donc son chemin, tout doucement, et s'arrêta encore un instant au coin de la rue Saint-Dominique, pour s'orienter.

A cet instant, il entendit derrière lui une voix caverneuse qu'il crut reconnaître, et qui parlait d'un ton courroucé.

— Tu es une sotte; tu ne sais pas t'y prendre; je te surveillais de l'angle de la rue voisine : parlais-tu seulement de ton père en ce moment à l'hôpital, de tes cinq frères et sœurs mourant de faim?

— Dame! puisque c'est des mensonges que vous voulez me forcer à dire; moi j'aime pas mentir, vous le savez, répondit une petite voix maladive.

— Stupide enfant! dit la femme en donnant une bourrade à la pauvre petite; tu n'es bonne à rien; tu es plus molle qu'un chiffon; tu ne sais pas insister; voyons! combien as-tu ramassé aujourd'hui?

— Cinq sous.

— Cinq sous? cinq sous seulement? insipide créature! en voilà une récolte! et tu t'imagines que tu souperas ce soir? quand on ne travaille pas, vois-tu bien, on jeûne. Que veux-tu que je fasse avec tes cinq sous?

— Ça n'est pas faute, pleurnichait l'enfant; j'ai offert mes bouquets toute la journée, personne n'en veut; moi, j'ai faim, je veux manger puisque je travaille, entendez-vous?

— Attends, je vais t'en donner des tartines; tiens, avale ça et tais-toi ou gare le martinet!

Et le bruit de deux soufflets appliqués par une main bien sèche, fit retourner Jean-Marie indigné.

Il ne vit pas la figure de la petite fille qui sanglotait dans ses petits doigts rougis par le froid; mais, il lui sembla que la femme décharnée ressemblait un peu à la voisine de Pichenette.

— Si c'est elle, pensa-t-il, ce doit être aussi la P'tiote, son souffre douleur. Ah! si je pouvais seulement voir le visage de la pauvre petite marchande de bouquets, je saurais tout de suite si c'est elle.

Les deux mendiantes passèrent devant lui, et continuèrent à marcher dans la rue Saint-Dominique.

Il les suivit de près : c'était pour lui une occasion de s'assurer de ce qu'il voulait savoir, et en même temps elles allaient dans son chemin.

— Allons, marche donc! espèce de moustique, fit la femme en poussant rudement la petite qui ne marchait pas assez vite à son gré; on dirait vraiment que tu as la paralysie aux jambes; tu te traînes comme une tortue au lieu d'avancer.

— Faudrait pourtant voir à changer ces manières-là, si tu veux continuer à manger et à vivre, reprit-elle après une pause. Ah! faut-il que je me sois embarrassée d'une poupée comme toi, qui ne me rapporte seulement pas de quoi payer mon loyer! parlez-moi du gamin; à la bonne heure! en voilà un qui m'est utile et qui sait se tirer d'affaire.

— Vous ne disiez pas ça, il y a quelques mois, hasarda la fillette; vous passiez votre temps à lui tirer les oreilles et à lui donner des coups.

— Il était fainéant dans ce temps-là; mais depuis, il a compris la situation; il sait ce qu'il me doit; et, il travaille comme un amour.

— Oui, il vole; c'est ma foi un joli travail qu'il fait là, dit la petite avec un geste de dégoût.

— Tais-toi, fourmi, où je t'écrase sans pitié, s'écria la pauvresse avec colère. Au lieu de le critiquer, tu ferais beaucoup mieux d'imiter ce brave Arthur qui sait si bien se tirer d'affaire.

— Mais, reprit-elle, je l'aperçois là-bas qui me guette; reste-là et ne bouge pas; il a des choses à me dire que tu n'as pas besoin d'entendre, petite vermine; ne bouge pas de cette porte-là, dis-je; je viendrai te chercher tout à l'heure; et, tu sais, si tu peux soutirer quelques sous aux passants, tu ne feras que ton stricte devoir, et je te donnerai peut-être à souper, tu m'entends?

L'enfant s'arrêta en poussant un grand soupir de soulagement, et l'horrible femme disparut dans l'ombre de la haute palissade qui entourait une bâtisse en voie de construction.

Jean-Marie ne perdit pas de temps; il s'approcha de la petite qui s'essuyait les yeux avec un coin de son vieux châle, et frottait doucement ses pauvres joues meurtries par les taloches que son bourreau lui avait administrées il n'y avait qu'un instant.

— Est-ce toi, P'tiote? dit Jean-Marie de sa voix la plus douce; est-ce toi, pauvre mignonne? est-ce que je peux te consoler un peu?

— Oui, je suis la P'tiote; qu'est-ce que vous me voulez? répondit l'enfant qui ne reconnut pas d'abord celui qu'elle n'avait vu qu'un instant, le soir, il y avait déjà longtemps.

— Tu ne te rappelles pas de moi, et pourtant tu voulais me rendre un grand service, cet été, quand j'ai malheureusement suivi la Pichenette que je prenais pour ma tantine Baubet.

— Quoi, c'est vous, Jean-Marie?

— Oui, c'est moi, petite; veux-tu m'embrasser pauvre mignonne?

— C'est que vous êtes bien plus grand que le Jean-Marie de cet été? reprit-elle avec doute; je ne vous aurais pas reconnu.

— Ça, c'est vrai, j'ai grandi parce que j'ai beaucoup travaillé; mais, je suis bien le même Jean-Marie, je t'assure, très reconnaissant de ce que tu as voulu faire pour moi.

— J'aurais bien voulu te voir depuis ce temps-là, dit-il à voix basse, seulement je ne savais pas où te trouver; et puis, j'ai été malheureux : je ne pouvais ni sortir, ni te chercher; j'ai souvent pensé à toi, va? mais comme tu as l'air triste !

— Oh! oui, je suis triste et malheureuse, fit la pauvrette en pleurant : toujours grondée, toujours battue; je voudrais bien mourir, au moins j'aurais le repos et je dormirais toujours; je ne souffrirais plus.

En disant ces mots, l'enfant désespérée sanglotait, et appuyait sa pauvre petite tête toute pâle sur le bras de Jean-Marie, qui lui tenait affectueusement les mains dans les siennes.

— Un peu de courage! dit-il très ému; on n'est pas toujours malheureux dans la vie, je le sais par moi-même.

— Ah! vois-tu, c'est bien fini, dit-elle, enfin; je suis avec des voleurs, et ils veulent me rendre comme eux : c'est affreux. Ils t'ont volé et ils en volent d'autres tous les jours. Nous habitons à présent le quartier du Gros-Caillou, pour être plus près de la maison dans laquelle Arthur est entré à ta place.

— A ma place?

— Oui, tu sais bien, la lettre que tu avais et que Pichenette a gardée avec tes habits? Eh bien! on en a parlé
longtemps, et il a été convenu qu'Arthur se présenterait
chez le comte de Tricourt comme si c'était toi.

— C'est affreux, dit Jean-Marie.

— Ce Monsieur, fit-elle, avait justement besoin d'un
petit valet, il l'a pris et le paye bien; mais, ça ne suffit pas
sans doute; et, il n'y a pas de jour qu'il n'apporte ici quelques paquets volés que la Blafarde prend quand nous
passons. Ainsi, dans ce moment ils causent; je parie
qu'ils combinent encore quelque mauvais coup, au préjudice du maître d'Arthur.

Le rude Lapin n'en croyait pas ses oreilles; il était
littéralement ahuri.

Tout à coup, il se rappela qu'un méchant petit valet
nommé Jean-Marie, et se disant campagnard, servait le
Monsieur auquel il voulait reporter l'argent trouvé dans la
pierre creuse.

Il regarda autour de lui, et reconnut parfaitement son
hôtel.

Les palissades derrière lesquelles la mendiante causait
avec Arthur, environnaient les servitudes qu'il faisait
construire sur l'emplacement de la vieille maison au
magot trouvé dans une pierre.

Ainsi donc, ce Monsieur chez lequel il allait faire sa restitution, n'était autre que le propriétaire du fermier Manceau? celui-là même auquel il devait se présenter de sa
part?

Cette découverte le mit du même coup en joie et en rage:
en joie parce qu'il se promettait bien de confondre, dès le
lendemain, ce petit imposteur; et, en rage, quand il pensait que sa place était prise par un voleur, un menteur,

un mendiant affilié à des bandits, tandis que lui travaillait à en perdre la santé comme doit le faire un honnête garçon pour gagner sa vie.

Il embrassa la P'tiote au front pour la remercier de tout ce qu'elle venait de lui apprendre, et n'eut que le temps de lui mettre quatre sous dans la main en lui disant où il demeurait, afin qu'elle vînt lui parler si elle avait besoin de lui.   .   .   .   .

La Blafarde approchait, le visage rayonnant.

Sa conversation avec Arthur l'avait rendue d'une humeur si joyeuse qu'elle prit la main de la petite mendiante, et s'achemina vers l'Esplanade des Invalides sans même penser à la gronder, ce qui combla la pauvrette, — peu habituée à des procédés si aimables, — d'étonnement et d'inquiétude à la fois.

Le respectable gardien de l'hôtel de Tricourt ne daigna pas même tourner la tête (page 187)

CHAPITRE XI

Où Jean-Marie fait des songes d'or, qui ne se réalisent pas aussi vite
qu'il le souhaiterait.

Jean-Marie s'en revint directement au *Faisan Argenté;* il
était tout bouleversé de ce que venait de lui apprendre la
P'tiote, et il voulait remettre un peu d'ordre dans ses idées
avant de revoir le comte de Tricourt.

La journée se trouvait du reste trop avancée pour qu'il
tentât cette démarche immédiatement; et il n'était pas
fâché de parler de tout ceci au Furet qui avait l'esprit vif,
et pourrait lui suggérer quelque ingénieuse combinaison.

On pense bien que les deux amis en eurent long à se

dire, et que la nuit était déjà avancée quand ils songèrent à dormir.

La couchette, quoique étroite et dure, n'empêcha pas Jean-Marie de se reposer admirablement et de faire des rêves heureux.

Il se voyait, occupant dans l'hôtel de la rue Saint-Dominique, la place de majordome.

Il commandait à tous les domestiques, et on ne l'abordait que chapeau bas en lui donnant du : Monseigneur Potachou à toutes les phrases.

Il était vêtu de drap fin, et galonné d'or sur toutes les coutures.

Enfin, il portait un chapeau garni de plumes et de diamants.

Il voyait aussi sa tantine Baubet dans une toilette de millionnaire; elle lui apparaissait dans un nuage de tulle et de dentelles.

Elle prenait cependant d'énormes bourses d'or qu'il lui donnait; mais, c'était pour les prêter à sa mère et pour vivre avec elle, dans un château qu'il leur avait acheté.

On voit que, même en rêve, il n'était pas un égoïste, le brave enfant; il pensait plus aux autres qu'à lui-même.

Au réveil, voyant ses beaux songes, sinon écroulés tout au moins fort ajournés, il se promit, s'il entrait au service de monsieur de Tricourt, de demander chaque semaine quelques heures de liberté, afin de poursuivre le but qu'il s'était proposé en venant à Paris.

Il fit sa toilette en grand dans la mansarde de son camarade.

Il s'agissait, en effet, de payer de mine et de plaire au riche propriétaire.

Le Furet lui fit observer que sa toison était beaucoup trop longue, et en quelques coups de ciseaux le débarrassa des touffes exubérantes qui s'obstinaient à s'échapper de sa casquette.

Ainsi, bien lavé, bien brossé, il avait vraiment fort bon air et surtout honnête mine.

Il reçut les compliments du patron qui lui souhaita bonne chance, et se rendit d'un pas gaillard, vers la rue Saint-Dominique, tout en déjeunant d'un bon grignon de pain frais.

Il avait préparé ce qu'il allait dire.

Ah! il savait son petit discours par cœur et le répétait tout le long du chemin; aussi, ce fut sans trop d'embarras qu'il aborda l'imposant concierge du comte en lui disant :

— Monsieur, j'ai bien l'honneur de vous saluer.

Assis dans un bon fauteuil de moleskine verte, tournant d'une main une cuillère d'argent dans un immense bol de café au lait, tandis que l'autre plongeait dans le liquide fumant une rôtie couverte d'un centimètre de beurre, le respectable gardien de l'hôtel de Tricourt ne daigna pas même tourner la tête vers son interlocuteur.

— Monsieur, insista Jean-Marie, en avançant d'un pas et faisant plusieurs révérences, j'ai bien l'honneur de vous saluer encore.

— C'est bon, ça suffit, dit avec impatience le déjeuneur, interrompu; qu'est-ce que tu veux?

— Parler de suite à monsieur le comte, s'il vous plaît.

— Parler à..... Ah! ça, est-ce que tu veux me faire poser, méchant gamin?

— Non, Monsieur, je ne veux pas vous faire poser; mais, je veux voir monsieur le comte, ce matin même.

— Et tu t'imagines que je vais t'introduire comme cela, dans l'hôtel, tout simplement, parce que tu veux voir monsieur le comte? tu t'imagines que ça se fait comme ça, mon petit, à la bonne franquette, absolument comme si tu voulais parler à ton cordonnier?

— Cependant, fit Jean-Marie sans se démonter, quand on a quelque chose d'important à lui dire, comment voulez-vous donc qu'on fasse?

— Et Monsieur a quelque chose de très important à dire à monsieur le comte, sans doute, dit le concierge en éclatant de rire; peut-on savoir de quelle nature elles sont, ces choses si importantes?

— Vous les sauriez déjà si elles vous regardaient; mais, c'est l'affaire de monsieur le comte et non la vôtre.

— Ouais! polisson! s'écria le concierge en se levant d'un bond et en brandissant sa cuillère avec fureur, voyez-vous cela; veux-tu bien tourner les talons et un peu plus vite; a-t-on jamais vu un mal appris de cette espèce qui vient me dire en face que les affaires de monsieur le comte ne sont pas les miennes? de quel pays sors-tu pour ignorer que nul ne peut franchir la première marche du perron si ce n'est pas mon bon plaisir?

Jean-Marie voyant qu'il faisait fausse route, eut assez de présence d'esprit pour reprendre :

— Mon intention n'était pas de vous blesser, Monsieur, et je vous fais mes excuses; vous m'avez peut-être pris pour un demandeur d'argent, tandis que c'est justement le contraire; je lui en apporte, à monsieur le comte, et vous me rendriez service en allant le lui dire.

Le concierge n'attacha peut-être pas une grande croyance à ce que lui disait le petit bonhomme, mais il n'était pas méchant homme au fond, et il fut calmé par les excuses polies de l'enfant.

— Quand je le voudrais, dit-il après avoir absorbé d'une seule gorgée son bol de café au lait, je ne le pourrais pas; monsieur le comte est parti hier pour la chasse et ne doit revenir que dans deux jours; si la somme que tu veux lui remettre est importante et t'embarrasse, tu peux me la confier : les voleurs n'entrent pas dans cette maison.

— Ils n'ont pas cette peine puisqu'ils y habitent, ricana une voix que Jean-Marie reconnut tout de suite pour être celle du petit valet qui se faisait passer pour lui.

— Vermine! s'écria le concierge indigné de ces mots qu'il crut lancés à son adresse, qu'est-ce que tu fais-là à écouter tout ce qu'on dit? veux-tu bien retourner à ton ouvrage que je ne voie plus ton vilain museau de singe.

— Justement, c'est un plaisir que je pense à vous faire, respectable Cerbère; et, puisque mon museau vous déplaît, je vais aller le promener un peu aux Champs-Elysées; là, là ! ne faites pas votre mine de chien de garde, je ne vous demande pas le cordon puisque la porte est ouverte; je file pour ne pas me pervertir dans la compagnie d'un vieux grognon de votre espèce; je vous tire donc ma révérence, monsieur le concierge et la compagnie.

Et ce disant, le vilain gamin fit un pied de nez au concierge furieux; et, d'un bond, il se trouva dans la rue avant que le tireur de cordon ait put l'en empêcher.

— Satanné polisson! le voilà encore parti en promenade; il me fera mourir de dépit et d'agacement, celui-là; et toi, tu avais bien besoin de laisser la porte ouverte, s'écria-t-il en se retournant vers Jean-Marie.

— Ne vous inquiétez pas, dit l'enfant, il reviendra; la place est trop bonne pour qu'il la quitte de lui-même; faut même espérer qu'avant peu on l'invitera à partir parce que ce n'est pas grand'chose de bon que votre petit valet; je le connais mieux que vous; c'est un menteur et quelque chose de pire encore.

— Ah! tu le connais? et d'où ça? puisqu'il arrive de la campagne.

— De la campagne!... une drôle de campagne, située au sixième étage, sous les toits.

— Allons, fit brusquement Jean-Marie, je m'en vais puisque monsieur le comte n'est pas là; je reviendrai dans deux ou trois jours; bonsoir, Monsieur; je vous souhaite une bonne santé; tâchez de ne pas vous faire trop de cheveux blancs pour ce polisson-là qui n'en vaut pas la peine.

Et, sans remarquer les yeux furibonds du concierge, dont la chevelure d'ébène attestait l'emploi journalier d'une bonne teinture, Jean-Marie s'en alla, un peu déconfit de n'avoir pas rencontré monsieur de Tricourt; mais, en même temps, ravi que son remplaçant se fût aliéné, par sa malice, tous les gens de la maison; de ce côté-là, il ne craindrait pas les comparaisons désavantageuses pour lui.

C'était donc encore quelques jours à attendre; et, il fallait tromper son impatience en commençant les recherches qui lui tenaient au cœur.

Il consulta monsieur Louis, qui crut bien faire en lui donnant le conseil d'aller trouver le commissaire de police pour lui conter la chose.

Ce ne fut pas sans un léger battement de cœur que Jean-Marie entra dans la salle basse et noire du commissariat qui lui faisait un peu l'effet d'une prison.

Il s'enhardit enfin à formuler sa demande, et dut répondre à une foule de questions; sur son nom, son âge, ses moyens d'existence, sa résidence actuelle, etc., etc.

En vain, il essayait d'interrompre ce flot de demandes; il n'y parvenait pas.

— Mais, je ne suis pas venu pour cela, répétait-il; je suis venu pour savoir si vous connaissez ma tantine Baubet, qui est partie de chez nous pour vivre à Paris, il y a déjà longtemps.

— C'est bon, c'est bon, répondez toujours, nous verrons cela plus tard; et, tâchez surtout de dire toute la vérité, car il est très dangereux de chercher à tromper la police, je vous en préviens.

Pauvre Jean-Marie, il n'avait pourtant rien à se reprocher; et, cependant, malgré l'attestation de sa bonne conscience, il se prenait à trembler et à balbutier devant ce Monsieur qui l'interrogeait comme un coupable.

Il avait d'abord pensé à dissimuler plusieurs incidents le concernant, entre autre la trouvaille du bateau; mais, le commissaire sut si bien s'y prendre qu'il lui fit tout avouer, après quoi, il l'engagea fortement à persister dans ses idées d'honnêteté, l'assurant qu'on le suivrait de l'œil.

Enfin, il lui dit que puisque sa tantine Baubet n'avait jamais habité ce quartier, les recherches qu'il voulait entreprendre n'étaient point une affaire de son ressort, qu'il fallait plutôt s'adresser à la préfecture de police.

Mais le pauvre garçon s'était trouvé si malheureux de cet interrogatoire qu'il n'eût aucune envie de tenter une démarche, plus pénible encore que la première, dans les bureaux de la Préfecture.

Ce qui le tourmentait beaucoup, c'est que le secrétaire écrivait pendant l'interrogatoire du commissaire, et que tous les deux avaient échangé des coups d'œil entre eux, lorsqu'il avait dû avouer que, de tous ses papiers, ses preuves d'identité, il n'en possédait plus un seul, ayant été dépouillé de tout cela à son arrivée à Paris.

Pourquoi ce Monsieur lui demandait-il tout cela?

Est-ce que ça le regardait?

Et pourquoi lui disait-il qu'on aurait l'œil sur lui?

Est-ce donc qu'il faisait quelque chose de mal en venant à Paris chercher sa tantine Baubet?

Les rêves de cette nuit-là furent moins dorés que ceux de la veille.

Il se réveilla le cœur gros et les yeux pleins de larmes; et, il fallut, pour le remettre un peu, que le Furet se moquât de lui.

C'était dimanche : ils pouvaient se promener ensemble pendant deux heures et aller faire une visite au sergent Passepoil.

Cette perspective consola Jean-Marie, et ce fut avec un véritable plaisir d'enfant qu'il monta pour la première fois sur l'impériale de l'omnibus qui devait le conduire près de la caserne.

Il est bien désert le chemin de ronde, là-bas, là-bas tout au loin, près de la porte de Versailles!

L'été, c'est plus animé : les talus gazonnés sont envahis par les petites gens du quartier qui viennent, le dimanche, se donner l'illusion d'un dîner champêtre, et déballer sur l'herbe des provisions paraissant d'autant meilleures qu'on les mange sans couverts, ni table, ni chaises.

Mais, en hiver, ces pique-niques de famille ne pouvant avoir lieu, les glacis reprennent leur aspect même et désert; pas un être vivant ne s'y promène, si ce n'est quelques chiens du voisinage qui, sûrs de n'être pas dérangés, se livrent à une partie folle, à une course effrenée, voire même à une dispute suivie de coups de dents et de hurlements.

Cependant, le jour où Jean-Marie et le Furet s'en

allèrent à la recherche de leur vieil ami, le chemin
de ronde présentait un aspect plus animé qu'à l'ordinaire.

Des jeunes gens portant encore le costume de leur pays,
qui la blouse, qui la veste et qui la jaquette, se tenaient
aux environs de la caserne, causant par groupes de deux
ou trois et ne paraissant pas, pour la plupart, d'une gaîté
excessive.

Tous étaient de nouveaux venus à Paris : des conscrits
de l'année.

L'heure de quitter le foyer domestique, pour apprendre
à servir la patrie, venait de sonner pour eux.

C'est grâce à cette coïncidence que nos deux amis trouvèrent le sergent Passepoil qui, sans la surveillance
nécessitée par les nouveaux venus, aurait parfaitement
profité de la permission de midi pour aller promener ses
brillants galons dans un musée ou un jardin public.

Ils l'aperçurent de loin, en conversation familière avec
une marchande de petit noir, dans la boutique ambu-
lante, installée sur un petit chariot plat, faisait face à la
caserne.

— Que vraisemblablement, madame Trop-bon, disait-il
en frisant ses longues moustaches, je ne puis que vous
féliciter de la super-excellence des produits que vous
mettez si fraternellement à la portée de notre main et de
notre bourse ; que votre cognac ressemble par sa douceur
à une délicate liqueur de ménage, et que les Chinois de
votre bocal sont plus verts que ceux de Pékin ne sont
jaunes.

— Dame ! monsieur le sergent, on fait ce qu'on peut
pour contenter une pratique aussi honorable que la vôtre ;
et si j'avais quelque chose de mauvais ou seulement de
médiocre, plutôt que d'en abîmer le palais d'un habitué

13

comme vous, j'aimerais mieux le précipiter dans le ruisseau, ou mieux encore le garder pour ces malhonnêtes de
rouliers qui ne savent pas distinguer la qualité de la marchandise; ce serait encore trop bon pour eux, tandis que
pour l'armée.....

— Oui, oui, je sais, vous êtes une brave femme et vous
ne trouvez rien de *trop bon* pour les soldats; aussi, le nom
vous en est resté; et indubitablement tous mes confrères
de la caserne avec moi, aimerions mieux ne jamais voir
le jour du lendemain, plutôt que de faire pour deux sous
d'infidélité à la boutique de l'aimable madame Trop-
bon.

— Toujours galant, le sergent Passepoil, s'écria le
Furet en riant; et, que dirait votre promise si elle vous entendait parler si gracieusement à madame la marchande
de café.

Le sergent se retourna furieux, en retroussant sa longue moustache; mais à la vue des deux enfants, sa mine
se rasséréna soudain.

— Ah! ce sont mes deux petits compagnons de route!
s'écria-t-il joyeusement, en leur secouant vigoureusement
la main; eh bien! c'est une chance indubitable que ces
mots-là soient sortis d'une bouche innocente comme la
tienne, petit Furet; sans cela, d'un coup de poing, je les
aurais fait rentrer dans le gosier du pékin moqueur. Car
sachez, jeunes clampins, pour n'avoir plus à en parler,
que la susdite promise du sergent Passepoil, indigne en
cela de l'honneur qu'il lui avait fait, a eu le goût aussi
grossier que déplorable de lui préférer un savetier de bas
étage, et que subséquemment c'est grâce à cette malhonnête façon d'agir que je suis encore sous les drapeaux de
ma patrie, et que je m'en flatte, mes amis.

— Car, voyez-vous, mes enfants, les yeux d'une femme

— C'est une chance indubitable que ces mots-là soient sortis d'une bouche innocente...
(page 194).

qui s'abaisse jusqu'à regarder tendrement un vulgaire
raccommodeur de chaussures, ne vaudront jamais pour
un vaillant de mon espèce les yeux de la gloire.

— J'ai dit, pour lorrrsse! ajouta-t-il en renforçant sa
voix, ne reparlons plus jamais de cette volage créature.

— Et, maintenant, que pourrais-je vous offrir pour
fêter la joie de notre rencontre vraisemblablement éton-
nante; que voulez-vous, du rhum? du cognac? de l'absin-
the? dit-il rapidement en se retournant vers la boutique.

— Non pas, sergent, s'écria la marchande indignée,
rien de tout cela ne convient à ces jeunes garçons; c'est
fait pour des troupiers et non pour des blancs-becs; mais,
j'ai là une petite réserve de cerises à l'eau-de-vie, c'est du
fin, du doux, en un mot, c'est trop bon; voilà ce que je vais
leur servir à ces gentils garçons.

Elle était tout à fait avenante, cette brave femme, avec
son bonnet bien blanc et bien tuyauté; elle avait l'air bon
et honnête.

On lui aurait donné quarante ans au moins; mais, elle
ne devait pas avoir cet âge.

Ce qui la vieillissait, c'était une paire de lunettes bleues
qu'elle portait obstinément fixées sur son nez.

Elle emplit quatre petits verres de belles cerises ver-
meilles, et voulut absolument trinquer avec les trois amis
et leur offrir ce rafraîchissement.

Le sergent était en verve, et les adjectifs les plus impos-
sibles roulaient sur ses lèvres comme des cailloux sur les
rochers d'une montagne escarpée.

— Que préalablement, madame Trop-bon, je vous présente ces deux jeunes conscrits de la vie, venant à Paris
pour chercher fortune. Bons enfants et bons camarades,
qui seront plus tard de bons soldats, je m'y connais et j'en
réponds.

— A cet effet, continua-t-il, et vu l'intérêt que je porte aux personnages, je leur ouvre un crédit mirobolant de cinquante centimes, chez vous, pour les jours malencontreux où ils ne me trouveraient pas à la caserne, ce qui serait subséquemment une déception qu'il serait bon de faire passer par une petite douceur.

— Puisque vous me les recommandez, monsieur Passepoil, je les soignerai comme s'ils étaient mes fils; si jamais ils se trouvent sur mon chemin et qu'ils aient besoins de quelque chose que je puisse leur procurer, ils n'ont qu'à parler.

— Madame, je vous remercie bien, dit Jean-Marie qui n'avait pas encore ouvert la bouche, et qui trouvait la marchande tout à fait à son goût; si de mon côté je pouvais vous rendre quelques petits services, ce serait, croyez-le bien avec le plus grand plaisir.

— Vous le pouvez, mon enfant, en m'aidant tout à l'heure à rouler ma petite voiture jusque chez moi.

Et comme Jean-Marie regardait Polycarpe :

— Je ne demeure pas bien loin, ajouta madame Trop-bon, mais j'y vois si mal qu'un peu d'aide ne sera pas de trop; voici la nuit qui vient; la fraîcheur tombe sur les épaules; et, comme ma journée a été bonne, je ne prolongerai pas trop la séance. D'ici à une demi-heure, trois quarts d'heure au plus, je vais fermer boutique.

La chose fut convenue ainsi.

Le sergent et ses deux amis se promenèrent ensemble un instant; puis, le Furet se sauva en courant pour rentrer à l'heure chez son patron, tandis que Jean-Marie, libre de tout son temps, mettait ses solides bras à la disposition de madame Trop-bon et roulait sa voiture jusqu'à sa porte.

Ils causèrent un peu en marchant; mais, le jeune garçon qui, maintenant, s'était promis d'être très prudent, ne crut pas devoir la mettre au courant de tout ce qui le concernait.

Il lui dit seulement qu'il espérait entrer avant peu dans une bonne maison; et, cette réserve ne les empêcha pas de se quitter les meilleurs amis du monde.

— Eh ! monsieur l'agent, voilà un jeune garçon qui connaît le voleur (page 203)

CHAPITRE XII

Où Jean-Marie Potachou voit son horizon se couvrir de nuages noirs,
chargés d'orage.

Ce fut en circulant dans tout Paris, en visitant les quartiers les plus éloignés du centre, que Jean-Marie parvint à tromper son impatience et à passer, sans trop d'ennui, les trois jours qui le séparaient encore de sa visite chez monsieur le comte de Tricourt.

Ses courses dans la capitale avaient toutes pour but le même objet :

Entendre parler de sa tantine Baubet.

Il refit le chemin parcouru jadis par le Furet, et n'obtint

aucun autre renseignement pouvant le mettre sur les vraies traces de celle qu'il cherchait.

Enfin, le jour où il devait retourner rue Saint-Dominique arriva, et il pensa, comme l'autre fois, que la matinée était le meilleur moment pour se présenter.

Ce fut donc vers neuf heures, escorté des vœux du Furet, qu'il se mit en route.

— Je n'entrerai pas tout de suite, pensait-il, je m'informerai habilement dans le voisinage si monsieur le comte est arrivé ; sinon, je trouverais bien inutile de déranger cet important concierge qui m'intimide si fort.

Il y avait justement beaucoup de mouvement dans la rue, quand il y arriva.

Un sergent de ville se tenait à la porte de l'hôtel, comme si sa consigne l'obligeait à n'en pas bouger.

Des groupes, composés des commères et des domestiques du quartier, encombraient les trottoirs et même une partie de la chaussée. Les voitures avaient peine à se frayer un passage au milieu de cette foule ; et, la trouée qu'elles faisaient pour passer se refermait immédiatement derrière elles.

Tout le monde causait avec animation en désignant l'hôtel de Tricourt, et surtout la petite maison en construction, dont manquait un morceau de la palissade qui l'entourait.

— Il était si mince que c'est par-là qu'il a dû sortir, c'est bien évident, disait une voisine ; de cette façon, il n'a pas eu besoin de se faire ouvrir la porte par le concierge qui n'a rien entendu.

— Voilà ce que c'est que de prendre le premier venu chez soi, repartit une autre ; ce mauvais drôle ne m'inspirait aucune confiance, et j'avais bien défendu à mon fils de le fréquenter.

— En attendant, si on ne le retrouve pas, monsieur le comte en sera pour son argent et ses bijoux, ce qui ne le fera pas rire, attendu qu'il y en a pour une grosse somme.

— Nous autres, les voisins, ajouta-t-elle, faut pas nous plaindre de cet incident, ça amène du monde dans la rue, et le va-et-vient fait toujours marcher le commerce ; voilà deux jours que la police ne quitte pas l'hôtel ; et, même la nuit, il y a des agents en bourgeois qui ne s'éloignent pas ; faut croire qu'ils espèrent que le petit viendra rôder par ici, et qu'ils le pinceront.

Ces mots intriguaient et intéressaient fortement Jean-Marie.

Il s'adressa à une femme qui lui semblait plus bavarde que les autres, et lui demanda ce dont il s'agissait.

Il apprit alors que, dans la nuit de samedi au dimanche, le petit valet avait disparu.

On s'en était aperçu le lendemain en constatant que le secrétaire de monsieur le comte avait été ouvert à l'aide de fausses clefs.

Et, comme le concierge n'avait pas tiré le cordon, on pensait que le voleur s'était sauvé par la construction nouvelle, grâce au complice qui lui tenait une échelle contre le mur de l'hôtel.

Monsieur le comte, prévenu par un télégramme, était revenu le soir même ; et, jusqu'à ce jour, la police n'avait pu mettre la main sur ce polisson à qui on ne connaissait aucuns parents, ni amis à Paris.

— On le cherche peut-être bien loin, quand il est tout près, ne put s'empêcher de dire Jean-Marie.

Mais, il regretta aussitôt ces mots, car la femme s'écria :

— Si tu sais où il est, il faut le dire tout de suite.

— Eh ! monsieur l'agent, s'écria-t-elle, voilà un jeune

garçon qui connaît le voleur; il va vous donner des renseignements sur lui.

Tous les yeux se portèrent sur Jean-Marie, que la femme poussait vers la porte de l'hôtel et qui, rouge et confus, répétait à demi-voix :

— Je ne l'ai vu que deux fois, laissez-moi donc tranquille, je parlerai à monsieur de Tricourt quand il sera moins occupé; aujourd'hui, il n'aurait point le temps de m'écouter.

Le jeune garçon cherchait à dégager son bras et n'avait qu'un désir, celui de se sauver; mais, la commère le tenait bien ; et, le sergent de ville s'approchait pour s'informer de ce qui se passait, quand un nouveau personnage, sortant de l'hôtel, vint compliquer la scène.

Ce personnage, très gauche sous son habit de soldat trop neuf, n'était autre que Benoît Marceau, le fils du fermier de la Touraine, que son service militaire venait d'appeler sous les drapeaux.

Il reconnut Jean-Marie du premier coup, et s'élançant vers lui s'écria :

— Le voici, je le tiens.

— Ah! voleur, s'écria-t-il, tu n'échapperas pas à la prison; c'est-il pas honteux d'avoir trompé comme ça, par un faux air honnête, mon bonhomme de père.

Et quoique Jean-Marie pût dire, il le fit, avec l'aide de l'agent, entrer dans l'hôtel dont la porte se referma, au grand regret de la foule curieuse.

Il est aisé de comprendre l'indignation de Benoît Manceau.

L'avant-veille, tout équipé de neuf et fier de son uniforme, il était venu présenter ses respects à son maître.

Il avait appris le vol de la nuit, vol commis par ce jeune

garçon que monsieur le comte n'avait pris à son service que sur la recommandation de son fermier Manceau.

Monsieur de Tricourt l'avait conservée, cette lettre, et Benoît en reconnut parfaitement l'écriture.

Or, la famille Manceau était si honnête, si probe de père en fils, que le jeune soldat se sentit transporté de fureur à la pensée que son père se trouvait relativement responsable de ce vol, puisqu'il avait si chaudement recommandé le voleur.

Aussi, lorsque tout honteux, il quitta l'hôtel pour rejoindre sa caserne et reconnut dans la rue, au milieu d'un groupe de femmes, celui qui lui causait tant de déboires, ne fit-il qu'un bond pour le prendre au collet.

Il l'aurait plutôt étranglé que laissé partir.

L'ahurissement de Jean-Marie ne connut plus de bornes en se voyant ainsi appréhendé.

Il n'eut pas même la force de protester.

Les mots s'étranglaient dans sa gorge ; des larmes d'indignation lui remplissaient les yeux.

Il se laissa emmener, sans résistance, dans la loge du concierge.

— Voilà qui est bizarre, s'écria l'important personnage en réponse à Benoît ; vous m'assurez que ce gamin est bien le Jean-Marie Potachou de votre père, et moi j'affirme que ça n'est pas notre petit valet, mais seulement un de ses amis, qui pourrait bien aussi être son complice ; car, il est venu, il y a deux jours, me conter des sornettes et se moquer de moi, affaire sans doute de s'assurer si monsieur le comte était absent et si le moment était propice pour tenter le coup.

De l'hôtel, arriva l'ordre d'amener le petit prisonnier en présence du comte.

Pauvre Jean-Marie ! lui qui le matin encore se réjouissait tant de se présenter à lui en honnête garçon, de lui rapporter cet argent trouvé que tant d'autres auraient gardé pour eux, de lui prouver enfin que, quoique pauvre et sans gagne-pain encore, il n'oubliait pas les bons principes de son enfance, et qu'il aimait mieux rester sans un sou que de détenir une somme appartenant à autrui.

Et voilà qu'au contraire, c'était comme un voleur où comme un mauvais drôle, complice du voleur, qu'on l'introduisait près du comte !

Il sentait ses jambes se dérober sous lui; il voulait crier bien fort :

« Ce n'est pas moi, je suis innocent. »

Mais, les sons qu'il articulait avec peine, ressemblaient plus à des gémissements qu'à des paroles.

Il y eut un moment de confusion, quand Benoît le présenta comme le seul vrai, le seul authentique Jean-Marie Potachou.

Le comte et les serviteurs affirmaient que ce n'était pas lui.

Tout le monde parlait et personne n'écoutait.

A toutes les questions qu'on lui posait, le pauvre enfant ne pouvait répondre que « oui » ou « non » par signe.

Quand il voulait parler, l'émotion le faisait balbutier, et c'est là justement ce qui pouvait lui nuire davantage.

Enfin, au bout d'un moment, il sembla un peu moins ému.

— Si vous êtes réellement le protégé de mon fermier Manceau, lui dit le comte, comment se fait-il que vous ayez donné vos papiers à un camarade?

— Je ne les ai pas donnés, on me les a volés, gémit-il dans un sanglot.

— Qui cela? Qui vous les a volés ces papiers qui vous étaient si utiles ?

— La Pichenette.

— Quelle est cette Pichenette dont le nom n'a pas encore
été prononcé, et où demeure-t-elle?

— Je ne la connais pas; je ne l'ai vue qu'une fois; mais,
c'est une voleuse, bien sûr, et une femme dangereuse; elle
demeure tout en haut d'une vieille maison, dans une rue
noire dont je ne sais pas même le nom.

— Comment vous a-t-elle volé?

— Je l'ai suivie, la prenant pour ma tantine Baubet que
je suis venu chercher à Paris; et puis, la nuit elle m'a mis
à la porte en gardant mon argent et mes papiers.

— Et vous n'avez pas réclamé? vous êtes parti sans
vous plaindre? voilà qui me paraît étonnant.

— N'est-ce pas plutôt vous, reprit le comte, qui lui
aurez donné votre lettre, afin qu'elle envoyât à votre place
un garçon beaucoup plus dégourdi et capable de mener à
bien un vol que vous auriez certainement fait manquer?

— Non, Monsieur, je ne connaissais seulement pas
Arthur.

— Monsieur le comte, dit le concierge, ce qu'il dit là est
un mensonge, car samedi il m'a affirmé connaître notre
petit valet; il en a même dit du mal pour détourner les
soupçons.

— C'est de la veille seulement que je savais son nom;
c'est la P'tiote qui m'a appris qu'il était ici.

— Qu'est-ce que c'est encore que la P'tiote?

— Une pauvre enfant que la Blafarde fait mendier,
mais qui est bien honnête et bien intéressante tout de
même, allez!

— Et cette Blafarde n'est autre que Pichenette, n'est-ce
pas?

— Non, Monsieur, c'est la patronne d'Arthur et de la

P'tiote; une mauvaise femme, une voleuse aussi comme Pichenette.

— Vous avez là de jolies connaissances, fit le comte ; et, je ne m'étonne pas que, vivant dans ce milieu, vous vous soyez perverti depuis votre arrivée à Paris.

— Mais, je ne vivais pas avec eux ; je n'ai revu la Blafarde et la P'tiote que vendredi soir.

— C'est bien cela, dit le concierge qui tenait à placer ses appréciations, ils ont combiné leur coup ensemble ce soir-là, et dès le lendemain matin, celui-ci est venu m'ennuyer pendant une heure dans ma loge sous un prétexte ridicule.

Jean-Marie regardait tristement le concierge.

— Il avait bien eu le soin, reprit l'important personnage, de laisser la porte cochère ouverte, afin de permettre au petit valet de décamper chercher les fausses clefs.

Nouvelle dénégation du pauvre Potachou.

— Le soir, lorsque monsieur le comte n'est pas là, dit le concierge en se rengorgeant, on sait que je suis un vrai cerbère et que je n'ouvre la porte que pour de puissants motifs. C'est à ce moment qu'il m'a dit sournoisement du mal de son compère :

« Ne vous inquiétez pas de sa sortie ; il reviendra bien, allez ; la place est bonne, trop bonne même pour un si mauvais valet ; il faut bien espérer qu'il ne la gardera pas longtemps.

— Monsieur le comte ne pense-t-il pas que ces mots indiquent fort clairement la connaissance que ce polisson avait du vol projeté ?

— Non, non, je ne connaissais rien ; je ne me doutais de rien, je le jure.

— Alors, comment expliquez-vous les paroles que vous avez prononcées ?

Jean-Marie ne répondit que par des larmes.

Il voyait s'accumuler autour de lui des preuves qu'il ne savait comment combattre.

Tout ce monde le troublait; l'air austère de monsieur de Tricourt, sa longue barbe blanche, ses yeux vifs qui semblaient le fouiller jusqu'au fond de son cœur, paralysaient ses facultés.

En sortant son mouchoir, pour essuyer ses larmes, il fit sauter en l'air un petit paquet de toile qui rendit un son métallique.

C'était la somme trouvée par lui, et qu'il avait eu bien soin de mettre dans sa poche, puisqu'il venait justement pour la restituer au comte.

Un cri s'échappa de toutes les poitrines en voyant les pièces d'or rouler par terre.

— Ah! il ne peut plus nier; voilà la preuve de son crime; d'où lui viendrait tant d'argent, puisqu'il prétend qu'on lui a volé le sien? fi! fi! le vilain polisson! menteur! voleur! paresseux!

Cette fois, c'en fût trop pour le pauvre enfant.

Il sentit ses idées s'embrouiller tout à fait, sa tête tourner; il étendit les bras, poussa un sourd gémissement et s'étala par terre sans connaissance.

Monsieur de Tricourt était un excellent homme.

Quelque coupable qu'il le crût, il se sentit profondément ému, en voyant ce malheureux garçon dans cet état.

Il demanda pour lui un cordial; et, le cuisinier, qui n'avait pas quitté ses fourneaux, profita de l'occasion pour venir jeter un coup d'œil sur ce qui se passait.

Il apportait d'une main un bouillon et de l'autre une bouteille de vinaigre.

Il se pencha pour lui en faire respirer un peu, et reconnut Jean-Marie.

— Par la Catarina! s'écria-t-il; mais, c'est ça le petit

14

qui était sur le bateau de mon compère Pétrouillat ; je l'ai vu cet automne quand il est venu m'apporter ma provision de charbon ; Pétrouillat n'en disait point de mal, au contraire.

Sur ces entrefaites, et comme chacun cherchait, par ses commentaires, à expliquer les choses et n'arrivait qu'à les embrouiller un peu plus, on annonça monsieur le commissaire que le sergent de ville était allé quérir après l'arrestation de Jean-Marie.

Mais l'enfant, à peine revenu de sa pamoison, était encore hors d'état de répondre aux questions que le délégué de l'autorité voulait lui poser.

— On va le soigner le mieux possible, dit monsieur de Tricourt ; et, demain, quand il sera guéri, je le ferai conduire dans votre cabinet, monsieur le commissaire.

Le fonctionnaire se redressa :

— Croyez-vous donc qu'il me soit possible de laisser en liberté un prévenu sur la culpabilité duquel on a de presque certitudes?

— Il sera fort bien gardé ici, reprit le comte très touché de regard suppliant de Jean-Marie.

— C'est possible, Monsieur, mais je ne connais que mon devoir ; or, le devoir d'un commissaire est d'envoyer au dépôt tous ceux qui ne répondent pas d'une façon satisfaisante.

— Non seulement, clama le commissaire, ce garçon ne répond pas d'une façon satisfaisante ; il ne répond pas du tout, ce qui est un déplorable indice.

S'il est hors d'état de venir jusqu'au commissariat, la voiture cellulaire le prendra ici ; un agent ne va pas le perdre de vue jusque-là.

De nombreux vols ont été commis depuis quelque temps dans ce quartier ; et, il est plus que probable que ce polisson fait partie de la bande qui opère là, presque chaque jour, avec tant d'habileté.

— Bonsoir, Monsieur, termina le commissaire en levant la séance, j'ai l'honneur de vous saluer !

Et d'un pas digne et solennel, le représentant de la loi s'en fut donner des ordres pour que l'affreux véhicule, appelé populairement « panier à salade » vint chercher rue Saint-Dominique le pauvre et honnête Jean-Marie.

— Qu'est-ce que tu veux, petite, lui dit-il, as-tu faim ? le patron ne te refusera pas une
assiette de soupe (page 217)

CHAPITRE XIII

Où Jean-Marie voit qu'il a du bon ce vieux proverbe-ci : — Après la pluie,
le beau temps.

Tous ces événements s'étaient passés dans la matinée,
et à trois heures de l'après-midi, le pauvre Jean-Marie,
assis sur une chaise dont il n'avait pas osé bouger, gardé
à vue par un agent qui se promenait dans le corridor, devant la porte ouverte, n'avait bu ni une goutte d'eau, ni
mangé une bouchée de pain, malgré les offres réitérées que
monsieur de Tricourt, qui ne le croyait pas coupable, lui
avait fait faire.

Il était si malheureux qu'il ne sentait ni la faim, ni la
soif! il éprouvait seulement, le pauvre petit, une impres-

sion d'anéantissement complet et un grand mal de tête, si grand, si affreux, qu'il lui semblait que son malheureux cerveau, si malmené depuis quelque temps, se trouvait trop à l'étroit dans son enveloppe osseuse.

Le cuisinier, qui autrefois, on s'en souvient, lui avait donné un morceau de gâteau, en lui apportant un peu de bouillon, avait cherché à le faire parler.

Il lui avait demandé pour quelle raison il s'était séparé des Pétrouillat, et si c'était au service de l'Auvergnat, si intéressé, qu'il avait gagné tant et de si belles pièces d'or?

Mais, outre que le pauvre enfant, absolument anéanti, ne se sentait ni la force ni la volonté de parler, le sergent de ville était intervenu et avait fait cesser immédiatement l'interrogatoire du cuisinier.

— S'il a quelque chose à dire pour sa défense, que ne l'a-t-il dit à monsieur le commissaire? dit l'agent de police; il s'expliquera au Palais de Justice, dans le cabinet de monsieur le Juge d'Instruction qui saura bien le faire parler lui, malgré son obstination et son entêtement.

Chacun de ces mots : *Palais de Justice, Juge d'Instruction*, faisait passer un petit frisson glacé dans les veines du malheureux enfant; et, il se disait :

— Ah! plutôt que d'avoir la honte d'être emmené comme un voleur, plutôt que d'être traité comme un criminel, j'aimerais mieux mourir sur l'heure; le Ciel me ferait là une grande faveur; ça ne doit pas être difficile de s'en aller dans l'autre monde, quand on a, comme moi, la conscience tranquille.

Ces pensées funèbres n'étaient point faites pour remonter son courage; aussi pleurait-il sans s'arrêter un instant : pas de sanglots, mais seulement de grosses vraies larmes qui coulaient lentement sur ses joues, et tombaient une à une sur ses mains croisées, sans qu'il prît seulement la peine de les essuyer.

Le ciel était gris; le jour commençait à s'assombrir; le commissaire avait dit que l'horrible voiture cellulaire viendrait le prendre à la nuit; et elle ne devait sans doute pas tarder à arriver.

Plusieurs fois déjà, — et comme si l'heure réglementaire de sa faction été passée, — le sergent de ville impatient de voir qu'on paraissait l'oublier, avait consulté sa grosse montre d'argent en murmurant :

— Il y a du retard; les choses ne se font pas en temps voulu; tout marche mal; rien ne va plus; va-t-on me laisser toute la soirée à garder ce petit pleurnichard? je commence à en avoir assez de ses grimaces !

Et comme les pleurs de Jean-Marie redoublaient :

— Autant me mettre en faction auprès d'un robinet mal fermé; je m'y enrhumerai, à la fin, ajouta l'agent en ricanant.

Et, il dressait l'oreille à chaque bruit de voiture qui passait dans la rue, espérant voir arriver celle qui allait lui rendre la liberté, tandis qu'au contraire le pauvret sentait son sang se glacer de plus en plus, à mesure que le temps passait.

Tout à coup, un grand mouvement se fit dans la cour de l'hôtel; un bruit de portes ouvertes et refermées, de conversations animées, arriva jusqu'aux oreilles de Jean-Marie et de son gardien.

— Enfin! s'écria ce dernier.

— Hélas! soupira l'enfant.

Mais l'espoir de l'un et la crainte de l'autre ne se réalisa pas encore; les bruits de voix cessèrent et l'hôtel de Tricourt rentra dans le silence. L'agent se demandait quelle pouvait être la cause d'un aussi long retard !...

Pendant que Jean-Marie Potachou subit ces longues
heures de martyre, il est nécessaire de ramener nos jeunes
lecteurs un peu en arrière, et de leur raconter, avec quelque détail, ce qui s'était passé, ce jour-là, au restaurant
du *Faisan argenté*.

Tant que les clients réclamèrent ses services, le Furet
ne s'occupa pas de savoir si son camarade était revenu de
son expédition, rue Saint-Dominique; il avait bien le
temps, vraiment, de penser à lui!

Les habitués l'interpellaient d'un bout à l'autre de la
salle; il ne savait auquel répondre; tout le monde voulait
être servi par Polycarpe. Il semblait que la cuisine devînt
meilleure en passant par ses mains.

La grosse fille de service, lourde et maladroite, ne
plaisait guère : il lui fallait plus de temps pour changer
deux assiettes que le déluré petit marmiton n'en mettait à
porter le déjeuner de quatre personnes.

Mais, quand la salle fut vide, quand le Furet n'eut plus
autre chose à faire qu'à penser à son propre repos, il
s'avisa tout à coup que la journée s'avançait et que Jean-
Marie était bien en retard.

Assurément, il ne fallait pas cinq heures pour faire cette
course; et, même en supposant que monsieur de Tricourt
eût voulu le faire déjeuner à la cuisine, il aurait dû être
rentré déjà, puisqu'il avait bien promis de revenir vite pour
raconter comment la restitution de ses pièces d'or avait
été accueillie.

—Il s'est peut-être perdu en route? murmurait le Furet;
il lui arrive toujours des choses qui n'arrivent à personne;
c'est un bon garçon, mais quel empoté que ce Potachou là!

Il ouvrit la porte et regarda au loin, espérant le voir
venir.

Non, il ne le vit point; mais il se sentit fortement tirer par son tablier; il tourna vivement la tête pour gourmander la personne qui se permettait semblable familiarité, et ne put s'empêcher de sourire en voyant quelle main grêle lui avait donné si forte secousse.

Une petite fillette malingre le regardait avec des yeux brillants et inquiets.

— Qu'est-ce que tu veux, petite lui dit-il, as-tu faim? le patron est un brave homme qui ne te refusera pas une assiette de soupe.

— Non, ça n'est pas ça; je ne demande rien; mais je veux vous dire quelque chose; c'est bien ici n'est-ce pas, qu'habite Jean-Marie Potachou?

— Oui, ma mignonne! c'est ici-même.

— Alors, c'est vous qui êtes son ami, le Furet?

— Tiens, tu es joliment au courant, toi; est-ce que, par hasard, tu serais cette enfant dont il m'a parlé l'autre jour encore?

— Juste, vous y êtes, je crois; ce doit-être ça, car c'est moi la P'tiote, et je viens vous dire des choses d'une importance! mais d'une importance dont vous n'avez pas l'idée!... tenez, je suis tout essoufflée; j'ai couru depuis la rue Saint-Dominique sans m'arrêter : c'est très pressé. Jean-Marie est prisonnier; on l'accuse d'avoir volé, et moi je sais bien que ce n'est pas lui, puisque c'est ce méchant Arthur qui se tient caché chez nous.

— Qu'est-ce que tu me racontes-là, la P'tiote, s'écria le Furet consterné; entre donc pour mieux causer; tu parleras devant le patron, ça ne vaudra que mieux qu'il sache tout cela.

Monsieur Louis, en effet, s'intéressa vivement à la nouvelle aventure de Jean-Marie; il fit asseoir l'enfant sur un escabeau, et lui donna un petit verre de vin sucré, dont la pauvrette avait bien besoin, tant elle était pâle de fatigue et d'émotions.

— Voilà, dit-elle enfin, comment les choses se sont passées :

Dimanche matin, en ouvrant les yeux, j'ai été bien surprise de voir Arthur, qui ne venait plus depuis qu'il était au service de monsieur de Tricourt où il avait été mis à la place de Jean-Marie; il riait avec la Blafarde; il avait un air radieux, et tout en buvant des petits verres d'eau-de-vie, les deux complices parlaient à demi-voix, craignant d'être entendus.

Moi, j'ai bien vite refermé les yeux pour qu'ils me croient endormie et ne se méfient pas, et ma ruse a pleinement réussi.

J'ai appris comme ça que, dans la nuit, Arthur avait volé beaucoup d'or et de bijoux chez son maître, et s'était sauvé par-dessus le mur en se servant d'une échelle que la Blafarde lui tenait.

Les deux voleurs comptaient leur argent; ils étaient ravis et tranquilles parce que personne ne les avait vus rentrer au petit jour et qu'ils n'avaient guère à craindre.

Ils ont cependant convenu entre eux qu'ils ne sortiraient point, et que c'est moi qui ferais les commissions jusqu'au jour où la police ne chercherait plus le voleur.

— Ça n'est pas nous qu'on inquiétera, du reste, a dit le vilain Arthur; on ne sait pas notre nom, et puisque le voleur s'appelle Jean-Marie Potachou, c'est. lui qu'on recherchera tout naturellement.

— Ah! nous avons été joliment habiles, continua-t-il, et la Pichenette nous à rendu un fameux service en nous donnant les papiers de ce lourdaud de paysan.

— Nous sommes plus avisés qu'elle en effet, a dit la Blafarde, puisqu'elle s'est fait bêtement pincer, et qu'à présent elle est à l'ombre derrière les murs d'une prison : ça nous évitera de partager le magot avec elle.

Moi, tous ces discours me faisaient mal; je suis si dégoûtée d'être tout le temps avec des gens pareils! mais, ce qui me préoccupait surtout, c'était la pensée qu'on allait peut-être faire du tourment à mon pauvre ami Jean-Marie.

Tous les matins, en allant acheter la provision, j'ai eu soin de passer dans la rue Saint-Dominique pour apprendre des nouvelles, et voilà que ce matin, la rue était en émoi parce qu'on venait, croyait-on, d'arrêter le voleur.

Moi qui savais bien où il était caché, j'ai fait des questions et j'ai bien vu alors que mon cher Jean-Marie avait été pris pour l'autre.

Alors, comme je me rappelais l'endroit où il logeait, je suis accourue pour vous dire d'aller le délivrer, ce qui ne devra pas être difficile.

— Ça n'est peut-être pas bien de dénoncer les gens dont j'ai mangé le pain, ajouta naïvement la pauvrette, mais c'était du pain volé, et je l'ai encore sur l'estomac; c'est lourd, allez, le pain volé!

Je vais vous dire l'adresse où l'on trouvera les deux voleurs et l'argent de monsieur de Tricourt.

— Par exemple, dit-elle d'une voix plus triste, je ne sais pas ce que je vais devenir; mais tant pis, j'aime encore mieux mourir de froid et de faim, que de continuer à vivre avec des coquins.

— Tu n'as donc plus de parents du tout, pauvre petite? demanda le Furet.

— Non, la Blafarde m'a dit qu'elle m'avait un jour ramassée dans le ruisseau, quand j'étais toute mioche; si elle avait été bonne et honnête, je l'aurais bien aimée, cette femme; mais elle ne m'a jamais donné que des

taloches, et voulait me faire prendre l'habitude de voler
aux étalages, ce que j'ai absolument refusé de faire : alors,
voyez-vous, je ne l'aime pas du tout.

— Pauvre petite! dit madame Louis avec intérêt, tu
n'as guère eu de chance jusqu'à cette heure. Je ne sais pas
encore ce qu'on pourra faire de toi; mange toujours un
morceau pour te donner des forces en attendant, et reste
ici aujourd'hui : on verra après.

— Moi, je vais courir rue Saint-Dominique, s'écria le
Furet, car ce pauvre Jean-Marie doit être dans des transes
mortelles.

— Attends un peu, j'endosse ma jaquette et je vais
avec toi, dit monsieur Louis; m'est avis que dans une
circonstance pareille, un homme de mon âge et qui se
porte garant de ton camarade se fera mieux écouter qu'un
petit marmiton.

Il prenait la chose à cœur, l'honnête monsieur Louis,
pas fâché au fond de se mettre en avant et de devenir un
des personnages dont les journaux n'allaient pas manquer d'imprimer le nom, ce qui serait une fameuse réclame
pour son restaurant du *Faisan Argenté*.

Ils furent assez facilement introduits près de monsieur
de Tricourt, et le restaurateur, qui avait la parole facile, lui
raconta toute l'affaire.

La chose valait la peine qu'on la vérifiât; monsieur de
Tricourt les emmena tous les deux chez le commissaire de
police, puis les ramena chez lui.

Une heure après, deux agents introduisirent dans l'hôtel
la Blafarde et Arthur qu'ils étaient allés chercher dans
leur garni.

Le mauvais garnement, encore vêtu de sa livrée, eut à
subir les huées des domestiques et de tous les voisins qui le
reconnurent parfaitement.

C'était le bruit de ces démonstrations hostiles que le pauvre Jean-Marie et son gardien avaient entendu ; puis, comme nous l'avons dit, l'hôtel était rentré dans le silence.

L'interrogatoire des deux coquins ne fut ni long ni difficile.

Presque tout l'argent et les bijoux volés à l'hôtel de Tricourt, ayant été retrouvés chez la Blafarde, elle ne put longtemps persister dans le système de dénégation qu'elle avait d'abord adopté. Devant l'évidence, les deux voleurs durent tout avouer.

Il ne restait plus qu'à les confronter avec Jean-Marie, et monsieur de Tricourt se réjouissait de rendre dans quelques instants, la tranquillité à cet honnête enfant injustement accusé.

Quand un agent vint le chercher, le pauvre gamin, pensant que c'était l'heure de monter dans la voiture cellulaire, fut pris d'un tel tremblement qu'il fût certainement tombé, si son conducteur ne l'eût réconforté par une bonne parole.

La porte du salon s'ouvrit ; il aperçut d'abord la Blafarde et Arthur qui avaient la tête basse ; puis, monsieur Louis et le Furet tout heureux de la tournure que leur intervention avait donnée à l'affaire.

Le Furet ne pouvait s'empêcher de faire, de la main, au triste Jean-Marie des signes affectueux.

En voyant ses deux amis, Jean-Marie reprit toutes ses facultés ; il s'avança la figure souriante vers monsieur de Tricourt dont le regard le suivait avec bienveillance et l'encourageait.

— Connaissez-vous ce jeune garçon ? demanda le commissaire à Arthur.

— Non, répondit le voleur, malgré les signes que lui faisait la Blafarde.

— Et vous, dit-il à Jean-Marie, connaissez-vous cet enfant ?

— Oui, Monsieur, je l'ai vu trois fois. D'abord cet automne lorsque je suis venu apporter du charbon avec mon patron, monsieur Pétrouillat ; et même que ce jour-là, il m'a jeté une pierre qui m'a coupé la peau du front, ça paraît encore. Monsieur Galurgue doit s'en souvenir et peut en témoigner.

— La seconde fois que je l'ai vu, reprit-il avec émotion, c'est vendredi soir ; j'étais dans la rue, et il causait en grand mystère avec cette dame pâle.

— Enfin, la troisième fois, c'est samedi matin, pendant que j'étais chez monsieur le concierge ; il est sorti et n'a pas manqué, au passage, de dire des insolences ; moi, j'étais venu ce jour-là dans l'espoir de voir monsieur de Tricourt pour lui remettre une somme que j'ai trouvée et qui lui appartient.

— Je sais, dit le comte, voilà monsieur Louis qui répond de vous ; du reste, l'argent qui est tombé de votre poche ce matin a été examiné ; il se trouve dans le nombre quelques pièces d'or très rares, très anciennes qui ont dû être serrées précieusement par un collectionneur ou un avare ; je n'avais pas une seule de ces pièces-là dans mon secrétaire ; il est donc de toute évidence que l'argent que vous aviez dans votre poche ne provient pas du vol qui nous occupe.

— Monsieur, ajouta Jean-Marie, si vous voulez vous convaincre mieux encore de ma bonne foi, vous pouvez faire demander au commissaire du quartier de monsieur Louis quelles sont les déclarations que je lui ai faites samedi ; il a tout pris par écrit ; vous verrez bien que je lui ai dit tout à fait la même chose qu'à vous et que jamais l'idée d'un vol n'est rentrée dans ma pensée :

— Et cette femme, demanda le commissaire, l'avez-vous déjà vue ?

— Oui, Monsieur, je l'ai déjà vue, pour mon malheur, le soir de mon arrivée à Paris ; c'est elle qui a aidé cette vilaine Pichenette à me dépouiller de mes papiers et de mon argent ; je l'ai vue aussi quand elle causait avec Arthur, vendredi dernier ; et c'est la pauvre petite fille qu'elle martyrise tous les jours pour la faire mendier et voler, qui m'a appris qu'Arthur était entré ici à ma place, à l'aide de la lettre du fermier Manceau.

— La petite gueuse ! s'écria la Blafarde, c'est elle qui nous a vendus ; elle me paiera ça, j'en réponds ; si elle n'est pas morte de faim, quand je serai libre, je saurai bien la retrouver.

— Nous nous arrangerons pour que vous ne la retrouviez pas, fit monsieur de Tricourt.

Puis, il se retira dans la pièce voisine avec le commissaire.

Comme le cœur de Jean-Marie battait pendant ce temps-là !

Son sort se décidait, il le sentait !.....

De temps en temps, il jetait un coup d'œil sur le Furet qui était assis au coin de la cheminée et cherchait, par des mines variées, à le rassurer tout à fait.

Enfin, le conciliabule prit fin, et monsieur le commissaire vint dire un mot aux agents qui se trouvaient près de Jean-Marie.

Ils le quittèrent pour aller se ranger à côté de ceux qui gardaient la Blafarde et Arthur.

Puis, monsieur de Tricourt venant prendre la main de Jean-Marie le mena vers monsieur Louis et le Furet :

— Le voilà libre, dit-il, et je pense que vous serez bien aise de passer cette soirée tous ensemble ; il a besoin d'être avec ses amis pour se remettre de ses terribles émotions ; mais, à partir de demain, cet enfant est à mon service ; je réponds de lui devant la justice, et, si on a besoin de l'interroger au sujet des voleurs qu'on vient de prendre, j'ai promis qu'on le trouverait chez moi ; il y sera bien traité et j'espère qu'il oubliera bientôt les mauvais moments qu'il vient de passer.

— Oh ! Monsieur, quelle reconnaissance ! voulut dire Jean-Marie.

— Vous ne m'en devez aucune, mon petit ami ; jusqu'à présent vous n'avez eu à mon sujet que des désagréments, je tâcherai de vous en dédommager en vous rendant l'existence tranquille.

— Vous êtes trop bon, Monsieur, murmura le jeune enfant touché jusqu'aux larmes.

— Un honnête garçon comme vous, reprit le comte, est rare à trouver ; de mon côté, je ne passe pas pour être un mauvais maître ; il y a donc bien des chances pour que nous soyons contents l'un de l'autre ; les pièces d'or que vous me rapportez sont très curieuses, je vous les rembourse à leur valeur ; voilà donc une somme assez forte qui vous appartient. Ce sera, je l'espère, le commencement de votre fortune.

Et comme Jean-Marie voulait refuser :

— Je pense, mon ami, que vous ne ferez pas un mauvais usage de cet argent, dit simplement monsieur de Tricourt.

— Monsieur, je ne mérite pas tant de bonté, puisque je n'ai fait que mon devoir.

— Mais tout le monde ne le remplit pas, son devoir, reprit le comte en souriant, et il est nécessaire que, pour le bon exemple, la vertu soit quelquefois récompensée.

— Alors, j'accepte, Monsieur, dit enfin l'enfant ravi, et je vous prie de conserver entre vos mains cette somme que j'enverrai à ma mère.

— S'il vous plaît, reprit-il, de me donner seulement deux pièces d'or, elles me serviront pour les recherches que je veux faire au sujet de ma tantine Baubet; car, ce n'est pas le moment d'oublier que je suis venu à Paris pour la retrouver.

— Cela est très bien, mon enfant et prouve encore la bonté de votre cœur, je vous aiderai, autant que possible dans vos recherches, et j'espère bien que nous arriverons à un heureux résultat.

— Que péremptoirement, conscrit, vous vous permettez d'insuffler à votre supérieur... (page 228)

CHAPITRE XIV

Où Jean-Marie passe enfin une bonne soirée suivie d'une matinée encore meilleure.

Ce fut une heureuse soirée pour notre jeune ami, et bien faite pour le dédommager de la terrible journée qu'il venait de passer.

En s'en retournant au *Faisan Argenté*, monsieur Louis et les deux camarades rencontrèrent justement le sergent Passepoil et Benoît Manceau qui venaient à l'hôtel de Tricourt.

Benoît, en rentrant le matin à sa caserne, s'était mis à raconter avec indignation l'événement qui venait de s'accomplir rue Saint-Dominique.

Il se vantait d'avoir arrêté de ses propres mains le voleur, un méchant gamin indigne de toute pitié, appelé Jean-Marie Potachou.

Le sergent Passepoil, frappé d'entendre prononcer ce nom, assez peu commun, demanda quelques explications au conscrit; il n'eut pas de peine à se convaincre que le Potachou soi-disant voleur et le sien, n'étaient qu'un seul et même Potachou.

Or, comme il se connaissait en physionomie, et qu'à première vue il avait décrété que Jean-Marie était un honnête enfant, il ne douta pas un instant qu'il n'y eut là une erreur.

Profitant d'un moment de liberté, il intima l'ordre à Benoît de le conduire rue Saint-Dominique chez monsieur le comte de Tricourt, voulant voir par lui-même comment toute cette affaire allait tourner, et bien décidé à parler en faveur de son jeune ami, si la chose lui semblait nécessaire.

Il dut clore la bouche à Benoît et lui ordonner de se taire quand celui-ci, très flatté de marcher en compagnie de son sergent, et autant pour se rendre aimable que pour lui faire partager son indignation, avait voulu reprendre en détail le récit que Passepoil ne se souciait pas d'entendre une seconde fois.

— Que péremptoirement, conscrit, vous vous permettez d'insuffler à votre supérieure des idées qui ne sont pas les siennes; et que pour lorsse votre insistance en ces matières tendrait à prouver que vous vous permettez de présupposer que vos pensées personnelles, elles valent subséquemment autant que les dito de votre sergent, ce qui prouve que votre esprit, il est de la plus profonde immoralité, vu que le soldat qui est un inférieur n'a pas le droit, dans aucune circonstance, de comparer préalable-

ment sa jugeotte à celle de son sergent qui est son supérieur, pour lorssse donc motus, plus un mot; si je vous
parle, vous m'écouterez et si j'interroge vous me répon-
drez; sufficit, cela suffit.

Benoît étourdi de ce discours dont la plupart des mots
lui étaient inconnus, comprit cependant qu'il valait mieux
se taire.

Il n'ouvrit plus la bouche jusqu'au moment où la vue de
Jean-Marie, causant gaiement avec le Furet et monsieur
Louis, lui arracha un ah! d'étonnement qui fit lever la tête
au sergent, occupé en cet instant à lustrer ses longues
moustaches grises.

— Mais subséquemment, que c'est lui, ce cher enfant,
s'écria le brave Passepoil en s'élançant et en lui secouant
les mains avec affection.

— Ce que je suis content de te voir en liberté et riant à
belles dents, mon petit, reprit-il; je ne puis le dire, j'en ai
comme qui dirait le cœur en congé; que vraisemblablement ce conscrit m'avait donné le trac en me disant
comme ça que mon petit clampin de Potachou, il était
écroué entre les mains des commissaires et gens de
police.

— Ah! sergent, s'écria Jean-Marie en sautant sans
cérémonie au cou du militaire, j'espère que vous n'avez
jamais cru que j'étais un voleur?... Merci de la confiance
que vous avez eue en mon honnêteté!

— Non, non, jamais on ne m'aurait fait croire que tu
pouvais être un voleur. Mais, quand même, je n'étais
préalablement pas très tranquillisé, vu que souvent on peut
confondre et que l'on a confondu aujourd'hui l'innocent
avec le coupable.

— C'est justement ce qui est arrivé, dit monsieur Louis;

le voleur a été pris au moment où l'on allait mener ce brave petit au dépôt.

— Eh bien! qu'est-ce que je te disais, conscrit, tonna le sergent en foudroyant Benoît d'un regard farouche; tu as fait ce matin un joli ouvrage de mouchard en arrêtant cette pauvre innocence, ce pauvre agneau, que vraisemblablement c'est une mauvaise note que je n'oublierai pas de longtemps.

— Vous auriez grand tort, sergent, dit Jean-Marie en allant prendre la main du soldat; Benoît Manceau est un brave garçon et il ne pouvait pas deviner que le voleur s'était servi de mon nom et de la lettre de son père pour usurper la place qui m'était destiné et dans laquelle je vais enfin rentrer demain.

— Tiens, en effet, c'est ça Benoît Manceau, dit le Furet en tournant autour du jeune paysan, assez mal à l'aise sous le regard courroucé de son chef.

— Ah! mon vieux, fit l'incorrigible gamin, ça vous va joliment l'habit militaire; vous êtes plus beau que nature, savez-vous, mon vieil ami! et, si l'esprit se dégrossit aussi vite que le corps, vous serez avant peu un fameux luron; vos parents ne vous reconnaîtront plus.

— Topez-là, mon vieux Benoît, refaisons connaissance, j'ai encore dans le bec, voyez-vous, le goût de l'exquise soupe au lard que votre vénérable mère nous a si généreusement servie là-bas, dans sa ferme.

— La brave femme, s'exclama Jean-Marie, a-t-elle été assez bonne pour nous?

— Et votre père donc! dit joyeusement, le bon Jean-Marie, il est cause que demain je serai placé dans une fameuse maison dont le maître est si généreux qu'il m'a donné déjà de l'argent. Et même, si vous voulez me faire grand plaisir, vous accepterez chez monsieur Louis un

petit rafraîchissement; puisque je suis riche, à présent, je
ne puis mieux faire que de réunir tous mes amis pour fêter
le bonheur qui m'arrive.

— Entendu, jeune millionnaire, dit Passepoil avec ron-
deur, et à charge de revanche; vous savez que je vous ai
ouvert un crédit chez madame Trop-bon, la marchande
de petit noir.

— Ah! tu as joliment fait sa conquête en roulant sa
voiture, mon rude Lapin; elle m'a encore demandé de tes
nouvelles ce matin; la pauvre femme aurait grand besoin
d'avoir quelqu'un avec elle; elle y voit si peu, cette chère
madame Trop-Bon, qu'un de ces jours elle se fera écraser en circulant toute seule.

Monsieur Louis et le Furet prirent les devants pour
aller servir les clients qui, ce soir-là, trouvèrent leurs
sauces faites un peu trop à la hâte; mais, pour une fois,
personne ne s'en plaignit.

Ce fut un vrai petit souper que monsieur Louis prépara
pour tous les amis, souper suivi d'un verre de punch qui
mit tout le monde en gaîté, surtout le sergent qui, disait-
il, savait apprécier les bonnes choses.

Il parlait sans trêve, le brave Passepoil, et tenait l'au-
ditoire sous le charme de ses adverbes ronflants.

Mais le plus heureux de tous était bien notre héros; sa
jeune amie, la P'tiole, assise près de lui, le regardait avec
de bons yeux affectueux quoiqu'un peu triste, et elle lui
parlait bas pendant qu'ils riaient tous des facéties de Passepoil.

— Oh! je suis contente de te voir ici, au milieu de tes
amis; quand je pense que tu pourrais être à cette heure en
présence des vauriens et des voleurs et pris toi-même
pour un malhonnête garçon.

— Et, c'est à toi que je dois d'être là, ma chère

P'tiote, dit Jean-Marie tout attendri; comment pourrai-je jamais reconnaître ce que tu as fait pour moi, l'immense service que tu viens de me rendre? et que vas-tu devenir à présent? une pauvre enfant, puisque les misérables qui te donnaient au moins un abri sont écroués pour long-temps, sans doute.

— Ah! voilà, je n'en sais rien; si j'étais moins maigri-chonne, si j'avais meilleure mine, je trouverais peut-être des gens qui me feraient travailler pour gagner mon pain; mais, qu'est-ce qui voudrait de moi; faite comme je suis, élevée comme je l'ai été par une coquine? et surtout..... surtout.....

Elle hésitait, et de grosses larmes coulaient sur ses joues.

— Surtout... quoi? dis-moi ce qui te tourmente, dit Jean-Marie tout bas, tu n'as donc pas confiance en moi, pau-vre mignonne?

— Oh! si, car je t'aime bien, vois-tu, et je suis sûre que tu m'aimes aussi; mais justement, c'est pour ça et j'ai peur que tu ne m'aimes plus, toi, après.

— Petite sotte, fit le jeune garçon en lui caressant les cheveux, comment veux-tu que je n'aime plus celle qui m'a sauvé? on dirait, à voir ton embarras, que tu as quel-que gros crime à avouer?

— C'est ça, tu as deviné; je suis bien coupable et j'ai honte; vois-tu, je suis une vilaine enfant, j'ai dénoncé les coupables et je les méprise parce que ce sont des misé-rables et des voleurs; eh bien! moi aussi, j'ai fait comme eux, un jour.

— Tu as volé? dit Jean-Marie en retirant d'un geste rapide sa main de celle de l'enfant; tu m'avais toujours dit le contraire.

— Oui, j'ai toujours refusé d'obéir à cette femme quand

elle m'ordonnait de voler; mais un jour, je mendiais : personne ne m'avait donné; j'avais grand froid et grand'faim; à six heures du soir j'étais encore à jeun, et je savais bien que je ne recevrais que des coups pour souper, puisque je rentrais les mains et les poches vides; alors, je ne sais pas comment ça s'est fait, mais je me suis trouvée devant la boutique d'un épicier; j'ai été si tentée que j'ai pris une orange et une poignée de pruneaux; je les ai mangés gloutonnement, mais ça m'a paru bien mauvais je t'assure, et je n'ai pas dormi de la nuit tant j'ai eu de chagrin de ma vilaine conduite.

— Alors, continua l'enfant, le lendemain, comme une bonne dame m'a donné quatre sous, je les ai enveloppés dans du papier, et je les ai glissés dans la corbeille du marchand d'oranges pour payer ce que j'avais pris; mais, c'est égal va, je sais bien que j'ai commis là une bien grande faute, et pour que ça ne m'arrive plus, j'ai eu soin, lorsque j'avais trop faim, de passer sur la chaussée au milieu des voitures; là, au moins, je ne pouvais pas être tentée et je ne courais pas d'autre risque que celui d'être écrasée.

— Tu comprends bien, conclut-elle naïvement, que si quelque honnête personne voulait me faire gagner ma vie, il faudrait lui raconter tout ça, et bien sûr alors qu'elle me mettrait tout de suite à la porte.

Jean-Marie avait repris la main de l'enfant et lui essuyait fraternellement les yeux avec son mouchoir, car la petite pleurait à chaudes larmes en lui faisant tout bas sa confession.

Il la consola le mieux qu'il put, lui assurant que sa faute n'était pas si grave qu'elle le croyait, puisque c'est l'extrême faim qui la lui avait fait commettre et qu'elle l'avait réparée le lendemain.

— Je te remercie de me parler si doucement, dit-elle, mais ça n'est pas une excuse; quand on a trop faim, on se blottit dans un petit coin de porte, et puis on meurt, voilà tout; mais on ne doit pas prendre le bien des autres, je le sais, aussi je ne me pardonne pas aussi facilement que tu le fais.

— Quel nectar! quelle ambroisie! disait à ce moment le sergent Passepoil en vidant à demi son troisième verre de punch.

Et comme les autres convives lui prêtaient leur attention :

— Madame Trop-bon, continua-t-il, n'a rien dans sa boutique qui puisse être comparé à ce superlifique breuvage des dieux.

— Si vous n'étiez si éloigné de ma caserne, monsieur Louis, je crois indubitablement que vous feriez à cette dame une rude concurrence.

— Allons, mes amis, je veux trinquer encore une fois avec vous tous, avant de partir : à ta santé, mon gros Lapin, héros de la journée; je vais narrer demain à la caserne les mésaventures qui ont fondu sur toi aujourd'hui, et se sont tournées subséquemment en triomphe; ce sera pour l'édification et l'instruction des conscrits qui verront par là que la vertu, elle n'est pas un vain mot, et qu'il se trouve encore dans ce chétif monde quelques braves gens pour la récompenser quelquefois.

— Tu penses bien, dit-il à Jean-Marie, que ton amie, madame Trop-bon, ne sera pas la dernière prévenue de ce qui t'arrive.

On se sépara après un grand nombre de poignées de mains, et tous les meilleurs amis du monde.

Le Furet reprit ses occupations habituelles, un instant interrompues par le festin, et la P'tiote s'en alla offrir ses services à madame Louis qui les accepta pour le rangement de sa vaisselle.

C'était merveille de voir avec quelle adresse ses pauvres petites mains maigres, transportaient des piles d'assiettes ou un plateau chargé de verres.

La patronne lui fit des compliments sur sa dextérité, lui donna en récompense un petit châle de laine pour réchauffer ses maigres épaules; et, quand tout fut remis en ordre, on lui dressa, pour cette nuit-là, une espèce de lit dans la cuisine.

Jamais la pauvrette ne s'était trouvée si bien et si chaudement couchée.

Blottie dans sa couverture, elle s'endormit bien vite sans penser au lendemain, tel le petit oiseau qui, confiant dans la Providence, se niche sous la feuillée, se préoccupant peu de savoir si une main charitable lui jettera les miettes de pain nécessaires à son existence.

Mais si la P'tiote ne pensait pas au lendemain, Jean-Marie lui, y pensait.

Une idée lui était venue et il la mûrissait au lieu de dormir.

Il n'en fut pas moins frais et dispos le matin de bonne heure, parce qu'il avait pris une résolution et qu'il était content de lui.

Il descendit sans bruit : monsieur Louis venait de réveiller la P'tiote qui, les yeux écarquillés, la mine étonnée cherchait à se rendre compte de l'endroit où elle se trouvait.

Au rebours de Jean-Marie, elle avait si bien dormi tout d'un somme, qu'il lui était difficile de reprendre immédiatement la lucidité de son esprit.

— Ma mignonne, lui dit le jeune garçon, la pensée qui m'est venue cette nuit à ton sujet est une bonne inspiration,

je l'espère; viens avec moi, je vais te conduire chez une
dame qui pourra peut-être te loger et te nourrir; là au
moins, on sera sûr que la Blafarde n'ira pas te chercher,
si elle sort de prison.

— Vrai, vrai, tu m'as trouvé une place? dit la petite en
sautant de joie, et chez une dame honnête, dis-tu? ah!
quel bonheur!

— N'allons pas si vite, je n'en sais rien encore, je ne
fais qu'espérer. Dépêchons-nous, il nous faut aller très
loin.

Il lui prit la main et ils partirent en babillant tous deux
gaiement.

La course était longue, en effet, car Jean-Marie ne s'arrêta qu'après une grande heure de marche.

Peut-être a-t-on déjà deviné que c'est vers madame
Trop-bon que se rendaient les deux enfants.

Jean-Marie s'était rappelé ce qu'avait dit le sergent la
veille : la bonne dame n'y voyant presque plus, avait
besoin de quelqu'un pour la diriger ; en outre, elle se souvenait du petit service qu'il lui avait rendu; c'était encou-
rageant pour venir la trouver.

Il regarda de tous les côtés, autour de la caserne, et il
ne la vit pas; c'était pourtant l'heure où elle aurait dû
commencer à débiter sa marchandise.

Evidemment, elle s'était attardée chez elle; et, c'est là
qu'on la trouverait.

Ils reprirent donc leur course; le temps était froid; il
avait fortement gelé, et ce n'est pas la boue qui les gênait
pour marcher vite.

Jean-Marie, avec un petit battement de cœur, frappa à
la porte qu'il connaissait, et sur l'invitation qu'il reçut d'entrer, il l'ouvrit toute grande.

La mère Trop-bon, la tête enveloppée dans un vaste

mouchoir à carreaux, assise sur une chaise basse, cherchait à ranimer avec son souffle les tisons qu'elle avait pris soin de couvrir la veille.

De temps en temps, la pauvre femme qui paraissait souffrir, s'interrompait pour se frictionner vivement le genoux.

Dans un coin de la chambre, sa petite voiture, dont une roue gisait à terre, ne se tenait que grâce à la chaise sur laquelle elle était appuyée.

— Etes-vous donc malade, madame Trop-bon, que vous êtes encore à souffler votre feu, quand vos pratiques attendent avec impatience votre petit noir brûlant? demanda Jean-Marie.

— Tiens, je reconnais la voix du petit homme qui m'a si gentiment aidée l'autre jour à conduire ma voiture ; approche-toi, mon garçon, parce que je crois que ma chute d'hier soir m'a tant secouée que j'y vois encore moins que d'habitude.

— Vous êtes tombée, madame Trop-bon? dit l'enfant avec intérêt.

— Mais oui, mon enfant, j'ai mis le pied sur un petit glaçon, et patatra, me voilà les quatre fers en l'air, comme on dit; j'ai un mal au genou! mais le pis, c'est que la roue de ma voiture est démolie; ah! me voilà bien lotie, vraiment : presque aveugle et toute boiteuse; et de plus, ma voiture brisée.

— Ça n'est pas prudent, aussi, de rester seule dans l'état où vous êtes.

— Dame! qu'est-ce que tu veux que je fasse, mon garçon; je ne peux pourtant pas me payer une femme de chambre.

— Eh bien! voyez comme ça se trouve, je vous amène justement une petite femme de chambre, qui ne vous demande pas de gages; elle vous rendra beaucoup de petits services, et vous, vous lui en rendrez un très grand aussi en la prenant avec vous.

Madame Trop-bon s'approcha de l'enfant pour mieux la regarder, et Jean-Marie lui expliqua ce qu'il espérait d'elle.

Pendant qu'il racontait toute l'histoire de sa petite amie, la mignonne alluma le feu, mit la grande bouilloire devant les tisons et prenant le balai, commença tout de suite à faire le ménage.

La marchande écoutait Jean-Marie en secouant la tête d'un air approbateur.

— Oui, cette petite ferait bien mon affaire, mais voilà, c'est que je ne suis pas riche et que souvent je n'ai que du pain sec à manger.

— Ah! Madame, si vous saviez comme cela m'est indifférent, dit la P'tiote en venant s'agenouiller aux pieds de Madame Trop-bon; pourvu que j'en aie seulement un petit morceau tous les jours, c'est bien suffisant; au moins, avec ça, on n'est pas tenté par les oranges des épiciers.

Et tout simplement, avec un vrai repentir qui se lisait sur son visage, elle raconta tout au long l'action dont elle était si honteuse.

— Vous savez tout ce que j'ai fait de mal, madame, ajouta-t-elle; si vous voulez me pardonner et avoir confiance en moi, je vous servirai et vous aimerai de tout mon cœur comme si vous étiez ma vraie maman.

Jean-Marie l'avait laissée seule pour faire sa confidence; il était sorti, emportant la petite voiture, et on l'entendait cogner à tours de bras.

Il rentra juste au moment où madame Trop-bon, très

touchée de l'aveu de la P'tiote, lui donnait deux sonores baisers.

— Allons, dit-il gaiement, il paraît qu'on s'entend ici; mademoiselle la femme de chambre, faites le café, je vous prie, moi je viens de raccommoder la voiture de votre maîtresse; nous allons conduire madame Trop-bon à sa place habituelle, et vous apprendrez dès aujourd'hui à servir la pratique.

— Moi, continua-t-il, je rentrerai chez monsieur de Tricourt avec l'esprit tranquillisé sur le sort de l'une et l'autre de mes amies; et puis, voilà une pièce de cinq francs pour rafistoler un peu la toilette de la jeune soubrette et pourvoir aux premiers morceaux de pain qu'elle croquera avant d'avoir encore rien gagné.

— Tu es vraiment trop gentil, dit la bonne femme attendrie, viens que je t'embrasse aussi.

— Et dire, fit la brave femme émue jusqu'aux larmes, que tu es comme ça pour deux étrangères! que serait-ce donc si nous étions de ta famille? Par malheur je n'ai point de famille à Paris; la mienne est en province, et depuis que je suis ruinée et presque aveugle, je n'ai ni écrit, ni voulu faire écrire; c'est dur tout de même d'avoir une sœur et un filleul, et d'en être réduite à accepter les services des étrangers. Ah! pauvre Baubet, ta vieillesse ne sera pas gaie!

Ainsi gémissait tristement la pauvre femme tandis que Jean-Marie stupéfait, la bouche ouverte, les yeux arrondis par la surprise se demandait s'il n'était pas le jouet d'un rêve.

— Baubet, dit-il enfin, c'est votre vrai nom? vous vous appelez Baubet?

— Un drôle de nom, n'est-ce pas? on me le donnait

quand j'étais une jeune et belle fille, il y a longtemps de cela.

— Ah! mon Dieu, mon Dieu, fit Jean-Marie en tremblant, est-il possible? et dites-moi encore : avez-vous été autrefois fruitière, rue Saint-Honoré, dites-vite, je vous en prie?

— Oui, pourquoi me demandes-tu cela, mon petit?

Mais Jean-Marie ne lui répondit pas; il avait la gorge pleine de sanglots.

Il se précipita à genoux devant la bonne femme, les bras tendus vers elle, la poitrine haletante; la P'tiote, qui avait compris, s'agenouilla aussi en pleurant à chaudes larmes.

La marchande n'y comprenant rien crut qu'ils devenaient fous tous les deux.

— Ma tantine, ma chère tantine! put enfin s'écrier le jeune garçon, dans quel état est-ce que je vous retrouve? mais je ne vous en aimerai que plus, malgré votre pauvreté et votre misère, croyez-le.

Tantine Baubet ne comprenait pas du tout; elle était si loin de penser que son filleul la cherchait à Paris!

Il fallut que Jean-Marie lui expliquât toute son odyssée, depuis son départ de chez sa mère jusqu'à ce jour; il y mit un certain temps car, outre qu'il n'avait pas la parole très facile, l'émotion le suffoquait souvent et il s'interrompait pour aller embrasser sa marraine.

Rien ne peut dire les transports de tendresse et de joie de la bonne femme.

Si sa chute de la veille ne l'avait obligée à de très grands ménagements envers son genou blessé, nul doute qu'elle ne se fût mise immédiatement à danser autour de sa petite chambre.

Il ne fut plus question, bien entendu, d'aller ce matin-là étaler la marchandise près de la caserne.

Tantine Baubet voulait être toute à son neveu.

Elle ne se lassait pas de regarder et de questionner Jean-Marie sur lui, sur sa mère, sur le village ; et, elle partageait en même temps son amitié entre les deux enfants.

Elle était dans l'admiration du dévouement de son filleul, et dans l'admiration aussi de l'adresse de la P'tiote, qui prenait son rôle au sérieux, et en un rien de temps, avait mis tout si bien en ordre dans la pauvre maison.

Enfin, il fallut se quitter : Jean-Marie n'oubliait pas qu'on l'attendait rue Saint-Dominique ; et, il voulait, auparavant, aller remercier monsieur Louis des bontés qu'il avait eues pour lui.

On se promit de se revoir le Dimanche suivant ; et, c'est, cette fois, le cœur tout à fait content, que notre jeune ami prit possession, dans l'après-midi, de la place qu'il désirait tant depuis son arrivée à Paris et qu'un voleur lui avait ravie.

Le comte réunit un jour tous ses domestiques autour de lui (page 245)

CHAPITRE XV

Où Jean-Marie apprend à devenir homme.

Nous prierons nos jeunes lecteurs de vouloir bien se transporter par la pensée à quelques mois de distance.

La guerre avec la Prusse a été déclarée en juillet; le sang a coulé en abondance; nos pauvres troupes, écrasées par des troupes trois fois plus nombreuses, ont été obligées de se replier.

Une partie est allée former la vaillante armée de la Loire, une autre ralliée par le général Bourbaki, dans l'Est, lutte encore pied à pied, malgré le froid intense et le manque d'approvisionnements.

Paris est assiégé : cette immense ville qu'on croyait à l'abri de l'investissement complet est entourée de toutes parts, aucune communication n'est possible avec la province ; l'ennemi se tient là, tout autour, guettant et saisissant les messagers au fur et à mesure qu'on essaye d'en faire partir.

Plus de gaîté, plus de joie dans cette capitale, ordinairement si insouciante.

On y souffre du froid et de la faim ; mais surtout on y souffre moralement ; on étouffe derrière ces portes fermées dont les issues sont surveillées par l'ennemi.

Il semble que l'armée allemande en prenant possession des environs de Paris se soit emparé en même temps du plus pur de l'air ; les Parisiens blessés dans leurs sentiments patriotiques suffoquent de colère et de privation de liberté.

Tous font leur devoir avec zèle : les hommes à tour de rôle montent la garde sur les remparts ; les femmes supportent stoïquement les fatigues, chaque jour plus grandes, que procure l'extrême difficulté de l'approvisionnement ; les enfants eux-mêmes secondent leurs parents de toutes leurs forces et de toute leur bonne volonté.

On voit de pauvres fillettes, le visage bleu par le froid, rester de longues heures à la porte des boucheries pour garder la place de leur mère, occupée dans quelque atelier; les garçons, eux, ne pensent qu'à la guerre : on en a vu faire l'exercice à côté de leur père, un bâton au bras en guise de fusil.

Autant pour les occuper que pour soulager un peu leurs familles, le gouvernement a imaginé la création d'un bataillon : « *Les pupilles de la République* », où ils s'enrôlent presque tous.

Pauvres enfants, chargés d'aller porter les nouvelles

entre la ville et les avant-gardes, exposés à recevoir des balles perdues et des éclats d'obus sans qu'aucune gloire ne leur en soit restée !

Qui donc se souvient à cette heure des pupilles de la République ?

Oui, les Parisiens firent tout leur devoir, le pauvre comme le riche ; dans la même compagnie, il n'était pas rare de rencontrer le maître et le valet, le propriétaire et le concierge vivant fraternellement, mangeant à la même cantine, sans distinction de rang, tous unis par cette même pensée : défendre jusqu'à la mort la patrie contre l'étranger.

— L'annonce de la guerre avait surpris monsieur de Tricourt aux bains de mer de Trouville, où il s'installait chaque été avec tous ses gens.

Les premières défaites qui suivirent hélas ! de si près les premières batailles, le rappelèrent à Paris.

Qu'allait-il faire au milieu du désarroi général et de l'affolement qui s'était emparé de tous les esprits naguère si exaltés par l'espoir d'une prompte victoire ?

Ses cinquante ans bien sonnés le mettaient en dehors de tout service obligatoire, et il n'eût tenu qu'à lui de se retirer dans une de ses propriétés du midi, et d'y vivre le plus tranquillement du monde.

Cette pensée-là ne lui vint même pas ; le comte était brave ; il n'était pas de ceux qui songent à leur bien-être quand la patrie agonise ; il réunit un jour tous ses domestiques autour de lui.

— Mes amis, leur dit-il, l'ennemi s'avance vers Paris avec rapidité ; nous allons être bloquées, et avant peu tout départ sera impossible. Le siège sera long et pénible ; je ne vous retiens pas ; moi, j'ai l'intention de rester ici et de batailler quand l'occasion s'en présentera, mais je ne

vous oblige nullement à y rester aussi. Je suis satisfait de
vos services et ne veux pas profiter de cette occasion pour
vous renvoyer, je vous garde donc à mon compte et j'autorise à partir tous ceux qui préfèrent s'en aller à la campagne où ils auront moins à souffrir ; je n'ai besoin auprès
de moi que de mon cuisinier, il fera en même temps l'office
de valet de chambre.

— Et moi, monsieur le comte, s'écria Jean-Marie,
n'avez-vous donc pas besoin de mon service ? Je ne suis
encore qu'un enfant, c'est vrai, mais je me sens le cœur
d'un homme. Oh ! gardez-moi, je vous en prie, je vous
suivrai partout, je porterai votre fusil, je serai votre petit
ordonnance, vous verrez comme je me rendrai utile ; mon
ami le sergent Passepoil m'a si bien appris à nettoyer
les armes.

Le comte sourit de l'air décidé du brave Jean-Marie ; il
lui donna une petite tape sur la joue ; car, il s'était pris
d'amitié pour lui, et de petit valet d'écurie, il l'avait fait
monter au rang de groom.

L'honnête nature de l'enfant lui plaisait; il le faisait
causer sur ses goûts, ses préférences, ses habitudes cam-
pagnardes; et peu à peu, le sentant si différent de tous
ceux qui le servaient, il s'habitua à le traiter autrement
que tous les autres.

C'était Jean-Marie qui chaque matin apportait le courrier et le déjeuner de monsieur le comte; c'était lui qui
transmettait pour la journée ses ordres au cocher et au
cuisinier ; c'était lui encore qui portait ses lettres pressées;
c'était lui enfin qui distribuait les aumônes de son maître,
et cette dernière occupation était bien celle dont il se sentait le plus fier.

— Voyez-vous, marraine, disait-il à sa tantine Baubet
qu'il voyait régulièrement tous les dimanches, je suis

comme qui dirait l'aumônier de monsieur le comte et cela me rend tout heureux.

— Comment cela petit ?

— Moi seul, je connais ses petits secrets de générosité; c'est une fameuse preuve de confiance qu'il m'a donnée là, et je lui en serai reconnaissant jusqu'à la fin de mes jours, car il n'est pas ordinaire de confier une tâche de cette nature délicate à un enfant de mon âge.

On comprend son désir de rester près d'un si bon maître, désir d'autant plus vif qu'il ne s'éloignait pas non plus de sa marraine et de la P'tiote.

Elle n'était pas entêtée à moitié, la vieille Baubet, et malgré l'hospitalité que monsieur de Tricourt lui avait offerte dans sa ferme de Touraine, elle s'était obstinée à rentrer dans Paris.

— Ça n'est pas, disait-elle, au moment où ses amis, ses soldats, vont avoir besoin de sa marchandise que la mère Trop-bon, comme ils l'appellent, désertera son poste. Monsieur le comte, qui est la crème des honnête gens, comprendra ma pensée ; remercie donc ton maître, mon petit Jean-Marie, remercie le bien de ma part et dis-lui que jamais je n'oublierai son honnête proposition; mais, je reste ici, parce que je sens que c'est mon devoir.

A quelques jours de là, l'envoi d'une grosse balle de café et de plusieurs pains de sucre, vint lui prouver que monsieur de Tricourt ne lui tenait pas rigueur de son refus.

Elle se trouva donc munie de la sorte d'assez de provisions pour que sa petite boutique ne chômât pas pendant quelques semaines.

— Le personnel de l'hôtel de la rue Saint-Dominique se composait donc seulement, à la fin de novembre de l'année 1870, de quatre personnes :

Le comte, Jean-Marie, Galurgue et enfin le vieux concierge qui cuisinait à la place de ce dernier, lorsque venait
pour lui son tour d'aller aux remparts.

C'est dans une compagnie de marche que le comte
s'était engagé, pour la durée de la guerre.

Parfois, il passait dix ou quinze jours en grand'garde,
sans mettre les pieds chez lui : c'est alors que Jean-Marie
lui était utile.

Dès l'aube, vêtu d'une vareuse et coiffé d'un petit képi
que lui donnait un air belliqueux, portant en bandoulière
une sacoche remplie de tout ce qu'il pensait devoir être
utile à son cher maître, notre jeune ami prenait le chemin du fort où il savait le trouver.

Quoiqu'il fût muni d'un laisser-passer bien en règle, il
avait souvent de la peine à arriver jusqu'à lui.

Ne fallait-il pas d'abord montrer ses papiers aux gardes nationaux qui gardaient les portes de Paris? puis
lorsqu'il avait obtenu la permission de sortir, les montrer
encore à chaque officier qu'il rencontrait entre les remparts
et le fort où il se rendait.

Enfin, quand il avait rejoint la compagnie qu'il cherchait, c'est encore aux officiers qu'il devait s'adresser pour
obtenir l'autorisation de parler à son maître.

Au bout de très peu de temps, cette dernière démarche
ne devint plus qu'une formalité, car tout le monde, soldats
et supérieurs, le connaissaient bien ; son surnom de rude
Lapin l'avait suivi jusqu'aux fortifications ; on le trouvait
très bien porté par ce garçonnet courageux, qui ne manquait pas un seul jour de venir trouver son maître, malgré les projectiles dont plusieurs s'enfonçaient sous ses
yeux dans l'épais tapis de neige dont la terre, cet hiver-là,
était partout recouverte.

Les portes s'ouvraient seulement pour laisser passer les longs et tristes convois (page 251)

Du plus loin qu'il l'apercevait, un loustic ne manquait jamais de crier :

— Ohé! ohé! rude Lapin, gare la broche, gare la marmite, nous sommes ici des ogres affamés de chair fraîche, et nous te mangerons en gibelotte si tu ne nous apportes pas de bonnes victuailles.

Non, il n'apportait pas de victuailles, le rude Lapin ; on n'en trouvait plus dans Paris, mais il n'arrivait cependant pas les mains vides ; son sac, aux flancs rebondis, contenait toujours quelques bonnes bouteilles de vieilles eau-de-vie où du rhum exquis, que le maître avait demandées, non pas tant pour lui que pour ses camarades.

Toute la cave du comte y passait, mais qu'importe ; il serait temps, plus tard, de la reconstituer ; et, ces pauvres estomacs, fatigués par les privations, se trouvaient bien de ces liqueurs chaudes ; la gaîté aussi s'en trouvait bien ; toute la compagnie se sentait ragaillardie quand les flacons du fusilier Tricourt étaient vides.

Un matin, le 30 novembre, Jean-Marie qui avait entendu le canon tonner toute la nuit, s'en fut comme de coutume aux remparts.

Mais la consigne était plus sévère, ce jour-là, qu'elle ne l'avait jamais été.

Envain montra-t-il son laisser-passer au caporal ; puis à l'officier de service, l'ordre était formel, les permissions étaient suspendues, les portes s'ouvraient seulement pour laisser sortir les longs et tristes convois des voitures d'ambulance et pour les laisser rentrer pleines de malheureux blessés.

Combien de braves soldats partis quelques heures plus tôt gais, courageux, pleins d'ardeur et fiers d'aller se battre pour la France devaient rester couchés là-bas, sur la neige teinte de leur sang!

Combien devaient être rapportés dans des voitures spéciales, sur des brancards, dans des charrettes mêmes requisitionnées à cet effet !

Combien, malgré les soins merveilleux qu'on leur prodiguait dans les ambulances, devaient en sortir défigurés, infirmes, estropiés, incapables de tout travail pour le reste de leurs jours !

Mais aucun ne pensait à ces tristesses ; on avait appelé la bataille de tous ses vœux ; l'inaction relative dans laquelle on vivait depuis quelque temps pesait à tous ; on voulait se battre et rejoindre l'armée de la Loire qui, disait-on, se tenait prête à tendre la main aux troupes de Paris, derrière les rangs des ennemis ; on voulait, à tout prix, faire une trouée !

Hélas ! on voulait faire une trouée et les canons étrangers ne laissaient pas approcher une compagnie, et la fusillade et les mitrailleuses éparpillaient nos malheureux soldats, comme un ouragan le fait d'une poignée de sable. Mais malgré tout, l'entrain continuait ; un rang tombait, l'autre passait par-dessus pour tomber un peu plus loin, un autre encore, puis un autre.

Désespéré de n'avoir pu rejoindre son maître, assourdi par le bruit de la canonade qui ébranlait les maisons jusque dans leurs fondations, Jean-Marie ne voulut pas quitter le rempart.

Il s'assit sur une pierre, aussi près de la porte qu'on voulut bien le lui permettre, et attendit.

— Au moins, pensait-il, je serai-là au premier rang pour voir passer les troupes quand la bataille sera finie, et je pourrai avoir, aussitôt que possible, des nouvelles de mon cher maître.

Il avait faim, il avait froid ; mais, en vérité, il se souciait bien de lui-même.

Toutes ses pensées étaient là-bas où l'on se battait ;
chaque coup de canon retentissait autant dans son cœur
que dans ses oreilles.

N'avait-il pas tous ses amis dans la bataille? son maître,
d'abord qu'il affectionnait de toute son âme, puis l'excellent sergent Passepoil, puis Benoît Manceau qui était
devenu un bon camarade, puis monsieur Louis le patron
du *Faisan Argenté* qui, obligé de fermer boutique faute de
provisions, avait échangé la broche à rôtir contre le fusil
des gardes nationaux mobilisés.

Enfin, le pauvre petit Furet, sergent dans les pupilles de
la République, où se trouvait-il à cette heure?

Peut-être était-il de l'autre côté du rempart, exposé à la
mort, tandis que lui, gros garçon jouflu, bien portant,
chaudement vêtu, nourri comme un prince, depuis le commencement du siège restait là, assis, à ne rien faire pendant que les autres se battaient.

C'était honteux! il le trouvait du moins, et peu à peu
cette idée-là finit par s'emparer si complètement de son
cerveau, qu'il lui sembla que tous les passants, toutes les
femmes venues pour avoir plus vite des nouvelles de leur
mari où de leurs fils, le montraient au doigt, et le rouge de
la honte lui montait au front.

Cette pensée, comme une obsession, lui devint insupportable; il résolut de sortir de la ville, coûte que coûte,
pour rejoindre son maître; et, si on voulait le lui permettre, il prendrait un fusil.

Justement, les portes s'ouvrirent en cet instant pour
laisser rentrer un premier convoi de blessés.

Tout le monde se précipita vers eux; chacun espérait
les reconnaître; il y eut une foule, et Jean-Marie en profita pour se faufiler dehors.

Il était déjà à quelques mètres de la douve lorsque la

sentinelle, sous le nez de laquelle il venait de passer, l'aperçut.

Et comme il avait la mauvaise idée de courir, au lieu de s'expliquer, ce garde-national le prenant pour un espion — c'était alors la manie de voir des espions partout — lui cria : halte!

Notre gamin se gardant bien d'obéir à cet ordre, le zélé défenseur crut de son devoir de tirer sur lui.

L'enfant entendit le bruit de la détonation, en même temps qu'une forte poussée à l'épaule le fit trébucher; il vit la balle tomber à quelques pas devant lui, et par crainte de recevoir un nouveau projectile, il redoubla de vitesse.

Quand il se crut suffisamment loin, il ralentit sa marche et s'approcha d'une voiture d'ambulance qui, toute remplie de blessés, s'acheminait lentement et tristement vers la ville.

Il voulait s'informer et demander au conducteur s'il ne savait pas quelle position occupait le bataillon auquel appartenait son maître; mais, cette fois encore, le conducteur se méprit sur son intention :

— Je n'ai plus de place, mon pauvre gamin, mais ta blessure n'est peut-être pas grave et en t'appuyant de la main droite à l'arrière de ma voiture, tu pourras sans doute arriver jusqu'aux remparts; une fois là, on avisera a te faire panser.

— Ma blessure? fit Jean-Marie étonné.

Il tourna un peu la tête et vit, en effet, sa vareuse déchirée sur l'épaule gauche, et un bout de linge qui paraissait tout couvert de sang.

Il eut alors l'explication de la violente secousse qu'il venait d'éprouver au passage de la balle et dont il n'avait pas compris la cause.

Dans l'ardeur de sa course, il n'avait pas ressenti de

douleur et il croyait bien que le brave garde-national avait perdu sa poudre pour l'effrayer.

Il s'expliquait à présent cet espèce de picotement qui lui causait une grande gêne; mais comme il remuait parfaitement le bras et que le projectile n'avait entamé que la chair, la chose ne lui parut pas digne de modifier ses projets.

Il versa un peu de cognac sur son mouchoir qu'il glissa en tampon sous ses vêtements; il en but aussi une gorgée; et après ce pansement sommaire qu'il jugea très suffisant, il continua sa marche.

Il joignit les mains en regardant ce jeune soldat qu'une balle avait couché (page 258)

CHAPITRE XVI

Suite et conclusion

Plus Jean-Marie avançait et plus les convois de blessés devenaient fréquents.

Le jeune garçon craignait maintenant que son maître ne fût dans une de ces tristes voitures et ne le vît pas.

Cependant ayant rencontré un soldat du même bataillon, il apprit de sa bouche que monsieur de Tricourt était encore debout une demi-heure avant; et comme le feu venait de cesser, les chances pour qu'il n'eût rien reçu étaient grandes, il le trouverait là-bas, à droite, près d'un petit bois.

C'est en franchissant les fossés et en marchant tout droit à travers champs que Jean-Marie courut de ce côté.

Le terrain était effondré, les obus en tombant dans ce sol friable avaient tout bouleversé.

Quelques-uns de ces projectiles, sans éclater, s'étaient, comme de monstrueux termites, tracé un chemin en zigzag dans la neige et dans la terre; les autres, au contraire faisant leur œuvre de destruction avaient tout fracassé, creusé des tranchées que plusieurs charretées de terre n'auraient pu combler, brisant et déracinant les arbres, estropiant ou tuant tout être humain à leur portée.

L'enfant vit avec horreur que près de ces trous béants des cadavres gisaient, qui n'avaient pu encore être enlevés; le plus pressé n'était-il pas de soulager les blessés?

Au premier corps auprès duquel il dut passer, le pauvre garçon, qui n'avait jamais vu la mort de près, frémit et sentit une petite sueur glacée courir sur son corps.

Le cœur lui manqua; il joignit les mains en regardant ce jeune soldat qu'une balle avait couché sur le flanc, dans une pose de dormeur tranquille.

— Il ne souffre plus, lui, pensait Jean-Marie, mais sa mère! pauvre femme comme elle souffrira quand la triste nouvelle lui parviendra!

Instinctivement, il se pencha sur le troupier pour voir son visage, et il se redressa tout à coup en poussant un cri de douleur.

Ce cadavre était celui du malheureux Benoît Manceau!...

Quelle angoisse pour Jean-Marie! quel chagrin de ne pouvoir rester près de ce brave petit soldat, son ami!

S'il lui était possible de veiller à ses côtés, ce serait une consolation pour lui et pour les braves fermiers là-bas!

Mais son maître? peut-il ne plus le chercher? il est

vivant, lui, épuisé par la fatigue, sans doute; et, quelques gorgées de cordial lui sont peut-être nécessaires pour regagner Paris?

Il donne fraternellement le dernier baiser de paix au camarade Benoît, lui pose sur la poitrine deux baïonnettes en croix, et s'éloigne la gorge pleine de sanglots.

Ce n'est plus un cadavre isolé qu'il rencontre, maintenant, ce sont des groupes de deux, trois, quelquefois plus.

Il ose les regarder, à présent, et s'il tremble ce n'est plus de peur, c'est de crainte : ne va-t-il pas reconnaître encore un ami?

Parfois une plainte, un soupir arrivent à ses oreilles.

Les ambulances n'ont pu emporter tous les blessés; il y en a trop vraiment, c'est une fauchée, c'est une moisson, c'est un carnage!

Oh! cruelle et horrible guerre!.....

Enfin, le voilà au petit bois.

Des soldats circulent sans crainte.

Le drapeau blanc a été arboré; on ne se bat plus; il faut bien que de part et d'autre on ramasse ceux qui gisent à terre.

Une escouade de brancardiers arrive : ce sont des volontaires eux aussi.

On voit dans leurs rangs des bourgeois et des prêtres, des hommes du peuple et des frères de la doctrine chrétienne, conduits par leur vieux supérieur, âgé de quatre-vingts ans, le frère Philippe de vénérable mémoire.

Des étudiants en médecine les accompagnent; tous, sans distinction d'opinion et de rang ne pensent qu'au soulagement de leurs frères blessés; et, c'est une consolation et une grand enseignement que de voir des hommes dans de si différentes situations sociales, unis de cœur par les liens d'un véritable amour fraternel.

Le cœur oppressé, Jean-Marie s'avance; il est venu jusque-là; il ne faiblira pas au dernier constant.

Il appelle son maître, mais sa voix se perd au milieu des plaintes de ceux qu'on emporte, et des hennissements des chevaux blessés.

Cependant, un homme l'a entendu et se soulève de terre près de lui; il a la tête enveloppée d'un mouchoir, et son visage est si rempli de caillots de sang qu'il est méconnaissable.

— Mais, que je crois vraisemblablement que c'est mon clampin de Potachou qui vient se promener ici en partie de plaisir, s'écrie-t-il.

— Ah! mon petit, reprit-il après une suffocation, il y en a eu une danse, et les violons n'ont pas manqué : mille biscaïens, bombardes, obus et mitrailles! je crois que tout l'orchestre du diable a donné la sérénade.

— Sergent Passepoil, êtes-vous donc blessé grièvement? demanda Jean-Marie avec des larmes dans la voix.

— Non, mon fils, non, garde ton émotion et ta petite larme d'amitié pour le jour où ma vieille peau sera trouée comme une écumoire; pour l'instant, je n'ai qu'une balle dans la tête.

— Et... reprit le brave soldat, quand je dis que je l'ai, c'est de la vantardise, car elle ne m'a fait qu'une courte visite; elle s'est balladée entre mon crâne et ma peau sans se gêner, et puis va te promener, elle court encore; sa carte de visite est un peu cuisante, j'en conviens, mais bast! la peau repousse, et dans huit jours il n'y paraîtra plus.

— Seulement, ajouta-t-il presque honteux de sa faiblesse, je suis un peu chose, parce que j'ai saigné comme une bête; ah! si j'avais une gorgée du kirsch de la tantine

Baubet, je serais assez requinqué pour m'en retourner sur mes pattes.

— Voilà, voilà, mon vieil ami, Passepoil, s'écria Jean-Marie ému en lui présentant celle des deux bouteilles qu'il avait débouchée pour cautériser sa blessure et se remettre lui-même.

— Ça, par exemple, ça s'appelle avoir de l'à-propos, et tu mériterais une riche récompense pour savoir arriver si à point; ah! coquin de sort, si nous pouvions arriver ainsi sur l'ennemi au bon moment! mais non, il faut que nous soyons massacrés par ces mangeurs de *chucrutes*, par ces licheurs de bière; oh! malheur de malheur, fallait-il devenir un vieux chevronné pour assister à une pareille pitié!

Et un peu remis, mais tout à ses rancunes, il allait sans doute commencer un de ces discours interminables, dont il avait la spécialité, quand le jeune garçon l'interrompit pour lui apprendre ce qu'il venait faire sur le champ de bataille.

Jean-Marie le renseigna en quelques mots : il était à la recherche du comte.

— Voilà qui change la thèse, fit le sergent, ne parlons plus, mais agissons; ton cognac m'a donné un coup de fouet : je suis remis et ne te quitte pas; en route, cherchons et appelons.

Leurs appels, encore une fois, restèrent sans réponse.

Ils demandèrent quelques renseignements, mais les soldats auxquels ils s'adressèrent ne savaient rien; on s'était battu les uns les autres sans s'inquiéter de son voisin.

Peut-être celui qu'ils cherchaient avait-il pu rentrer déjà dans Paris!

Mais quelque chose disait à Jean-Marie qu'il fallait chercher encore.

Toujours suivi de Passepoil, il explora le fossé qui environnait le petit bois.

Un grand nombre de soldats s'étaient blottis dans ce fossé pour se mettre à l'abri des balles ennemies, mais non pas des obus.

On comprend aisément quel affreux carnage produisaient ces énormes projectiles, quand ils éclataient au milieu de cette fourmilière humaine.

Comment reconnaître un visage ami parmi tant de lambeaux sanglants?

C'est pourtant à cela que Jean—Marie et le sergent s'appliquaient; ils venaient de reconnaître sur l'uniforme de plusieurs hommes gisant à terre le numéro que portait aussi monsieur de Tricourt.

Abrégeons cette triste recherche qui dura plus d'une heure.

La nuit commençait à venir, et ils allaient s'en retourner à Paris, quand Jean—Marie poussa un cri perçant :

Il apercevait à quelques mètres sous bois, un homme renversé sur le tronc d'un arbre : cet homme portait une longue barbe blanche; il n'eut pas une minute de doute : c'était son maître!

Le brave garçon s'élança près de lui et s'agenouilla :

— Sergent, cria-t-il avec angoisse, accourez vite, il semble mort. Ah! mon Dieu! quel malheur! son pauvre bras droit est en sang et je ne vois plus sa main.

Passepoil se pencha vers le comte.

— Calme-toi, petit, il respire encore; mais, je crois qu'il était rudement temps d'arriver; le brave monsieur n'a plus que le souffle; il se refroidit sensiblement; vite,

vite, frictionnons-le avec ton eau-de-vie, et faisons lui
boire une gorgée si c'est possible.

L'expédient du sergent eut un bon résultat.

La chaleur vitale revint peu à peu et bientôt le comte
entr'ouvrit les yeux; mais le premier mouvement qu'il
voulut faire lui arracha un gémissement de douleur.

Il avait l'avant-bras droit broyé par un éclat d'obus, et le
genou fortement contusionné; il se trouvait donc dans
l'impossibilité absolue de se mouvoir.

Jean-Marie courut à la recherche d'un brancard; et,
avec des précautions infinies, aida à y installer son maître;
puis, il l'escorta jusqu'à la voiture d'ambulance qui le
ramena dans son hôtel.

Il y eut tant de blessés, dans cette affaire du trente
novembre, que les hôpitaux et les ambulances installées
dans tous les quartiers de Paris ne suffirent pas.

On dut conduire les moins sérieusement atteints chez
les particuliers qui mirent spontanément leurs maisons à
la disposition du service médical. . . . .

. . . .

Dès le début du siège, monsieur de Tricourt s'était fait
inscrire pour dix lits, et le jour même où on le ramenait
blessé, un fourgon plein d'autres éclopés entrait dans la
cour de son hôtel, lui amenant des compagnons de souffrance.

Le maître étant hors d'état de veiller à leur installation,
ce fut Galurgue et Jean-Marie qui durent tout organiser;
mais, ils ne tardèrent pas à constater qu'il manquait là
la main d'une femme.

— Pourquoi ne fais-tu pas venir ta tantine Baubet? dit
Galurgue, elle s'occuperait du linge à donner aux infir-
miers et veillerait à certains détails auxquels nous n'enten-
dons rien?

— J'y ai bien pensé, fit le jeune garçon, mais je n'ose pas; je ne voudrais, pour rien au monde, que monsieur le comte crût que j'ai profité de ce qu'il était malade pour installer ma famille ici, à ses dépens.

— Allons, pas de bêtise, tu sais bien que monsieur le comte serait le premier à l'appeler, s'il pouvait penser à quelque chose; va-t-en voir ce que devient ta marraine et ramène-la promptement; le plus tôt sera le mieux et le meilleur.

Lorsque Jean-Marie arriva, le lendemain matin, tout proche des fortifications, devant la petite maison où sa tantine Baubet avait élu domicile, il fut bien douloureusement affecté des dégâts que les obus y avaient faits.

Tout un coin de l'immeuble était effondré, et un trou béant laissant voir l'intérieur de la chambre qu'elle occupait.

Il s'approcha, appelant sa marraine : personne ne lui répondit, il vit que tout le petit mobilier était brisé; un obus avait éclaté au milieu de la pièce.

— Ah! Seigneur! s'écria-t-il avec angoisse, si ma tante et la P'tiote se trouvaient là, c'est fini, je ne les reverrai plus jamais.

A ses appels, un voisin mit la tête à une fenêtre à moitié démolie.

Jean-Marie apprit de lui qu'au moment du bombardement, tous les habitants de la rue étaient descendus dans leurs caves : grâce à cette précaution, on n'avait pas eu d'accident à déplorer.

Il retrouva enfin sa tantine et l'enfant blotties dans un petit caveau noir.

La pauvrette tremblait de peur et de fièvre; elles n'avaient mangé que du pain sec depuis trois jours : et quel pain! un bloc dur, composé de son, de riz, de grains non moulus, de détritus variés; les chiens, en temps ordinaire, n'en auraient certes pas voulu.

— Ah! mon petit, dit la tantine Baubet, tu nous sauves la vie; je n'aurais pas osé me présenter chez ton maître pour lui demander un gîte; mais si je dois rendre quelques services, j'accepte de grand cœur, d'autant plus que ma petite voiture est brisée et que mon commerce est fini faute de provisions.

— Et puis, ajouta la P'tiote d'une petite voix triste, si je dois mourir, j'aime mieux que ce ne soit pas dans ce vilain trou noir.

— Chut donc, ne disons pas de sottises, Mademoiselle, dit Jean-Marie en s'efforçant d'être un peu gai; nous avons besoin de toi et tu n'as pas la permission d'être malade.

— Hélas! fit l'enfant, ça n'est pas de ma faute, ne me gronde pas, mon bon petit ami; je fais bien tout ce que je peux pour être forte, mais c'est impossible, mes jambes sont molles, je ne peux pas me tenir debout.

C'est dans ses bras que Jean-Marie transporta la petite malade jusqu'à la rue Saint-Dominique. . . . . .

. . . .

Au mois de mai suivant, le comte fut assez remis pour quitter Paris.

On lui avait ordonné l'air de la campagne, et aussitôt qu'il le put, il abandonna cette ville où l'on sortait d'une guerre étrangère pour retomber dans une guerre civile.

Nous le retrouvons à la gare d'Orléans; il entre au buffet, voulant déjeuner avant de se mettre en route; il boite un peu, malgré la canne sur laquelle il s'appuie de la main gauche, tandis que Jean-Marie le soutient à droite.

Ils sont reçus par le Furet en magnifique costume de marmiton; il les installe à la meilleure place et va chercher le chef qui vient prendre lui-même la commande du déjeuner.

Ce chef, c'est monsieur Louis.

Quand il a quitté son bataillon, il a voulu reprendre son petit restaurant, mais les anciens clients s'étaient dispersés, les nouveaux se faisaient rares.

Au bout de quelques jours, voyant ses ressources s'épuiser, il dut chercher à gagner sa vie chez les autres.

Une lettre de recommandation de monsieur de Tricourt lui a fait obtenir cette place de chef dont il se montre content, et il a pu amener avec lui son petit marmiton dont il n'aurait pas voulu se séparer.

— Monsieur le comte est bien guéri de sa blessure? demande-t-il.

— Guéri! autant que je puis guérir, vous voyez, c'est Jean-Marie qui sera désormais mon bras droit.

Et en disant ces mots, il montre sa manche relevée, tenue à l'épaule par une épingle, l'amputation de tout le bras ayant été nécessaire.

— Jamais je ne vous quitterai, mon bon maître, non, jamais, murmura Jean-Marie à son oreille.

— Et le sergent Passepoil, sais-tu ce qu'il est devenu? lui demande tout bas le Furet.

— Décoré, mon cher; ah! il n'a pas épargné son sang et ses peines, je t'assure; il a bien mérité cette croix dont il est si fier et si heureux!

— Ta tantine et la P'tiote restent-elles à Paris?

— Non, elles sont déjà arrivées à la campagne de monsieur de Tricourt; ma chère mère aussi va y venir, et je ne puis te dire combien je suis content de la revoir! elle s'occupera à la ferme des braves Manceau qui sont bien tristes; tu sais que leur fils Benoît est mort en brave! il leur reste, pour les consoler, leur gentille fillette qui est devenue l'amie intime de la P'tiote. Pauvre P'tiote, elle a été bien malade; je l'ai pleurée croyant qu'elle ne guérirait jamais; par bonheur, elle est mieux et l'air de la campagne va la remettre tout à fait; elle s'y trouve bien heureuse et n'avait jamais tant vu de fleurs et d'arbres; je crois bien que la petite Manceau voudra la garder avec elle; ma tantine aussi restera à la ferme; ses yeux vont mieux : elle saura bien se rendre utile.

— Tu n'as pas entendu parler des Pétrouillat?

— Non, ils ont dû rester prudemment dans leur pays, par crainte de l'ennemi qui aurait bien pu prendre leur charbon sans le payer à sa valeur; ils ont peut-être bâti leur maisonnette à Saint-Flour.

— Qu'ils y vivent et qu'ils y meurent en paix, dit le Furet en manière de conclusion.

Et toujours aussi vif et alerte, il bondit jusqu'à la cuisine d'où il rapporta le déjeuner de monsieur le comte.

FIN AVENTURES DE JEAN-MARIE POTACHOU

LES EXPLOITS

SERGENT HOFF

S'il est un brave qui se soit particulièrement distingué pendant la terrible guerre dont nous parlons dans le dernier chapitre des aventures de Jean-Marie, c'est assurément le sergent Hoff, le héros de toute la première partie du siège de Paris. L'histoire de ce sous-officier est intéressante, d'abord à cause de tous ses audacieux exploits que la plupart des journaux d'alors racontaient avec une admiration émue en les faisant précéder de ce titre caractéristique « *Carnet du sergent Hoff* » ; puis, parce que ce vaillant Français, à la fin du siège, pendant qu'il était prisonnier en Allemagne et obligé de cacher son nom et sa personnalité pour ne pas être fusillé par nos vainqueurs, a été indignement méconnu et calomnié, comme on le verra tout à l'heure. Il est donc de la plus stricte équité de faire exactement connaître les principales actions de ce modeste héros. Elles sont nombreuses et toutes patriotiques ; il n'a à rougir d'aucune, et une seule suffirait, à la rigueur, à illustrer un soldat. Voilà ce qu'il importe de proclamer comme une juste réparation des odieuses calomnies dont Hoff a été victime et qui l'ont, pendant plusieurs mois, rendu le plus malheureux des hommes.

En juillet 1871, un ordre du jour de son régiment pro-
clama hautement quelques-uns des exploits du sergent
Hoff et les mentionna sommairement en ces termes :

« A tué, le 29 septembre, trois sentinelles ennemies ; le
1er octobre, un officier prussien ; le 5, en embuscade avec
quinze hommes, a mis en déroute une troupe d'infanterie
et de cavalerie ; le 15 octobre, a tué deux cavaliers ennemis ;
enfin, dans divers combats individuels, il a tué vingt-sept
Prussiens. »

Nous allons voir maintenant au prix de quel dévouement, de quelle audace et de quelle fatigues, l'héroïque
sergent est parvenu à accomplir tous ces hauts faits.

Né en 1836 dans le canton de Marmontiers, non loin de
Saverne, en Alsace, Hoff était parti de la maison paternelle dès l'âge de quatorze ans pour faire son tour de
France, comme ouvrier plâtrier. Lorsqu'il tira au sort,
en 1856, il ne possédait que des connaissances fort sommaires ; à peine savait-il lire et écrire et encore en alle-
mand. Ce fut au régiment qu'il apprit le français et com-
pléta le mieux qu'il put son instruction. Il y mit une longue
persévérance, car il lui fallut dix ans pour obtenir les
galons de caporal. En juillet 1870, lors de la déclaration
de guerre, il était sergent-instructeur au dépôt du 25e de
ligne, à Belle-Isle-en-mer. Chose curieuse ! Celui qui, dès
le début du siège de Paris, s'illustra par son courage, son
audace et son sang-froid en face de l'ennemi, n'avait pas
encore eu l'occasion de voir le feu : 1870 fut sa première
campagne.

Ce fut à Belle-Isle-en-mer, au mois d'août, qu'une
affreuse nouvelle parvint au sergent Hoff. Une lettre venue
d'Alsace lui apprenait que son vieux père, septuagénaire,
avait été pris, les armes à la main, et fusillé par les Prus-

siens. Le fait était faux, fort heureusement; mais Hoff, le croyant vrai, en ressentit une profonde douleur et ne songea plus qu'à venger la mort du vieillard. Il demanda avec une telle insistance à être envoyé en face des Prussiens, — offrant même pour cela de rendre ses galons, — que, dès la fin d'août, il fut incorporé avec son grade dans le 7ᵉ de marche, alors en formation à Paris, en exécution d'un décret daté du 15 août. Le 7ᵉ de marche faisait partie du corps du général Vinoy qui, dès le commencement de septembre, revint de Châlons pour contribuer à la défense de Paris. Ajoutons pour l'intelligence de ce qui va suivre que, le 1ᵉʳ novembre, ce même 7ᵉ de marche prit le nom de 107ᵉ de ligne qu'il a toujours conservé depuis lors. Disons enfin que, dès le commencement d'octobre, ce régiment avait été appelé à former trois compagnies de francs-tireurs militaires qui furent autorisées à opérer isolément aux avant-postes. Ce fut surtout comme franc-tireur, — car il obtint dès le début de faire partie de ces compagnies d'hommes résolus et audacieux, — que le sergent Hoff accomplit ses plus beaux exploits. Il montra même de telles qualités et rendit de tels services qu'on lui permit de s'adjoindre un certain nombre d'hommes de son choix avec lesquels il eut la liberté d'agir et de se mouvoir à son gré entre les lignes françaises et celles de nos ennemis. Il choisit, au-delà de Vincennes, les rives de la Marne, de Nogent, La Ville-Evrard, Petit-Bry, Villiers et Cornilly, comme terrain de la guerre d'embuscades qu'il allait rendre terrible à nos envahisseurs.

Toutefois, il n'était pas encore détaché du régiment lorsqu'il tua son premier Prussien. On était au mois de septembre, et le 7ᵉ de marche était campé en avant de Vincennes, mais sans occuper Nogent, où les éclaireurs prus-

siens venaient presque chaque nuit faire des reconnais-
sances. Impatient d'en venir aux mains avec les envahisseurs de son pays, Hoff finit par obtenir l'autorisation
d'aller établir, avec quinze hommes, une embuscade auprès de Nogent. L'expédition réussit : les uhlans, en
gagés dans un chemin creux, furent surpris par la petite
troupe et plusieurs tombèrent, cette nuit-là, sous les balles
françaises.

Mais, tout en dirigeant cette première expédition, Hoff
avait étudié le terrain et examiné avec soin certains points
où il supposait que les Prussiens plaçaient leurs sentinelles
avancées. Or, à quelques soirs de là, le 29 septembre, il
partit seul du camp, et, moitié marchant à pas de loup,
moitié rampant, il s'avança jusqu'aux abords des lignes
prussiennes. Il surprit ainsi, sur les rives de la Marne,
auprès du pont de Bry, un Bavarois en faction et lui fendit
la tête avec son sabre; puis, apercevant de l'autre côté de
la rivière une autre sentinelle ennemie, il l'abattit d'un
coup de fusil. Au bruit de la détonation, un autre Alle-
mand accourt, aperçoit Hoff, tire sur lui, le manque, et
reçoit à son tour une balle qui l'étend à côté de son camarade. Trois ennemis couchés à terre en deux ou trois
minutes, tel fut le début du sergent Hoff, c'est ce qu'il
appelle avoir tué *son premier Prussien.*

Le 13 octobre, Hoff, parti seul encore cette fois, se trouvait en embuscade, caché dans les hautes herbes, entre
Nogent et Neuilly-sur-Marne, lorsqu'il vit s'avancer de
son côté, avec mille précautions, deux uhlans en reconnaissance.

Il les laisse approcher, puis, lorsque le premier n'est
plus qu'à trois pas, il fond sur lui, le tue à coups de sabre

et se précipite ensuite sur le second à qui il fait subir le même sort.

Bien qu'il soit un excellent tireur, Hoff, dans ses expéditions, se servait le moins possible du fusil dont la détonation eût aussitôt décelé sa présence. Il préférait le sabre qui ne faisait pas de bruit, et encore prenait-il la précaution de ne point en emporter le fourreau susceptible de rendre un son métallique à chaque heurt sur le sol ou dans les buissons : il passait le sabre nu dans sa ceinture. Il se servait aussi, fort souvent, d'une carabine Flobert que lui avait prêtée l'aumônier du régiment et avec laquelle, à trente ou quarante pas, il était certain de tuer son homme à la condition de le viser convenablement à la tête.

Une de ses prouesses au moyen du fusil, dont il est le plus fier, est la suivante qu'il a racontée à M. Louis-Lande, récit que celui-ci a fidèlement transcrit en ces termes dans l'excellent article biographique qu'il a consacré au sergent Hoff, dans le numéro du 1er janvier 1873 de la *Revue des Deux-Mondes* :

» Voyez-vous, me disait-il, il ne s'agit pas de tirer beaucoup. Deux, trois cents mètres, voilà la bonne distance ; à trois cents mètres, je suis sûr de mon coup. J'ai fait mieux que ça une fois, mais ce n'est pas le cas ordinaire. J'étais avec mon lieutenant dans une maison de Nogent, une petite maison rouge au bord de la Marne ; on voit encore les trois créneaux que j'avais percés près du toit. Tout en haut du viaduc, sur l'autre rive, nous aperçûmes comme un point noir ; à cette distance, quatre cents mètres au moins, on aurait dit une branche d'arbre. Le lieutenant prend sa lorgnette. — Mais, c'est un homme, un officier, me dit-il ; il y a quelque chose à faire. — Je regarde à mon tour ; avec la lorgnette, on le distinguait fort bien : un grand beau garçon, ma foi ! à favoris blonds, à casquette

18

plate. Je voudrais le reconnaître, s'il vivait encore. Appuyé
sur le parapet, il prenait des notes. Je mets la hausse à
quatre cents mètres, j'épaule, je tire, il s'affaisse, et par
dessus le parapet va rouler dans le chemin creux qui, de
chaque côté, conduit au viaduc. Au bout d'un moment, un
des leurs arrive pour le ramasser; j'y comptais. Je tire
une seconde fois; l'homme ne tomba pas, mais la balle
sans doute avait passé bien près, car il s'enfuit et ne re-
parut plus. J'attendis en vain jusqu'au soir. Ils n'osèrent
enlever le corps qu'à la nuit. »

Cependant, aux prouesses de cette nature, Hoff préférait de beaucoup les embuscades, la guerre de sauvages,
véritable chasse à l'homme, où il faut payer résolûment de
sa personne et faire preuve d'un tact, d'un flair, d'une
patience et d'une décision que notre héros possédait au
suprême degré. Il partait le plus souvent seul pour ses
expéditions nocturnes, mais quand il emmenait des compagnons (une quinzaine au plus), c'étaient presque toujours les mêmes : Klein, Huguet, Barbaix, Chanroy, etc.,
hommes résolus, déterminés, souples de corps et endurcis
à toutes les fatigues, qui partageaient ses dangers et ses
succès. « Vous voulez marcher avec moi, leur disait-il;
très bien. Seulement, qu'il soit bien entendu entre nous
que le premier de vous qui dormira en faction, le premier
qui battra en retraite sans avoir attendu mes ordres, je lui
brûle la cervelle. De votre côté, si vous me trouvez en
faute, faites-m'en autant. »

Une fois, pourtant, Hoff se départit de ses habitudes et
emmena avec lui un mobile de la Haute-Vienne qui n'avait
encore pris part à aucune de ses expéditions nocturnes.
Ses compagnons habituels lui ayant fait défaut ce soir-là,
le jeune mobile dont il s'agit, au moment où Hoff sortait

de Nogent, s'offrit à lui avec une telle résolution qu'il lui permit de l'accompagner.

On entendait, du côté de Neuilly-sur-Marne, de sourdes détonations qui inquiétaient les officiers français, et Hoff s'était chargé d'aller par là reconnaître de quoi il s'agissait.

Lorsque les deux hommes furent arrivés auprès d'une ferme, dans la plaine entre Nogent et Neuilly, à environ trois kilomètres des lignes françaises, Hoff, apercevant un cordon de sentinelles prussiennes, fit signe au mobile de se tenir tranquille. S'élançant alors à pas de loup sur la sentinelle la plus rapprochée, il la tua à coups de sabre. D'une balle de sa carabine Flobert, il venait d'en abattre une deuxième et se préparait à faire subir le même sort à une troisième, lorsque retentit auprès de lui une détonation de chassepot, dont le bruit formidable fut aussitôt répercuté dans toute la vallée. C'était le mobile qui, lui aussi, avait voulu tirer sur les Prussiens et n'avait pas réfléchi que son coup de fusil allait attirer immédiatement l'attention de l'ennemi d'une dangereuse façon pour le sergent et pour lui.

En effet, au bruit du chassepot, deux compagnies de Prussiens sortent de la ferme et se mettent en devoir de tirer sur les deux Français. Crânement, mais follement, sans songer que deux hommes ne pourraient point soutenir, à coups de fusil, la lutte contre autant d'adversaires, le mobile, grisé par l'odeur de la poudre, ne bouge pas d'une semelle et se prépare à décharger de nouveau son fusil. Afin d'empêcher une pareille folie, Hoff en toute hâte se précipite sur lui, le saisit par le cou et l'emporte rapidement sous son bras vers un champ d'asperges qui se trouvait à proximité. Grâce à ces pieds d'asperges, montés en graines à une certaine hauteur et au milieu desquels

Hoff put se faufiler et se dissimuler avec son fardeau humain, les deux hommes réussirent à échapper aux Prussiens, mais non sans avoir entendu siffler à leurs oreilles de nombreuses balles qui fauchaient les tiges et les branches tout autour d'eux.

« Mais, le jeune mobile ! — nous déclarait Hoff avec son sourire bon enfant, le soir où il nous a raconté cette aventure, — lorsque je le lâchai et le remis sur pied, il pouvait à peine se tenir sur ses jambes ; je l'avais à moitié étranglé. » Et il ajoutait : « Il avait du bon. »

Ce vaillant petit mobile acquit, en effet, sous la direction de Hoff, le sang-froid qui lui manquait et mérita, par la suite, d'être décoré de la médaille militaire.

Quant au bruit qui inquiétait l'armée française, le brave sergent, malgré l'équipée de son compagnon, avait eu le temps d'en reconnaître la cause et la nature. C'étaient les Prussiens qui, à coups de dynamite, brisaient la glace formée sur le canal auprès de l'écluse de Neuilly-sur-Marne, afin de nous enlever la possibilité de le franchir sur l'épaisse couche d'eau congelée en cet endroit.

Voici maintenant plus fort encore :

Le 3 novembre, par un froid terrible, Hoff traverse la Marne à la nage pour aller poignarder une sentinelle ennemie auprès d'un poste avancé. Puis, avec l'aide de quatre seulement de ses compagnons habituels, il s'empare de l'île des Loups (1), d'où il déloge les Prussiens, et s'y maintient pendant plusieurs jours. Il y demeura jusqu'à ce que lui fût donné l'ordre de l'évacuer quand l'armée de

---

(1) « Auprès de Nogent, le lit de la Marne est coupé par deux longues îles couvertes d'arbres et de broussailles. La première est l'île des Loups ; elle se termine en museau de lièvre, et le viaduc y appuie ses deux arcades principales ; l'autre se nomme l'île des Moulins. Toutes deux étaient alors au pouvoir des Prussiens. »

sortie dut se replier sous Paris. Mais, ce trait d'audace du sergent Hoff qui, de l'île, avec ses francs-tireurs, ne cessait de tirailler sur l'ennemi, avait fait croire aux Prussiens qu'une nouvelle sortie se préparait vers Nogent, et leur avait causé une alerte telle que, deux jours durant, ils firent affluer sur ce point leur artillerie et leurs troupes.

Les divers traits d'audace et de dévouement que nous venons de raconter, et bien d'autres encore, valurent au sergent Hoff, le 6 novembre, la croix de la Légion d'honneur, — la première croix donnée par la République, — qui, on le voit, avait été bien gagnée. Le général d'Exéa la lui apporta, en personne, dans l'île des Loups où le brave sergent se trouvait encore et se maintenait héroïquement avec les quatre camarades qui l'avaient aidé à l'enlever aux Prussiens.

On conçoit aisément que tous ces exploits, dont le récit alimentait chaque jour les conversations de l'armée, et que les journaux de Paris racontaient avec enthousiasme, avaient donné au sergent Hoff une notoriété considérable. Mais, si son nom était acclamé chez nous, il était en revanche honni par les Prussiens, disposés à tous les sacrifices pour s'emparer de ce hardi franc-tireur qui leur faisait tant de mal, afin de s'en débarrasser une bonne fois, selon leur habitude, en le plaçant devant un peloton d'exécution. Aussi, quand il fut fait prisonnier, le premier soin de Hoff, qui connaissait ces dispositions de l'ennemi à son égard, fut de se débarrasser au plus vite de ses papiers, de ses galons, de sa croix et de tout ce qui eût pu établir son identité. De plus, il changea de nom et déclara se nommer *Wolff*. Bien lui en prit ; sans cela, il eût été immanquablement fusillé.

Car, malgré toute son audace et sa bravoure, le sergent

Hoff fut fait prisonnier à la suite de la sortie du 30 novembre, à un retour offensif de l'armée prussienne. Il se trouvait le 2 décembre auprès de Bry, avec une compagnie du 107e, lorsque, après l'armistice intervenu pour permettre d'enterrer les morts et de relever les blessés des combats des jours précédents, cette poignée d'hommes fut tournée et entourée par des forces tellement supérieures qu'elle dut se rendre après une courte mais énergique résistance.

Voilà comment Hoff fut pris par les Allemands. Mais, avant de le suivre dans les baraquements de Cologne où il fut conduit par nos vainqueurs, il nous faut revenir un peu en arrière pour raconter un trait du brave sergent qui montrera que son désintéressement était égal à son audace, à son courage et à son dévouement.

Dans le courant du mois d'octobre, le général Le Flô, alors ministre de la guerre à Paris, voulant adresser des dépêches et des instructions importantes au maréchal Bazaine enfermé dans Metz, pensa que le sergent Hoff était par son énergie et son sang-froid, le seul homme capable de mener à bien cette difficile et périlleuse entreprise. Il s'agissait, en effet, de traverser, à la barbe des Prussiens, toute la ligne d'investissement de Paris, puis de parcourir environ quatre cents kilomètres dans une région entièrement occupée par nos envahisseurs, enfin de passer encore, et sans se laisser prendre, à travers les troupes allemandes qui investissaient Metz. Et, ce n'était là que la moitié de la tâche à accomplir, puisqu'il s'agissait de rapporter, à travers les mêmes difficultés, au ministre de la guerre, à Paris, les réponses du maréchal Bazaine.

Le général Le Flô fit donc venir dans son cabinet le sergent Hoff, et lui demanda de se charger de cette mission avec promesse du grade d'officier et d'une somme d'argent relativement considérable à son retour.

Moins que tout autre, Hoff pouvait se dissimuler les dangers de l'entreprise; mais il ne vit qu'une chose, — que du succès de celle-ci dépendait peut-être le salut de Paris et de la France. Immédiatement séduit par cette patriotique pensée, il accepta le péril sans la moindre hésitation, mais le péril seul. Remerciant le général Le Flô de ses bonnes dispositions à son sujet, il refusa d'abord le grade d'officier en lui faisant modestement remarquer que son peu d'instruction l'empêcherait probablement d'en remplir utilement et convenablement les fonctions, puis l'argent parce qu'il ne voulait d'aucune récompense pécuniaire pour un service rendu à la Patrie.

A la suite de cette première entrevue, Hoff revint plusieurs fois au ministère de la guerre pour y recevoir ses instructions; il y demeura même pendant quelques jours. Tout était prêt pour son départ, définitivement fixé, après plusieurs retards, au 28 octobre, lorsque la nouvelle de la capitulation de Metz arriva à Paris et rendit son dévouement inutile. Hoff demeura donc dans la capitale assiégée et retourna sur les bords de la Marne y continuer ses expéditions de franc-tireur. Toutefois, bien que par la force des évènements sa mission, à Metz, n'ait pu être accomplie, cet épisode de la vie militaire du brave sous-officier doit d'autant moins être passé sous silence, qu'il fait ressortir d'une éclatante façon le rare désintéressement d'un digne et modeste héros auquel allait bientôt s'attaquer une bête et odieuse calomnie.

— Je n'ai jamais rien demandé, nous disait Hoff un soir que nous avions l'honneur d'être reçu chez lui, ni grade, ni avancement, ni décorations. J'ai fait ce que j'ai pu pour le pays, voilà tout.

Voilà tout, en effet : Seulement, bien peu ont fait autant que lui, et il n'a pas l'air de s'en douter. Il est même fort contrarié que, dans un livre récemment écrit sur sa personne et dont son nom forme le titre, l'on ait pu supposer que la croix d'honneur eût été son objectif et l'objet de sa constante ambition quand il exposait journellement sa vie pendant le siège de Paris.

— Je ne songeais alors qu'aux Prussiens, nous dit-il à plusieurs reprises, et n'avais guère le loisir de penser à demander ou à faire demander la croix d'honneur que le général d'Exéa m'a apportée dans l'île des Loups. Je n'ai jamais rien demandé, je le répète. J'ai fait le mieux que j'ai pu. On m'a donné ce qu'on a voulu.

Nous avons laissé tout à l'heure le sergent Hoff au moment où il venait d'être fait prisonnier par les Prussiens, le 2 décembre, auprès de Bry-sur-Marne. On peut se figurer la rage et le désespoir de cet homme énergique quand, après un long et pénible voyage, d'abord à pied, puis dans des wagons à bestiaux où l'on était glacé par le froid, il se trouva au camp de Grimpert, auprès de Cologne, sous la garde brutale des soldats allemands. Il y arriva le 8 décembre et ne songea bientôt plus qu'à s'évader. Mais, une évasion isolée en pays prussien était chose fort difficile, tant les Français étaient surveillés avec soin. Hoff le comprit; et alors, il forma un projet plus audacieux encore : celui de s'emparer de Berlin et de transporter la guerre en Prusse pendant que les Allemands la faisaient en France.

Il ne s'agissait, pour cela, que de surprendre, pendant la nuit, les gardes du camp de Grimpert, de les mettre à mort, de prendre leurs armes, d'entrer à Cologne, de s'en emparer et désarmer la garnison. Puis, à la suite des officiers français internés à Cologne, qui auraient pris le commandement de l'expédition, d'avancer à marches forcées sur Berlin, en délivrant et en s'adjoignant le plus grand nombre possible des autres prisonniers français disséminés dans les villes situées sur la route.

Tel était le projet du sergent Hoff, et il s'en fallut de fort peu qu'il ne fût exécuté. Déjà tout le camp de Grimpert, où les soldats et les sous-officiers étaient logés dans des baraquements, était prêt à la révolte. Les officiers internés à Cologne, prévenus par Hoff, étaient disposés à s'associer à cette tentative et à prendre le commandement de cette hasardeuse expédition. D'autres camps de prisonniers français, à Kœnigsberg et à Walz, n'attendaient que la révolte de celui de Grimpert pour suivre son exemple et prendre part à cette hardie tentative qui, si elle avait réussi, aurait peut-être considérablement modifié le résultat de la guerre. Le complot avait été parfaitement ourdi dans le plus grand secret. Tout était prêt. La date de la révolte était fixée. On se croyait certain du succès. Les prisonniers n'avaient point supposé qu'il pût se trouver, parmi eux, un Français capable de dénoncer aux Prussiens leurs projets et leurs espérances.

Ce fut pourtant ce qui arriva, il faut bien l'avouer tristement. Parmi tous ces prisonniers épuisés par le malheur, la faim et le froid, mais à qui l'espoir du succès avait rendu une vigueur nouvelle, il y eut, au dernier moment, un traître qui dévoila le complot à leurs pires ennemis. Voilà comment la marche sur Berlin ne put être effectuée. Quant au traître, il disparut aussitôt du camp de Grimpert. Personne ne l'a jamais revu depuis, ni en Allemagne, ni en France où il n'a sans doute point essayé de rentrer.

Et, c'est pendant que le sergent Hoff, prisonnier sous le

nom de *Wolf, natif de Colmar,* s'occupait fiévreusement de cette entreprise et se donnait tout entier à l'organisation de ce complot patriotique, que certains journaux de notre pays le dénonçaient à la France comme un vulgaire espion. Le brave sous-officier eut connaissance, en Allemagne même, de cette odieuse calomnie par un numéro de l'*Indépendance Belge* que lui prêta un officier. Il fut atterré et demeura comme fou pendant plusieurs jours. Il se remit pourtant. Sa nature énergique reprit le dessus. Mais, du fond de l'Allemagne, il ne pouvait point faire constater la fausseté de ces accusations. Il lui fallait toujours cacher son identité sous le nom de Wolff, sous peine d'être immédiatement livré à une cour martiale et passé par les armes. Et alors, lui mort, la calomnie aurait eu beau jeu pour se donner libre carrière.

Il lui fallut donc attendre d'être en France pour se réhabiliter auprès de l'opinion publique. Et encore ne le put-il point aussitôt rentré de captivité. La Commune venait d'éclater, et la première chose à faire était de combattre l'insurrection et de reprendre Paris. Là aussi, Hoff fit son devoir, tout son devoir, les larmes aux yeux d'avoir à combattre des Français. Peut-être même, désespéré de cette lutte fratricide au sein de la France vaincue et mutilée, le patriote alsacien espéra-t-il un instant y rencontrer la mort. Celle-ci ne vint point pour lui ; mais, dans les derniers combats, lorsque la Commune vaincue était finalement forcée de se retirer, de quartier en quartier, devant l'armée régulière, Hoff, à l'attaque d'une barricade auprès de la gare Saint-Lazare, eut le bras gauche fracassé par une balle française qui l'estropia pour le reste de ses jours.

Ce ne fut qu'après encore environ deux mois, passés à l'hôpital et en convalescence, que Hoff put s'occuper de sa réhabilitation. Accompagné de deux officiers et de quelques personnes honorablement connues, il se rendit dans les bureaux du *Paris-Journal*, — l'un des grands quotidiens qui avaient lancé la calomnie contre lui, et pour le préjudice causé à son honneur de soldat et de Français, il demanda à M. H. de Pène, directeur du journal, une réparation par les armes.

Reconnaissant aisément, mais un peu tard, la fausseté des allégations précédemment émises sur le compte du sergent Hoff, le publiciste pensa et fit comprendre à sa victime et aux témoins qui l'assistaient que, dans cette circonstance, un duel ne serait, pour l'honneur de son adversaire, qu'une réparation incomplète et insuffisante. La presse avait propagé la calomnie; c'était donc, d'après lui, à la presse qu'il incombait de publier partout une rétraction formelle et motivée qui serait, pour le brave et honnête sous-officier, la meilleure et la plus éclatante de toutes les réhabilitations.

Hoff se rendit à ces raisons. M. H. de Pène s'exécuta incontinent; la rétractation promise parut dans *Paris-Journal*, et fut reproduite dans les plupart des journaux de Paris et de province. Le directeur de la feuille parisienne tint, en outre, à donner au sergent calomnié un témoignage particulier de son estime et de ses regrets; il lui fit don d'une montre en or, sur la cuvette de laquelle il avait préalablement fait graver sa signature.

Mais le document, relatif à sa réhabilitation, auquel Hoff tient peut-être le plus, est une lettre écrite par l'ancien ministre de la guerre de Paris assiégé, le général Le Flô, à Mme Dupuis, directrice des prisons des jeunes détenus et nièce du général Censier, qui, justement émue des calomnies colportées sur le compte du héros du siège, avait demandé au général, alors ambassadeur de la République française à Saint-Pétersbourg, de lui faire exactement connaître son opinion au sujet de l'ancien franc-tireur. Voici cette lettre, dont le sergent Hoff a bien voulu nous communiquer une copie avec autorisation de la reproduire.

« Saint-Pétersbourg, le 9 mars 1873.

« Je suis vraiment confondu, Madame, de la lettre que vous m'avez fait l'honneur de m'écrire relativement au sergent Hoff. Un article récent de la *Revue des Deux-Mondes* (celui de M. L. Louis-Lande, dont nous avons parlé plus haut) rendait assez exactement compte des rapports que j'ai eus avec cet homme, que je n'ai jamais eu l'idée de considérer autrement que comme un brave et vaillant soldat. Il m'avait été recommandé de la façon la plus chaleureuse par son général de division à Paris ; et, chaque fois que je l'ai vu, il m'a touché par sa simplicité, sa modestie, et j'ajoute par son désintéressement.

» Il est très vrai que j'eus, un jour, l'idée d'en faire un officier, et qu'il fut le premier à répondre que son défaut d'instruction ne lui permettait pas d'être autre chose que sergent.

» Il est également vrai qu'au moment de quitter Paris, pour essayer de porter une lettre de moi à M. le maréchal Bazaine, et ayant reçu la promesse d'une récompense de vingt mille francs, je crois, s'il me rapportait une réponse à cette dépêche, il me dit encore : « *Merci, mon général ; mais, permettez-moi de refuser toute récompense pécuniaire : je ne veux pas d'argent.* »

» Hoff avait déjà, je pense, la croix à cette époque, où je la lui ai donnée plus tard, je ne me le rappelle pas.

» Quoi qu'il en soit, imaginer que ce soldat, mutilé depuis dans nos rangs, qui, pendant le siège, a risqué cent

fois sa vie et qui refusa mes vingt mille francs, n'ait été
qu'un vulgaire et stupide espion, c'est dépasser, ce me
semble, toutes les limites de la plus sotte crédulité ou de la
plus coupable calomnie.

» Veuillez agréer, etc.

» *Signé* : Général Le Flo. »

Hoff a raison d'être fier de cette lettre d'un homme de
cœur justement indigné des monstrueuses allégations
publiées sur le compte d'un soldat dont il avait pu apprécier la valeur, d'un homme qu'il jugeait ne pouvoir être
trop estimé et honoré. Ce sont ses parchemins à lui, et
bien des lettres de noblesses ne valent pas celle-là.

Par suite de sa dernière blessure, Hoff dut quitter le
service militaire au commencement de l'année 1873. Quelque temps auparavant, un officier supérieur d'une puis-
sance étrangère avait fait appeler le héros du siège chez le
consul de sa nation, et de la part de son souverain lui
avait offert un brevet de capitaine.

— Je n'ai servi et ne servirai jamais que mon pays, répondit Hoff, qui refusa.

Il demeura donc en France, dans ce Paris qu'il avait
défendu contre les Prussiens avec un si admirable et infatigable dévouement. Toujours modeste, il accepta une
modeste et honorable situation. D'abord, gardien de la
colonne Vendôme pendant quelques temps, il occupe
maintenant la même place à l'Arc-de-Triomphe de
l'Etoile. Le portrait que publiait de lui. M. L. Louis-
Lande, en 1873, est toujours exact. C'est à croire que Hoff
n'a pas vieilli depuis vingt ans. Voici ce portrait :

« Il parle lentement, sobrement, d'un ton exempt de
forfanterie, avec ces hésitations et ces tours de phrase par-

ticuliers aux paysans alsaciens. Ne cherchez point une
tête expressive, une de ces physionomies qui frappent au
premier abord. Hoff est un homme d'une quarantaine
d'années, de taille moyenne, aux yeux bleus, à l'air doux
et calme, une bonne figure de soldat en un mot. Son dos
déjà voûté, ses cheveux gris, ses traits fatigués, le font
paraître plus vieux que son âge ; on s'use vite au métier
qu'il a fait. Simple d'allures, un peu gauche même, il
craint de se livrer, et garde toujours une certaine réserve :
mais, sous ces humbles dehors se cache une nature fortement trempée, capable des plus beaux dévouements. Il ne
manque d'ailleurs ni de finesse, ni d'intelligence ; la lèvre
mince a un sourire tout particulier. Quand il s'anime,
l'œil, petit et vif, semble lancer des éclairs, ses traits prennent tout à coup une expression d'une énergie singulière,
et il sait alors trouver le mot juste. — *Mais, comment donc
avez-vous fait pour en tuer autant à vous seul?* lui demandait un général. — *Comme j'ai pu,* répondit-il.

Hoff, en 1870, a donc fait *comme il a pu ;* mais, il a fait
en outre, — ce qu'il oubliait volontairement de dire, —
tout ce qu'il a pu. Faire tout ce qu'on peut pour la Patrie
voilà, en effet, le devoir de chacun, et nul ne l'a mieux
compris que le brave et modeste alsacien qui, maintenant
encore, alors qu'il a assez chèrement acquis le droit de
jouir d'un repos bien gagné, fait toujours tout ce qu'il peut
pour elle en consacrant, à diverses sociétés de tir de la
capitale, une grande partie du temps que lui laisse libre
son service à l'Arc-de-Triomphe. Instruire la jeunesse
dans cet art difficile du tir au fusil, où il est passé maître,
est encore pour Hoff une façon de servir utilement son
pays, en lui préparant d'excellents défenseurs pour l'a-
venir.

Aussi, la vie et les actions du sergent Hoff doivent-elles

être partout citées et honorées comme un de nos plus beaux exemples de patriotisme, dût sa modestie en souffrir un peu. C'est ce que déclarait, avec raison et mieux que nous ne le saurions faire, M. Sadi Carnot, — le Président actuel de la République française, — dans les lignes suivantes, écrites au mois de février 1880, alors qu'il était question d'offrir au sergent Hoff une fête et un banquet patriotiques :

« La pensée de rendre un public hommage au sergent Hoff, en reconnaissance de sa belle conduite pendant le siège de Paris, mérite d'être encouragée par les patriotes.

» Nous nous rappelons tous combien le récit de cette campagne héroïque, d'un homme contre une armée, vint alors réconforter nos cœurs.

» De pareils souvenirs appartiennent à notre trésor national, et doivent y être religieusement conservés ; mais, chaque occasion de les remettre en lumière doit aussi être saisie avec empressement. »

— ·—◆◆◆◆·—

MŒURS D'AUVERGNE

De tout temps les Auvergnats se sont fait remarquer par leur industrie, et on les voit sans cesse préoccupés du désir ardent de s'enrichir. Ils possèdent les trois vertus qui servent le plus à faire fortune : la patience, la sobriété et l'économie.

Insensibles aux privations, sacrifiant tout au besoin d'amasser, pleins de sagacité dans le maniements des affaires, ils ont l'art d'arriver à de gros résultats par de petits moyens.

La plupart ont l'avantage d'être très fins sous une enveloppe trompeuse; cependant quelques-uns sont d'une naïveté surprenante; on cite à ce sujet quelques traits plaisants, entre autres celui-ci :

Un Auvergnat était venu à Paris, poussé par l'ambition et muni d'une somme suffisante pour s'établir, louer une boutique et fonder un petit commerce qui grandirait avec l'aide du temps, de la bonne chance et d'une habile gestion.

A peine débarqué, il rencontra un de ses compatriotes, marchand de marrons, qui lui dit qu'il faisait d'excellentes affaires.

« Pourtant, objecta le nouveau venu, il y a bien de la concurrence dans ce commerce-là !

— Oui, reprit l'autre, mais j'ai été favorisé; je vends

beaucoup plus de marchandise que mes confrères, et veux-
tu savoir pourquoi? C'est que j'ai eu la bonne idée de
mettre sur mon enseigne : « MARRONS D'AUVERGNE. »

— Voilà toute la manigance?

— Oui, mon cher, ce mot : « d'Auvergne, » a produit le
meilleur effet; il n'en a pas fallu davantage pour attirer les
chalands et me procurer un débit considérable.

— Bon, pensa l'ami du marchand de marrons, si ce
n'est que cela, ce n'est pas difficile. Moi aussi je mettrai
le nom du pays sur mon enseigne, et je ferai fortune. »

Or, le brave homme n'avait jamais eu l'intention de
vendre des marrons. Ce commerce n'était pas assez distingué pour lui, et d'ailleurs la renommée et la vogue
étaient acquises à son ami dans ce genre de commerce.
Après avoir hésité entre diverses spécialités, ce fut un
article de parfumerie qu'il installa dans un joli magasin,
et il mit fièrement sur son enseigne : *Eau de Cologne
d'Auvergne*. Vous jugez quelle espèce de succès il obtint!

Par leur aptitude commerciale et leurs vertus privées,
si ce n'est par leur esprit ingénieux, les Auvergnats arrivent presque toujours à d'excellents résultats financiers.
Ceux qui s'expatrient pour chercher fortune, et ils sont
nombreux, reviennent au pays après quinze ou vingt ans
d'absence et rapportent exactement la somme qu'ils
s'étaient fixée au départ, et qui devait être pour eux l'aisance
et la richesse.

Ils ont toujours hâte de revenir dans leur chère Auvergne, mais ce n'est pas pour se reposer. L'industriel qui,
après avoir exercé à Paris le rude métier de porteur d'eau,
rentre au village natal avec une trentaine de mille francs,
pourrait jouir tranquillement de la vie, mais il s'en garde
bien! Il fait valoir, par de nouveaux labeurs, l'argent qu'il

a gagné et les forces qui lui restent. Il achète une maison ou des champs, et se fait aubergiste ou agriculteur.

Beaucoup de ceux qui sont établis au loin, dans le Cantal ou la Haute-Loire, viennent travailler au mont Dore dans la saison des bains. Les porteurs d'eau retirés se font porteurs de chaises pour s'entretenir la main et réaliser quelques profits dont ils ont presque toujours soif. On vous montrera de ces propriétaires fonciers qui possèdent quatre ou cinq mille francs de rente et de bonnes terres, et qui ne dépensent pas le quart de leur revenu, enrégimentés parmi les hommes de peine qui portent les baigneurs en chaise et les promeneuses en fauteuil, pratiquant ce dur métier pendant trois mois pour gagner cinq ou six cents francs.

Les anciens porteurs d'eau abondent parmi les petits propriétaires d'Auvergne, et l'on cite le possesseur d'un des plus beaux châteaux et des plus riches domaines du pays qui a commencé par traîner le tonneau dans les rues de Paris. Mais celui-là ne s'est pas borné à débiter des voies d'eau à dix centimes.

Une nuit, il fut réveillé par le cri : « Au feu! » Son tonneau était plein ; il s'y attelle et court vers l'endroit que lui désignait une lueur sinistre.

L'incendie dévorait une belle maison située à l'extrémité d'un quartier reculé, loin de tout secours ; les pompiers n'étaient pas encore arrivés ; le porteur d'eau aperçoit à une fenêtre un vieillard que les flammes vont atteindre ; il s'élance, grimpe, et, au péril de sa vie, il charge le vieillard sur ses épaules, redescend dans la rue et le dépose évanoui entre les mains des assistants.

Le lendemain, il se rend auprès de l'homme qu'il a sauvé. Celui-ci l'accueille avec les témoignages de la reconnaissance la plus vive.

« Tu viens chercher ta récompense, lui dit-il ; c'est une

bonne idée que tu as eue là, car j'aurais été désolé de ne pas m'acquitter envers toi.

— Ce n'est pas cela, Monsieur, répond le porteur d'eau; je ne viens pas ici pour vous demander quelque chose, au contraire.

— Que veux-tu dire?

— Quand vous avez été hors de danger, je suis rentré dans la maison pour voir s'il n'y avait pas encore quelqu'un à tirer d'affaire, et j'ai ramassé ce portefeuille que je vous rapporte.

— Sais-tu ce qu'il renferme?

— Oui, ce sont des billets de banque.

— Cinquante billets de mille francs.

— Je ne les ai pas comptés.

— Veux-tu que nous partagions cette somme?

— Merci! Monsieur, je prends de l'argent pour mon travail habituel, mais je ne me fais pas payer pour les services que je peux rendre.

Etonné de ce désintéressement, le vieillard reprit :

« Et ton travail habituel, te rapporte-t-il assez?

— Il me rapporte assez.

— Penses-tu qu'il puisse t'enrichir?

— Je l'espère, j'ai déjà mille écus de placés. Si Dieu veut m'entretenir en bonne santé, je pourrai dans quelques années vendre mon tonneau et entreprendre un autre commerce que j'ai en vue et qui sera très productif.

— Que ne le fais-tu tout de suite?

— Il faut des fonds.

— En voici.

— Je vous ai dit que je ne voulais pas recevoir de payement.

— Eh bien! au lieu de te donner la moitié de la somme que contient ce portefeuille, je te la prête tout entière; tu me la rendras lorsque tu auras réussi dans tes affaires.

— De cette façon-là, c'est différent, et j'accepte. »

Avec les cinquante mille francs prêtés, l'ex-porteur d'eau entreprit son nouveau commerce, qui consistait à acheter et à revendre des matériaux de démolition.

Cette industrie, habilement exploitée, lui fut plus productive encore qu'il ne l'avait espéré dans ses rêves ambitieux. Il put bientôt rembourser ce qu'il n'avait voulu accepter qu'à titre d'emprunt.

Après avoir spéculé sur les maisons démolies, il fit construire des maisons neuves; puis, devenu trois ou quatre fois millionnaire, il est retourné dans son pays, où il vit dans son château, dignement et simplement, avec cette sage économie qui a été un des éléments de sa fortune.

LES PLANTE-BORNES

(MŒURS D'AUVERGNE)

Par une calme soirée d'été, j'entends tout à coup sonner l'alarme de campagne en campagne; la trompe des pâtres transmettait une fatale nouvelle. Rien n'est plus sinistre que les sons de ces trompes dans la nuit; musique lente, uniforme, qui s'en va mourir dans la profondeur des forêts comme une plainte. En même temps, on voyait les villages s'éclairer et les paysans attardés regagner leurs demeures dans le plus grand trouble. Toutes les portes et toutes les fenêtres étaient closes; dans la précipitation, on ne prenait pas le temps de rentrer les troupeaux. Qu'allait-il se passer? Le ciel était rouge à l'horizon, un vent frais s'élevait. Quel cataclysme pouvait menacer la contrée? Le galop d'un cheval me rassura; j'allais savoir enfin la cause de l'effroi général; mais la paysanne qui le montait passa sans vouloir m'entendre. Son mari, un peu moins hors de lui, suivait à pied, tant la peur le poussait, le cheval lancé à toute vitesse; il me répondit d'un ton effaré : *Plante-bornes!* N'étant guère plus avancé, je pris le parti de le suivre. Arrivé à sa chaumière, il me poussa brusquement en dedans et ferma la porte.

Les enfants, les domestiques, le vieux père, tout le monde entourait les nouveaux venus, et les félicitait d'avoir échappé au danger. Le souper fumait sur la table; mais personne n'avait le cœur à manger, et une pareille soirée

devait être consacrée tout entière à la prière. Le chef de
famille disparut un instant, puis revint, portant entre ses
mains un fagot de buis bénit le jour des Rameaux; il le
jeta dans l'âtre, et s'agenouillant, il dit par trois fois :
« Flamme, éclaire et purifie l'*houstal* (la maison). » Puis
chacun des enfants vint à son tour passer ses mains sur la
flamme en répétant : « Purifie-nous. » Ensuite commença
le chant du rosaire, puis les psaumes de la pénitence, qui
conduisirent au premier chant du coq. « Nous pouvons
nous coucher maintenant, dit le père, tout danger a cessé;
le *plante-bornes* n'a plus de pouvoir. »

J'ai eu depuis des détails sur les *plante-bornes;* on en
raconte des choses épouvantables; mais personne n'en a
vu, parce qu'ils n'ont pas de forme palpable. Quand les
pâtres et les vachers voient le soleil se coucher comme
dans une mer de sang, c'est signe que le *plante-bornes* n'est
pas loin, et ils avertissent la paroisse. Il descend, la nuit,
à cheval sur le vent ; les arbres au-dessus desquels il passe
craquent et s'ébranchent, les maisons tremblent sur elles-
mêmes et l'herbe est renversée. Aussi prompt que la fou-
dre, en un instant le *plante-bornes* parcourt une commune ;
il erre autour des chaumières, il tourne les montagnes,
franchit les rivières et perce les murailles, s'il est besoin.
Son gémissement lamentable n'a rien d'humain; c'est la
plainte déchirante du damné; il cherche, il écoute, il épie,
toujours soupirant et pleurant : « Plante-bornes !!! Plante-
bornes !... » Ce cri lugubre glace le cœur, laisse les esprits
dans l'angoisse. A qui s'adresse-t-il? Nul ne le sait.

Le *plante-bornes* est une des plus poétiques et des plus
morales créations de l'imagination. Les Auvergnats ont la
passion de la propriété : conserver et surtout agrandir
l'héritage, c'est le but principal de leur vie, l'honneur d'un
nom, et l'on dit : « Ce champ est dans ma famille depuis

un siècle » avec l'orgueil que l'on peut avoir ailleurs en
montrant un parchemin établissant que son ancêtre était
cousin de saint Louis ou frère d'armes de François Ier. A
cet amour de la propriété, il fallait son frein, car la tentation était dangereuse dans un pays où l'on ne connaissait
pas de clôtures. La religion fut ce frein salutaire, et longtemps encore après les révolutions, ce n'étaient ni les
juges, ni les experts qui réglaient les différends entre les
propriétaires, mais bien le curé. Le prêtre avait donc dû
placer le respect des limites des champs au rang des choses
les plus sacrées, et menacer souvent des vengeances éter-
nelles ceux qui failliraient à ce respect.

Il n'est donc pas étonnant que des imaginations, frap-
pées si vivement, aient conçu la pensée du *plante-bornes*,
c'est-à-dire de l'esprit, ou plutôt de l'âme de l'homme injuste revenant après sa mort expier son crime, en réparant
ou faisant réparer le dommage causé à ses voisins. Le
plante-bornes est d'un effet autrement puissant que la loi ;
elle est terrible, mais aveugle ; souvent, avec de certaines
précautions, on peut lui échapper ; tandis que, avec le
monde des esprits, il n'est ni ruses, ni chicanes, ni secret
possibles. L'amour de la famille même, le désir si naturel
à tous les cœurs d'enrichir ses enfants, conduisent le propriétaire à se surveiller scrupuleusement, à ne commettre
jamais la plus légère infraction aux règles de la probité.
Quel père voudrait léguer à ses fils des tourments perpé-
tuels, la honte publique, avec le soin de réparer ses fautes
sous peine de la mort la plus affreuse ?

Car le plante-bornes ne s'en tient pas à une course
vague, désordonnée, à travers les villages, mêlée de douloureux gémissements ; il finit par arriver à sa destination,
frappe trois grands coups à l'étroite fenêtre de sa chaumière, en répétant par trois fois : *Plante-bornes!!!* Si les

habitants, sous l'empire de la terreur, restent muets, on entend autour de la maison des pas lourds et des battements d'ailes, et le plante-bornes revient gémir tous les soirs, sans se lasser jamais, jusqu'à ce qu'enfin l'on se décide à lui répondre.

Il se trompe quelquefois, s'adresse à une famille pure de toutes fraudes, et qui peut hardiment répondre pour ses aïeux; mais c'est pour lui ménager un triomphe; car, sûr de sa conscience et de celles de ses pères, le chef de famille ouvre la fenêtre, crie trois fois : *Plante-les toi-même!* Alors tout est fini; la paroisse est en admiration devant ceux qui ont pu chasser les *plante-bornes*. C'est comme une consécration de l'antique probité de la famille; casser un plante-bornes est plus honorable que faire ses preuves de cent ans de noblesse.

Mais si, se mentant à lui-même, le fils d'un coupable osait prononcer la formule sacramentelle, malheur à lui! Un homme injuste mourut subitement; il avait souvent dit à son fils, en se raillant de croyances superstitieuses :

« Si jamais je reviens vous tourmenter pour le bornage, n'ayez peur; chassez-moi. »

Cependant, une vieille femme l'avait ajourné devant ce même fils : « Vous avez planté des arbres sur le champ qui m'appartenait; vous ne voulez pas vous arranger avec moi pendant que vous êtes vivant; prenez garde, il en coûte aux morts de se lever de leurs tombes! »

Des semaines, des mois s'écoulèrent : le fils commençait à rire des *plante-bornes;* mais un soir, la paroisse était en émoi; on frappa à la porte de sa chaumière. Rien ne bougea à l'intérieur; alors le plante-bornes appela son fils par son nom. Furieux, celui-ci s'élança vers la fenêtre, l'ouvrit, et aux cris de : *Plante-bornes!...* qui se répercutaient dans les montagnes, il répondit effrontément :

Plante-les toi-même; puis, il voulut refermer le volet; mais une invisible main le saisit à la gorge, et l'on entendit de très près crier d'une voix désolée : *Plante-bornes! plante-bornes!* L'infortuné, demi-mort de frayeur, refusant encore de croire au surnaturel, essaya de se défendre ; au même instant, sa femme, ses enfants, sa vieille mère le virent disparaître dans l'espace ; puis la chute d'un corps les fit frissonner, puis un cri déchirant remplit la contrée, et le lendemain on trouva le corps de l'esprit fort étendu sur le pavé du chemin, les lèvres sanglantes et les mains crispées.

On lui donna pourtant la sépulture, parce que le curé, dans sa mansuétude, dit qu'il ne fallait jamais croire au mal quand on pouvait croire au bien, et qu'il était possible que le défunt fût mort de saisissement ou d'accident en franchissant la fenêtre afin de suivre l'esprit. Mais personne ne fut dupe de ce pieux mensonge ; si l'on avait pu douter, l'empreinte d'une large main, de forme étrange, restée sur le volet, aurait suffi pour éclairer toutes les consciences ; on m'a montré cette preuve de l'existence des plante-bornes, cet exemple terrible de la justice exercée contre ceux qui refusent de se soumettre à leurs commandements, et comme je faisais étourdiment la réflexion suivante : « Mais cette main a l'air d'un mauvais dessin au charbon, » la jeune fille qui m'avait donné toutes les explications possibles et me regardait d'un air effaré, comme si je lui semblais un suppôt de Satan, me dit :

« Mais, est-ce que tout ce qui vient de l'enfer n'est pas charbon ?

— Que faut-il donc faire ? demandai-je, pour éviter un sort pareil ?

— Il faut, reprit-elle, ne pas faire le fier quand on n'a pas sujet de l'être, et ne pas plus mentir aux morts qu'aux vivants; il faut dire au plante-bornes : Je suis prêt; le suivre là où il veut vous amener...

— On le voit donc?...

— Oh! non; mais on l'entend; et lorsqu'on est arrivé au lieu du crime, le plante-bornes frappe trois fois la terre pour dire : « C'est là. » On se met aussitôt à l'ouvrage; on porte les bornes plus loin; puis on fait une petite prière, et l'on revient tranquillement chez soi, le cœur bien soulagé. »

FIN

TABLE

FIN DE LA TABLE.

Limoges. — Imp. E. ARDANT et Cⁱᵉ.

ŒUVRES CHOISIES

DE CHATEAUBRIAND

PRÉCÉDÉES D'UNE NOTICE SUR SA VIE ET D'UNE ANALYSE
DE SES OUVRAGES.

PAR

A. DE SOLIGNAC,

LIMOGES
EUGÈNE ARDANT ET Cⁱᵉ, ÉDITEURS.

Contraste insuffisant

NF Z 43-120-14

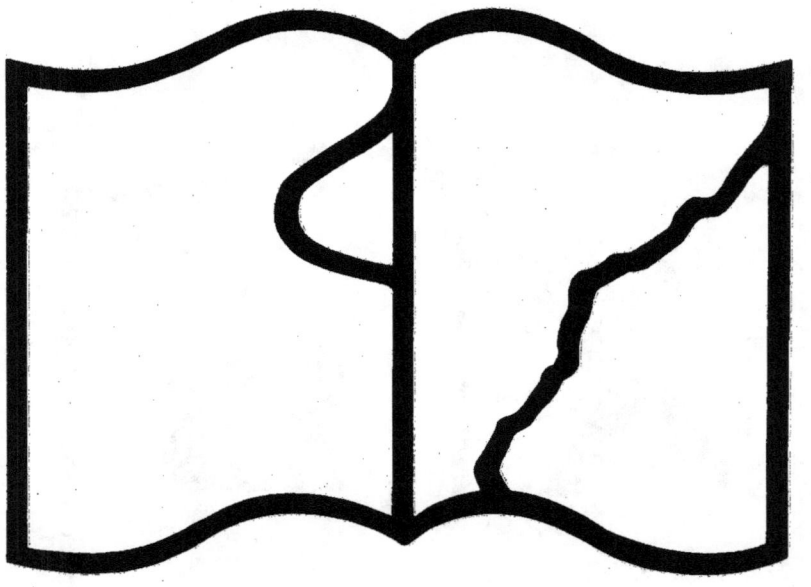

Texte détérioré — reliure défectueuse

NF Z 43-120-11